【现代文学精品集】

蒋光慈

文学精品选

蒋光慈 ◎ 著

中国出版集团

现代出版社

图书在版编目（CIP）数据

蒋光慈文学精品选 / 蒋光慈著. —北京：现代出版社，
2017.9 （2023.7重印）
ISBN 978-7-5143-6411-8

Ⅰ．①蒋… Ⅱ．①蒋… Ⅲ．①中国文学－现代文学－
作品综合集 Ⅳ．①I216.2

中国版本图书馆CIP数据核字（2017）第212654号

著　　者	蒋光慈
责任编辑	杨学庆
出版发行	现代出版社
地　　址	北京市安定门外安华里504号
邮政编码	100011
电　　话	010-64267325　64245264（传真）
网　　址	www.1980xd.com
电子邮箱	xiandai@cnpitc.com.cn
印　　刷	北京军迪印刷有限责任公司
开　　本	710mm×1000mm　1/16
印　　张	17
版次印次	2017年9月第1版　2023年7月第3次印刷
标准书号	ISBN 978-7-5143-6411-8
定　　价	45.00元

蒋光慈简介

　　蒋光慈（1901～1931）原名蒋如恒，又名蒋光赤、蒋侠生，字号侠僧，安徽霍邱人。1917年，蒋光慈进入芜湖省立五中学习，受早期革命者高语罕、刘希平等教师的启迪，阅读了《新青年》《每周评论》等进步书刊，接受了新思想。

　　但是，蒋光慈在读了无政府主义运动最高精神领袖和理论家的苏联克鲁泡特金、巴枯宁等人的著作后，又产生了无政府主义思想，他与许多同学组织了无政府主义团体"安社"，编印社刊《自由之花》，抨击军阀统治，鼓吹无政府主义。他还积极领导芜湖地区学生运动，任芜湖学生联合会副会长。

　　1920年，蒋光慈去上海，成为上海外国语学社首批学员，结识了陈独秀、陈望道等早期革命家，加入了上海社会主义青年团。1921年，他与刘少奇、任弼时、萧劲光等被派赴苏联学习。他在苏联莫斯科东方劳动者共产主义大学学习，两次见到伟大的马克思主义者、无产阶级革命家列宁。1924年1月列宁病逝时，他专门写下了《哭列宁》的诗和散文，并在《新青年》发表《列宁年谱》，是较早宣传列宁著作的人。

　　1924年夏天，蒋光慈回国，任教于上海大学社会学系，倡导革命文学，先后发表《无产阶级革命与文化》《现代中国社会与革命文学》等文章。1925年冬，他写了一首歌颂五卅时期烈士的悼歌《在黑夜里——致刘华同志之灵》，歌颂工人运动领导人，控诉反动派暴行。1928年初，他与后来成为著名文学理论家阿英等人组织了"太阳社"，编辑《太阳月刊》《海风周报》《拓荒者》等杂志。

1925 年，蒋光慈出版了描述贫苦农民少年经过曲折道路参加革命的《少年飘泊者》等中长篇小说，发表了革命文学的新诗《新梦》和谴责帝国主义、封建主义、赞颂革命人民的《哀中国》。1927 年春，他完成了反映上海工人第三次武装起义的纪实小说《短裤党》，1930 年 11 月发表了描述贫苦农民开展斗争的《咆哮了的土地》，在我国现代文学史上有着重要的地位。

1928 年，蒋光慈与孟超、钱杏邨等著名人士成立革命文学团体太阳社，主编《太阳月刊》《时代文艺》《海风周刊》《新流月报》《拓荒者》等文学刊物。他任《太阳月刊》主编，并在创刊号上发表的论文《现代中国文学与社会生活》《关于革命文学》，曾引起创造社、太阳社与鲁迅之间的一场关于革命文学的论争。由于他的作品大都展现现实社会的重大群众斗争，屡遭反动当局查禁，本人也被政府通缉。

1929 年 4 月，蒋光慈出版长篇小说《丽莎的哀怨》，因书中流露出同情白俄贵族妇女，渲染不健康的情绪，曾受到左翼文艺界的尖锐批评。

1929 年 8 月，蒋光慈因患肺结核赴日本休养。在东京，他组织了太阳社东京支部，与日本左翼作家藏原惟人等探讨马克思主义文艺理论和革命文学问题。同年 11 月回到上海，协助田汉开展进步戏剧活动。1930 年，他当选中国左翼作家联盟候补委员，负责主编左联机关刊物《拓荒者》。

1930 年 11 月，蒋光慈的小说《咆哮的土地》脱稿。作品反映了 1927年大革命前后农村中尖锐的阶级斗争，是他最成熟的一部作品。这是他最后的一部作品，也是他在艺术成就上屡遭蔑视与非难之后，却在文学史上获得评价最高的一部作品。正当人们对他前途充满乐观估计时，《咆哮的土地》却遭到查封。

蒋光慈的作品被查禁后，生活变得日益拮据起来。他不仅患有肺病，在医院里，还查出了肠结核。在当时，肠结核是一种绝症。1931 年蒋光慈因病逝世，后被安徽省追认为革命烈士。

目录

诗歌

小说

◎

诗 歌

蒋光慈
文学精品选

自题小照

是我，
非我；
非我，
是我；
且把这一副
不像他，
不像你的形容，
当做真我。

廿一年来，
哭也哭了许多，
笑也笑了许多，
对花月流热泪
登高山放悲歌，
浪漫的心情纠缠着

浪漫的生活，

昏沉沉地浪漫过。

尽管消瘦，

尽管折磨，

到如今这一副形容

终究不是他，

不是你，

还是我。

赤城中——

听惯了风雨声；

红旗下——

常作了自由行；

行，行，行……

西来一游，

探得着许多资料，

充满了诗人的心境。

往日的悲哀，

今变成了荣幸；

蒙蒙的黄昏，

已放了光明。

西望西欧——

大西洋的波浪奔腾；

东观东亚——

太平洋的红日东升。

啊！我登着乌拉高峰，

狂歌革命！

啊！跑入那茫茫的群众里！

诅咒那贫暴的、作恶的，

歌咏那痛苦的劳动兄弟：

世界的将来属于

那可怜的饥民，卑贱的奴隶，

人类的光荣，除了他们，

还有谁个能够创造呢？

倘若我的泪不尽量地为他们流，

倘若我的诗不尽量地为他们歌，

这是我的不幸——

诗人的羞耻！

那么，这个真我，

又有谁个认识呢？

只合抛入千丈深渊，

万山窟里！

从那群众的波涛中，

才能涌现出来一个真我。

飞跃啊！

鼓荡啊！

追随那滚滚茫茫，

细听那奔腾音乐；

这心弦的滴滴娇弹——

软响芳声

同那万丈波涛——轰——冬——相和。

啊！这是人生之曲，

宇宙之歌！

前进罢！——红光遍地，

后顾啊！——绝壁重重。

革命的诗人，

人类的歌童，

我啊！

我啊！

抛去过去的骸骨，

爱恋将来的美容。

10 月 18 日

小 诗

一

我所恐怕的莫过于隐约我面前的黑影，
它是不可捉摸得，
却有时刺痛我的心灵。

二

在某一瞬间，
伤心的事情虽然是没有，
而伤心的泪如江水也似的流。

三

论起战斗的勇敢来，
我把自身战胜了，
我总算是一个英雄了。

四

就使上帝是真有的，
我也不愿顺服他，
他除了痛苦还能给我什么呢？

五

当我想起群众的痛苦时，
我不觉把自己的痛苦忘却了，
但是同时我的痛苦又加了十倍。

六

我有时真沉闷于人生的深黑！
但我不相信深黑是无底的，——
永无光明的一日。

七

朋友们啊！
我愿意很痛苦地忍受，
倘若我的忍受能给群众以利益。

八

固然在现在的世界上，
有些不自然的笑和不自然的哭，

但是，朋友，这并不都是绝望的。

九

有时因疲倦而回顾，
似觉过去的花木会有过无限的香蜜，
但是，朋友，这香蜜总是过去的。

十

倘若你留恋过去的美丽，
你就可以算是白痴了：
时间的急流怎能倒转呢？

十一

我抱着活泼的联续的希望，
踏着污秽的现在，
望那光荣美丽的将来。

十二

我已卷入澎湃的浪中，
我就变成一个浪儿
无边无际地狂涌。

2 月 25 日

我应当归去

来的时候是炎热的夏天
转瞬间不觉已是初冬了。
在此邦匆匆地住了三月，
我饱尝了岛国的情调……

岛国的景物随着季候而变更了。
说起来东京的风光实在比上海好。
但是我，我不知为什么，
一颗心总是系在那祖国的天郊。

那里，也许没有谁向我展着微笑
那里，也许给我的只有烦恼，
反不如在这生疏的异国里，
我可以有着相当的自由而逍遥。

但是我是中国人，我是中国人，
我的命运已经把我的行踪注定了。
我应当归去，我应当归去，
虽然我的祖国是那般地不好……

曾经起过这般的心意：
我为什么不常在异国流浪呢？……
但是现在我感觉我是怎样地
不能，不能和祖国相隔离！

纵然那里虎狼相奔驰，
纵然那里黑暗得如同地狱，
我总是深深地相信着，
光明的神终有降临的一日。

自然，我不是 nationalist，
我所信仰的是国际统一：
日本的工人，中国的工人……
他们对于我统统都是一样的。

但是我的血液究竟是中国的血液，
我的言语也究竟是中国的言语，
如果我这个说着中国话的诗人，
不为着中国，而为着谁个去歌吟呢？

我深深地深深地知道，
我所服务的或者对我讪笑，

我所仇恨的，那不用说，
更要加以仇恨向我相报……

这又有什么办法呢？
我并不因此而烦恼。
如果敌人能够仇恨我，
这已经证明了我为着友人所需要。

诅咒那凶狠的刽子手，
我的祖国不是他们的窝巢，
祝福那反抗的贫苦者，
我和他们永远地在一道……

祖国啊，被压迫的祖国啊，
也许你不了解我的效劳，
但是总有一日，总有一日，
你会很亲爱地将我想到。

只要有益于我所谓"伟大的"，
凡我所有的都献给你：
我的心灵，我的歌吟，
以及我的女神的美丽。

归去，归去，我应当归去，
重新回到祖国的怀抱里，
在群众痛苦和反抗的声中，
我将找到所谓伟大的东西。

我不需要光荣的名誉，
我也不需要友人的敬礼；
只要我能尽一点能力，
那已经足以使我满意……

什么个人的毁誉？让它去！
重要的不是在这里！
但愿在祖国的自由史上，
我也曾溅了心血的痕迹。

1929 年 11 月 8 日于东京

我背着手儿在大马路上慢踱

我背着手儿在大马路上慢踱，
我两耳所听的，两眼所见的，
硬涌得我脑海起了波浪的腾沸，
哭好呢？笑好呢？如何表示我的感受呢？

汽车的吼叫声，电车的空洞声，
马蹄声，嘈杂声，混合的轰隆声，
这样声，那样声，那样声，这样声……
似觉这庞然的大城呵在呼鸣。

这富丽繁华的商店，这高大的洋房，
这脂粉的香味，这花红柳绿的衣裳，
这外国人的气昂昂，这红头阿三的哭丧棒，
这应有尽有无色不备的怪现象……

多少钱？几只洋？几个铜板卖一磅？
六个铜板：太费了；这哪能要八只洋？
唉！这里洋，那里洋，洋！洋！洋！
人们的心灵是没有了，因为金钱将它斯丧。

这些面红齿白的美丽的姑娘.
我上前与她们认识罢，呵，莫狂妄！
美人是要阔人陪伴着的，
但是我呵，我是一个流浪的儿郎。

这是些行走的死尸，污秽的皮囊，
这是些沉沦的蚂蚁，糊里糊涂地扰攘，
这是些无灵魂的蠕动，浑沌的惨象，
我皱了眉低了头这般那般地思想：

倘若我有孙悟空的金箍棒，
那末我将赶他们到东海里去洗一洗；
倘若我有观世音的杨柳枝，
那末我将洒甘露驱散掉这些尘氛浊气。

倘若我是一个巨大的霹雳，
那末我将震醒他们的梦寐；
再不然倘若我是一把烈火，
我也可以烧尽一切不洁的东西。

我们所爱者一定在那里

到处都密生着荆棘！
当我寻找我所爱者的时候，
荆棘拉碎我的衣襟，刺破我的身体；
我真受了无限的痛苦啊！
但是，当末寻找着我所爱者以前，
我虽忍受痛苦而不辞。

遍地都堆着粪泥！
当我寻找我所爱者的时候，
粪泥熏臭我的衣襟，污秽我的身体；
我真蒙了无限的羞辱啊！
但是，当末寻找着我所爱者以前，
我虽忍受羞辱而不辞。

在此密生着荆棘的世界中．

欲保持身体的安全是不可能的；
但是，倘若你畏惧而不前啊，
你将无寻找着你所爱者的一日。

在此堆积着粪泥的世界中．
欲保持身体的洁净是不可能的；
但是倘若你畏惧而不前啊，
你将无寻找着你所爱者的一日。

我们所爱者还是
在荆棘中藏着，
在粪泥中埋着！
努力把粪泥扫除，
努力把荆棘砍去，
朋友，你看，
我们所爱者一定在那里！

哭列宁

今日听到列宁病故的消息，不禁为人类解放运动一哭！历史上本不少伟大的人们，但是列宁对于人类所建立的功业却空前无比。列宁的早死乃人类历史的羞辱，我焉得不哭！

喂！呼喇喇陨落了一颗伟大的红星！
喂！阴凄凄熄灭了一盏光亮的明灯！
哎哟！我要痛哭了！
我要悲惨地哀歌了！
我的列宁！
俄罗斯劳农的列宁！
全世界无产阶级革命的列宁！
全人类解放运动的列宁！
哎！列宁你死了！
你真地死了！
好不教我心灵痛苦，

好不教我泪满衣襟!

俄罗斯的内部正须建设,

国际的革命潮正在奔腾,

我方梦想一鼓作气,

剿灭旧世界的残喘余生。

喂! 好不幸呀!

不料共产的大业未成,

竟死了我最亲爱的,

全世界无产阶级革命的首领!

这不是应当的罢?

我要追问来由,

我又无从追问。

我要把招魂狂赋,

我又从何处招魂!

死啊,那卖阶级尔贝尔特!

死啊,那法西斯蒂穆松林!

死啊,那卑贱的刚伯尔斯!

死啊,那戴假面具的威尔逊!

死啊,那一切资产阶级的大将!

死啊,那一切劳动资产阶级的敌人!

但是他们总不即刻地死,

却死了我亲爱的——列宁!

哎! 列宁,列宁,

你今死了,

你再不能回生了！
人是终究要死的，
坏的人早死了更好。
但是列宁你啊！
你今死了却未免太早。
你的死是无产阶级的羞辱，
我怎能不痛泣而悲号！

历史上本不少伟大的人们，
他们也值得诗人的赞美歌吟。
但是列宁你啊！
你是一个空前伟大的个性：
你送给了人类不可忘的礼物。
你所遗留的将与日月以同明！

听啊！
那骂列宁死的，乐列宁死的是谁？
那哭列宁死的，悲列宁死的是谁？
列宁死了，
列宁葬在那里？
列宁葬在全世界资产阶级的欢笑里；
列宁葬在全世界无产阶级的哀悼里；
列宁葬在奔腾澎湃的赤浪里；
列宁葬在每一个爱光明的人的心灵里。

列宁死了，
列宁抛弃了我们而永逝！

但是，朋友们啊！

死的是列宁的肉体，

活的还是列宁的主义；

列宁虽死了，

列宁的心灵永化在无产阶级的心灵里。

倘若我们是列宁的学生啊，

且收拾眼泪，

挺起胸膛，

继续列宁的未竟之志。

1924 年 1 月 22 日

红　笑

艰难的路程已经走了，
危险的关头已经过了：
一大些白祸的恐慌，
现在都变成红色的巧笑了！

那里是日本海水的波荡？
那里是海参崴的炮声响？
我且登乌拉山的岭头——
无边无际地狂望。

贝加尔湖的碧滴滴的清水
洗净了我的心脏；
贝加尔湖的山洞，
我一个一个穿过了——
都寻着了光亮。

那里是太平洋么？
那么样地乌烟瘴气！
那不是莫斯科么？
多少年梦见的情人！
我快要同你怀抱哩！

1921 年 7 月 4 日，于乌拉岭

新 梦

冰雪的寒威去了，
春光带着笑意来了，
草也青了，
花也开了。

过去的迹痕
有那些值得回忆？
现在的生活
有什么可以悲喜？
将来的路程
还有这般长远呢！

树荫底下的孩子
笑嘻嘻地玩耍；
树枝上的鸟儿

为什么这般欢叫呀？

铁可以算为最坚硬的罢，
但是我比铁还要坚硬些！
花可以算为最温柔的罢，
但是我比花还要温柔些！

鸟儿的歌声
唤醒了我的心迷；
春光灿烂啊！
怎能等闲地抛去？
最令我心醉的
是花儿的巧笑；
最令我悲伤的
是人们的狂暴；
最令我希望的
是前路的红光照。

贝加尔湖的清水
把我的心灵洗净了；
乌拉山的高峰
把我的眼界放宽了；
莫斯科的旗帜
把我的血液染红了。

听啊！
喊叫声？

厮杀声？

波浪声？

风雨声？

哭声里带着笑声，

笑声里带着哭声。

我要卧在光的底下，

眠在花的心里！

守着我的是谁？

司文艺的神女！

我的司文艺的神女

现在温柔地对我巧笑；

我的生命的寄托啊！

为什么从前那般对我烦恼？

河里的水

这般无昼无夜地流；

但是水的生命并没断呀，

海洋是他的归宿。

这地上所生的花草，

也有恶臭的，

也是芳香的；

恶臭的固然要芟刈了，

但是怎能恶及芳香的？

诗的光芒射了，

司文艺的神女笑了，
生命之花开了。

最令我感动的
是痛苦人们的血泪；
司文艺的神女啊，
快来引导我罢！
我要替伊们刷洗！

我的司文艺的神女啊！
你是——
刚烈的，
温柔的；
你也是——
严厉的，
仁慈的。
你是我的生命的寄托啊！
我怎能一刻儿离你？

人们真这般昏聩么？
把血钟撞一撞罢！
这么样轰轰冬冬地响，
大约总可以震醒一点罢！

长江的水啊，
终究流到海洋里
阴沉的夜啊，

终究是要破晓的！

前路有艰难么？

不怕！

已经走了许多了，

还能退后么？

愁闷起来了么！

哭！

乐意发生了么！

笑！

哭的热泪

广洒在花的根底！

笑的欢声

广掺入风的波里。

但愿风送芳香

吹进了人们的心房深深地！

女儿的琴声，

鸟儿的歌声。

从前勾引我洒了许多热泪；

现在呢？

给了我许多安慰！

谁说诗人的心儿是沉闷的？

谁说诗人的歌声是悲哀的？

假使诗人的心儿是沉闷的，

那么，人间的生命
将长此地沉闷以终死；
假使诗人的歌声是悲哀的，
那么，宇宙的欢欣
又有谁个能为表现呢？

诗人的热泪
是安慰被压迫人们的甘露，
也是刷洗恶暴人们的蜜水。
假使甘露如雨也似的下，
蜜水如长江也似的流，
那么，世界还有什么污秽的痕迹？

历史的钟声
催逼人们前进的双脚；
假使你不半路僵卧了，
终究渡过这生命之河。

谁个给了我的方法？
谁个给了我的目的？
这些都是妄想啊！
除了我，还有谁个呢？

我再不沉闷了，
因为沉闷的海洋没有根底；
我再不失望了，
因为希望的花蕊终究是要吐香的。

我的可爱的朋友，

我的勇敢的兄弟，

也不要灰心，

也不要失意，

只要你一步一步地前走，

幸福终有一日接近你！

希望啊！

美丽的将来！

歌咏啊！

美丽的将来！

司文艺的女神

立在彩云端里：

跪接啊！

伊洒遍了爱的汁水。

司文艺的女神

卧在花的心里：

祈祷啊！

伊赐与了梦的憩蜜。

司文艺的女神

藏在心的房里：

歌咏啊！

伊鼓动了神的爱力。

希望的神

站在那边河岸上招手：

来罢，来罢，

失望的地方不可以久留！

从前的想象

都是错了！

现在的目光

却向将来的地方望了。

听啊！

鸟声喧喧，

好像唱着生命之歌。

我今后的灵魂啊，

永在这春光灿烂的空间里飞跃！

1922 年，劳动节前二日

莫斯科吟

莫斯科的雪花白，

莫斯科的旗帜红；

旗帜如鲜艳浓醉的朝霞，

雪花把莫斯科装成水晶宫。

我卧在朝霞中，

我漫游在水晶宫里，

我要歌就高歌，

我要梦就长梦。

回忆过去所遗留的一点一点的迹痕，——

哭泣呢？

怨恨呢？

欢笑呢？

还是留恋呢？

不，朋友们！

那是过去的，

那是不可挽回的，

只合永远埋在被忘记的深窟里！

无涯的历史的河——

流啊！

流啊！

不断地流啊！

人类的希望旋转在你涌进的浪头上；

倘若你不流了．——

停止了，

不前进了，

人类的希望就沉没了，

将永远沉没于黑暗之乡！

朋友们！

莫相信人类的历史永远是污秽的，

它总有会变成雪花般漂亮而洁白的一日。

我昨夜梦入水晶宫里，

得到一个确实的消息：

人类已探得了光明的路口，

现在正向那无灰尘的国土进行呢。

朋友们！

莫回顾那生活之过去的灰色黑影，

那灰色黑影真教我羞辱万分！

我今晨立在朝霞云端，

放眼一看：

好了！好了！

人类正初穿着鲜艳的红色衣襟。

十月革命，

如大炮一般，

轰冬一声，

吓倒了野狼恶虎，

惊慌了牛鬼蛇神。

十月革命，

又加通天火柱一般.

后面燃烧着过去的残物，

前面照耀着将来的新途径。

哎！十月革命，

我将我的心灵贡献给你罢，

人类因你出世而重生。

12 月 12 日

过 年

四五年来我作客飘零，
什么年呀，节呀，纵不被我忘却，
我也没有心思过问。
我已成为一天涯的飘零者，
我已习惯于流浪的生活，
流浪罢，我或者将流浪以终生！

今年我从那冰天雪地之邦，
回到我悲哀的祖国之海滨。
谁知海上的北风更为刺骨，
谁知海上的空气更为寒冷；
比冰天雪地更惨酷些的海上呀！
你逼得无衣的游子魂惊。

看着那街道两边扎了许多彩门，

看着那送礼的人们来往不停；
看着那些商店贴着新年的广告，
我才觉得光阴真快——一年又尽！

老爷，少爷，小姐，太太欢乐新年到了，
但是如何呢，我和那一些穷苦的朋友们？
过年啊，我今天也来过个穷年，
且把一些纷乱的愁情抛开净尽。
我跳上电车坐到先施公司门口，
在噪杂的声中我买了啤酒一瓶；
更顺便从小铺里买了两包花生，
哦，这已经办好了过年的佳品。
第一杯酒祝福我亲爱的父母，
哦，多年未见面的双亲！
我亲爱的年老的父母呀！
祝你俩莫要念我，祝你俩康宁。
请你俩宽恕你俩的流浪的儿子，
他已多年未来家温亲定省。

第二杯栖祝福我悲哀的祖国，
哦，可怜的悲哀的爱人，
可怜的而可爱的祖国呀！
祝你莫要颓唐，祝你梦醒。
你应当有重兴复振的一日，
你要变成万花异锦的春城。

第三杯酒祝福全世界穷苦的兄弟，

哦，与我同一命运的人们！
穷苦而受压迫的兄弟呀！
祝你们莫要屈服，祝你们革命。
世界应为我们所占有了，
来！来同我打破这黑暗的囚城！

第四杯洒祝福飘零流浪的我，
哦，一个不合时宜的诗人！
飘零流浪的我呀！
祝你飘零流浪，祝你狂吟。
你要把你的血液喷成长江大海，
你要将你的声音变为响雷怒霆！

1924 年 12 月 3 日

无穷的路

靖华买了一张托尔斯泰的照片，相片的情景：托尔斯泰——老年时代——负一包袋，持杖行无茫无涯际的路中。相片之上题"无穷之路"四字。我看了之后，发生无穷的感想。

一步，两步，三步，
一步，两步，三步，
已经走了许多了，
看啊！这茫茫无穷的路！

走了一步，看看步后的路，
走了一步，看看步前的路；
啊！ 步后的路印了生命的痕迹，
步前的路还不知道怎样呢！

看得着的——天边，

走不尽的——路程，
我本愿意中止啊，
生命却逼着我前进！

渡得过的——海洋，
走不尽的——路程；
我本愿意中止啊，
生命却逼着我前进！

12 月 26 日

西来意

读维它所著《赤湖集》，见序文中有西来意三字，不禁生感，爱做此诗，并呈维它。

渡过了千道江河，
爬过了万重山岭；
回头看啊，
那满洲里的白雾苍茫，
那海参崴的炮声紧——紧！
恐吓受得太多了，
更不计及跋涉的艰辛，
饿乡的风雪冷。
维它啊！
俄罗斯好似当年的印度，
你我好似今日的唐僧。

苦啊！苦啊！……

黑夜里四面哭声，

航海的灯塔那里？

奋斗啊！奋斗啊！……

我跳出阴沉，

奔到此红光国里。

寻快乐么？不是！

我愿得到一点真经，

回转家乡做牧师。

不忍听的悲语哀吟，

鼓动了我的心灵不息；

阿弥陀佛！一声去了，

为人类，为社会，

为我的兄弟姊妹，

还问前途有甚危险呢？

啊，维它啊！

是我的——你的？——

西来意，

西来意！

我幼稚的心灵

早受了忧忿激；

我弱小的心肠

早充满了闲闷气。

回想起：廿载过去的光阴

全埋葬在浪漫悲哀的生活里！

哈哈！现在我的心灵活泼了，

时润将来希望的温柔雨；

我的心肠清净了，

且谢谢这赤浪红潮

将我全身的灰尘一洗，

从今儿我更不悲观了——

觉悟到人生的意义是创造的。

从今儿我更高歌狂啸——

为社会，为人类，

为我的兄弟姊妹！

维它啊！

中土阴沉，

我们负了取经的使命；

格来东方普照的红光，

能不能成为今日取经人的心影？

我们不要中辍啊！

努力罢！——那是我们的荣幸。

我们应当坚信啊！

勇进罢！——前路有自由美丽之神。

维它！维它！

你愿这"西来意"

化成一现的昙花，

还是宇宙波流中的推轮？

7 月 23 日

每回搔首东望

每回搔首东望
我的心只是跳动不停。
诗人客地的情怀，
最苦的是遥悲故土的沉沦
哎！中国，中国，
你何时复生？

2月8日瓦斯金乡下

我的心灵

我旅行在这广漠的空间里，
无意地吃了许多花果；
我那知道花果的蜜汁
会变成了我的心灵呢？

我逗留在这绵延的时间里，
无意地听了许多哭笑；
我那知道哭笑的音流
会变成了我的心灵呢？

我的心灵啊！
因为你是花果的密汁变成的，
你才这般地缠绵而温情；
因为你是哭笑的音流变成的，
你才这般的热烈而深沉。

我的心灵啊！

风雨奔腾时，

我细听你的慷慨歌声；

云霞闲飞时，

我细听你的徘徊低吟。

有时我觉着宇宙的琴流，

漫荡着我的耳鼓；

我的心灵总是紧紧地和着——

一拍——一拍儿地低奏。

有时我觉着我的心灵飞去了，

与那全人类的心灵同化；

我虽然还听着不断的歌吟，

却分不清是那一个的声音了。

有时我听着痛苦人们的哭声，

我的心灵就颤动着不已；

也许我的心灵故意地迫我罢，

为什么我因此流了许多热泪呢？

有时我听着强暴人们的笑声，

我的心灵就热跳着不已；

也许我的心灵故意地迫我罢，

为什么我因此生了许多厌恨呢？

我的心灵是我追慕

那百年前的拜轮 ①：

多情的拜轮啊！

我听见你的歌声了，

自由的希腊——

永留着你千古的侠魂！

我的心灵使我追惋

那八十年前的海涅：

多情的海涅啊！

你为什么多虑而哭泣呢？

多情的诗人——

可惜你未染着十月革命的赤色！

1923 年 1 月 24 日

----

① 拜轮：今译拜伦。乔治·戈壁·拜伦（1788—1824），是英国 19 世纪初期伟大的浪
漫主义诗人，代表作品有《恰尔德·哈洛尔德游记》《唐璜》等，并在他的诗歌里塑造
了一批'拜伦式英雄'。

柳　絮

记得儿时，

在柳深阴处，

与群儿乱扑柳絮；

争先恐后，

咯嘻笑笑，

每个都想把柳絮扑在水里。

喂！好一幅天真的画图！

这一幅天真的画图

永远地

印在我的脑里，

挂在我的心里；

我不能把伊忘记，

我又怎忍把伊忘记呢？

哎哟！黄金的儿时离我而去了，

我再不能回转头来变成小孩子！

儿时见着柳絮——乱扑，
现在见着柳絮——沉思。
当乱扑柳絮的时候，
不过觉得柳絮有趣；
但是当对着柳絮沉思的时候，
这柳絮如丝也般的乱扰，
浪也般的涌激，
一齐都变成了我心中的情绪。

5 月 20 日

倘若你是聪明的

朋友！倘若你是聪明的，

你就不会失望，

你就不会畏惧，

你就不会有退后的思想！

2 月 5 日

怀拜轮

（1823.4.9——1924.4.19 ）

若说天才是聪明的，

为什么天才的遭遇比人们更寥落而痛苦？

若说天才是愚钝的，

为什么天才的感觉比人们更锐敏而深入？

在阴沉的、黑暗的世界中，

云雾密布，遍地凄凉，

人们屈服于权威之下方。

看啊！满眼都是地狱，

向何处寻得着自由之乡！？

祖国既不我留，

旅居那梦想的、金色的印度罢，

喂！更属渺茫！

在人类闷塞的时候，

在权威逞凶的时候，

只听得诗人不恭顺的高叫：

自由，

自由，

自由……

拜轮啊！

你是黑暗的反抗者，

你是上帝的不肖子，

你是自由的歌者，

你是强暴的劲敌。

飘零啊，毁谤啊……

这是你的命运罢，

抑是社会对于天才的敬礼！

我尝梦游于希腊之海滨，

回忆历史的往事，

追寻诗人仗义的迹痕。

在海波荡漾声里，

在海鸟婉叫声里，

在海风啸嗷声里，

仿佛听见当年诗人吊古国的悲吟。

我啊！

我生在东方被压迫之邦，

我的心灵充满了屈辱的愤慨！

百年前你哀吊希腊的不振，

百年后我今乃悲故土的沉沦。

我们同为被压迫者的朋友，

我们同为爱公道正义的人们：

当年在尊严的贵族院中，

你挺身保障捣毁机器的工人；

今日在红色的劳农国里，

我高歌全世界无产阶级的革命。

我们——永远

反对凶残的强盗，

反对无耻的富人，

反对作恶的上帝，

反对一切遮蔽光明的黑影。

拜轮啊！

十九世纪的你，

二十世纪的我；

际此诗人殁后百年的纪念，

我真说不尽我的感想之如何！

拜轮殁后百年纪念日作

梦中的疑境

从那边走来了一个小孩子，

——真正地可爱啊！——

笑嘻嘻地同我行个握手礼。

他说，"朋友，你怎这般不快呢？

现在春天到了，

我同你一块儿玩耍去。"

我心里有点怀疑，

但是我还同小孩子一块儿走。

一步，两步，三步，

一步，两步，三步，

"我倦了，

　　小朋友！"

小孩子笑着，拉着我努力地走。

他说，"朋友．还想退后么？
我们走过的路已经变成了
　　　险绝的崖壁，
颓废的荒丘；
我们未走过的路．那里还是
　　　鲜艳的红花，
　　　娇滴的绿柳。
朋友！前进啊……走！"

"你应当时常快乐，
同我们小孩子的心情一样
你更不应当退后，
因为退后是老年人的思想。
将来的都是幸福，
过去的都是失望！"

我亲爱地笑了一声，
同小孩子行了接吻礼。
"小朋友啊！……
我原来认得你！"

2 月 24 日醒后作

昨夜里梦入天国

昨夜里梦入天国，

那天国位于将来岭之巅。

它真给了我深刻而美丽的印象啊！

今日醒来，不由得我不长思而永念：

男的，女的，老的，幼的，没有贵贱；

我，你，他，我们，你们，他们，打成一片；

什么悲哀哪，怨恨哪，斗争哪……

在此邦连点影儿也不见。

也没都市，也没乡村，都是花园。

人们群住在广大美丽的自然间。

要听音乐罢，这工作房外是音乐馆；

要去歌舞罢，那住室前面便是演剧院。

鸟儿喧喧，赞美春光的灿烂，
一声声引得我的心魂入迷。
这些人们真是幸福而有趣啊！
他们时时同鸟儿合唱着幽妙曲。

花儿香薰薰的，草儿青滴滴的，
人们活泼泼地沉醉于诗境里；
欢乐就是生活，生活就是欢乐啊！
谁个还知道死、亡、劳、苦是什么东西呢？

喂！此邦简直是天上非人间！
人间何时才能成为天上呢？
我的心灵已染遍人间的痛迹了，
愿长此逗留此邦而不去！

12 月 1 日

听鞑靼女儿唱歌

听啊!
口的芳音?
琴的清声?
宇宙神秘的狂舞?
人间生命的歌吟?

伊弹着西洋的琴,
伊唱着鞑靼的歌,
我连一句儿也不懂得,
但是我又何必懂得啊?

这样的芳香,
这样的清声,
仿佛我那一年听着的一样。
但是那一年的伊呢?

我对着今日的伊——
这么这样地痴想。

一缕一缕的
绕着我的灵魂乱晃；
一声一声的
鼓着我的心房响。
啊！今日的伊啊——
那一年伊的征象？

2 月 27 日

小 诗

朋友们!
我不愿意多说什么是人生,
我本知道什么是人生的究竟:

在人生的过程中,
且做一做人生的梦;
这些梦中的情事未必都是空幻的罢?
我以为,与其说统统都是空幻,
不如把统统都当成现实;
从现实中还可以寻点安慰,
从空幻中能够取得什么呢?

我本来懊丧不幸生活于今世!
但是我既然生活于今世,
我如何能超脱时间和空间的范围呢?

顶好过着今世的生活，

做一点今世所应做的事！

12 月 20 日

月夜的一瞬

青蓝的天空连一点云儿也没有，
如深沉的，广漠的碧海一般，
浮在我的头顶上面。
大地都被雪掩盖了，
看不出何处是森林，
何处是村庄，何处是山。
月儿如玉盘一般的圆，
她的美丽的清光，神秘的笑脸，
引得我起了无名的幻想：
"月宫里好一座幽妙的花园，"
月光把雪色照得更白，
雷色把月光反映得更为清婉。
乾坤啊，——水晶的石柩，
月光啊，雪色啊，——白茫茫的一片。
何处是我的家园？

何处是我的去路？

何处是我的来源？

我现在卧在水晶的石柩里！

我愿永远卧在水晶的石柩里！

什么是家园？

什么是去路？

什么是来源？

喂！最好是白茫茫的一片！

2月20日瓦斯金乡下

与安娜

安娜啊！

我爱你，

我真爱你。

我虽未尝向你表示我的爱情，

但是安娜你是聪明的，

爱情又何必用言语表示呢?

安娜啊！

我爱你！

我真爱你。

你那一双清冽的眼睛

含蓄而荡漾着无涯际的深情；

从我初见你面的那一刻起，

你把我的灵魂儿拿定。

世界上难道还有别的

比你的微笑更为动人？
世界上难道还有别的
比你的美丽稍强一分？
安娜啊！
我从未爱过别个
像爱你这一般地很！

若说你对我无情罢，
我决不肯相信！
若说你对我有情罢，
为甚你又这般庄静？
有几次我想放胆地向你说：
"安娜啊！我爱你。"
但我都勉强忍住了，
我怕你说："不必。"

时间不能多留我了，
我要离开红色的莫斯科——
回到那灰色的中国做工去。
我的安娜啊！
我不愿意留恋你，——
留恋你徒增我的失意。
但不知他年重游俄土的时候，
我能不能再与你重新相遇？

人世间有多少不满意的事！
我是最不满意的人中之一。

倘若我能永远地

领会你的微笑，

享受你的安慰，

那么，我有多么幸福呢！

但是，安娜啊！

我要与你分别了，

他年更不知道何时……

亲爱的安娜啊！

别了！再会再会……

7月6日

海上秋风歌

海上秋风起了，
吹薄了游子之衣；
到处都是冷乡呵，
我向何方归去？

海上秋风起了，
吹得了大地苍凉；
满眼都是悲景呵，
望云山而惆怅。

海上秋风起了，
吹颤了我的诗魂；
触目频生感慨呵，
哀祖国之飘零。

1925 年 10 月

我本是一朵孤云

我本是一朵孤云，
徘徊在广漠的天空里；
可是天空太无着落啊，
我几番愿返到那故乡云峰去。

我自己深深地知道：
我是矛盾的结晶；
过去的——失望了，
将来的——还未定；
我真是矛盾啊！
我把"未定"当"已定"

打我也受得住，
骂我也受得住，
仅是我心灵的痛苦啊，

逼得我的泪如雨注。
悔不该生了这一副头脑：
它惯会无故地多想远忆。
倘若我是无知的白痴啊，
一切痛苦将离我而远去。

10 月 1 日

诗人的愿望

愿我的心血化为狂涌的圣水
将污秽的人间洗得净净地！
愿我的心血化为光明的红灯
将黑暗的大地照得亮亮地！

愿我的鲜艳的心血之花
香刺得人们的心房透透地！
愿我的荡漾的心血之声
飞入了人们的耳鼓深深地！

10 月 9 日

与一个理想的她

昨夜里将你梦见

在那无名的，诗境的花园里；

那花儿真芬芳啊！

是你的香气？

那鸟儿真欢叫啊！

是你的妙语？

你把我的心灵浸得沉醉了，

我倾卧在你的温怀里。

哎！我是如何欢欣而荣幸啊！

你证实了诗人的想象是真的。

我爱！每一个诗人都爱美，

你的美更令诗人神飞而心醉。

但是美是变动的啊，

我爱你却永无涯际。

我爱你，我永远地爱你，

我将我的心灵贡献给你，

我将一切所有的交给你，

我只要你给我歌，给我爱，

给我蜜吻，给我安慰。

我爱！你为甚这般疯狂地爱我呢？

为着我的财富，为着我的貌美？

不是！那财富是赃物，

那美又是时常变动的，

你爱我那是为着这个呢？

你爱我，你疯狂地爱我，

因为我是诗人，你是司文艺的神女。

当我疲倦于革命的歌吟时，

我要饮温情的绿酒，

我爱！你替我斟注啊！

当我抗闷于人生的烦劳时，

我要听芳琴的细奏，

我爱！你给我低弹啊！

饮了绿酒，

听了细奏，

我又不得不高唱人生

在那革命的怒潮中飞舞。

我爱！你静听啊！

你听了我俩的心房内

跳弹着什么人生的音节？——
世界上没有什么比雪还白，
世界上没有什么比我们的爱情还洁；
我们的结盟永不破裂，
我们生命的流泉永不干竭。

1 月 30 日

单恋之烦恼

一个很自由的蜜蜂，
本欲做飘然无恋的游子；
不知被一阵什么风，
吹到与一朵玫瑰花相遇。
玫瑰花的丽色射得他的双目晕眩，
玫瑰花的香气熏得他的心灵沉醉，
他不能自主了，
他失去自由了，
他愿永远为玫瑰花的伴侣，
愿永远卧在玫瑰花的心里。
但是奈何玫瑰花，
只是照常地开着，
只是照常地香着，
有情无情地不理？
他绕着玫瑰花飞着，飞着，飞着，

他向着玫瑰花望着，望着，望着，
但是飞着是空飞着啊！
望着也总是空望着啊！
奈何玫瑰花毫不觉识！
奈何玫瑰花毫不注意！
他几番欲大胆地向玫瑰花哀祈，
表示自己无限的钟情难于自已；
可是他是一个弱者啊！
他不敢向玫瑰花启齿；
他恐怕恼怒了玫瑰花，
自己更要不安而无趣。
他想飞入玫瑰花的心房，
尝一尝那仙露也不如的香蜜；
但是玫瑰花身有香刺啊，
刺了后岂不永远要留一痛迹？
他想虽然被玫瑰花刺了，
若能尝到那香蜜的滋味，
则也就愿意忍受痛苦了，
只要痛苦能取得来安慰！
可是他终是一个弱者啊！
他终不敢向玫瑰花启齿；
他恐怕恼怒了玫瑰花，
自己更要不安而无趣。
于是他烦恼，
烦恼得不已……

12 月 4 日

余 痛

月光如镜也般的明，

海面如镜也般的平；

也没有浪的澎湃；

也没有风的呼鸣；

这时候坐船的人们大半都睡熟了，

也或者他们的梦乡安稳？

同船有个王老儿，

独自一个人夜深不睡；

我与他并倚着海船的栏杆，

他为我述了一段自身的悲史：

"我本来是天津人，

天津城外的东郊是我的故里。

我本来也有过贤妻；

我本来也有过爱子；

我是一个农人，

我本来也有过一个劳动的家室。

但是，先生，我好苦呀！

他们都在庚子年间

惨死在洋兵的手里！

我今年已经五十八岁了，

自从他们死后——

可怜我啊！寻食谋生，飘流异地。

唉！好残忍的洋鬼子！

唉！好该杀的洋鬼子！

他们把我的全家破坏了.

他们闹得我到这般田地！

"先生，那时候你或者还未出世，

但是，你总也听见过罢——

拳匪之乱，八国联军的暴举？

本来呢，我们是愚钝的乡下人，

那时候还不知道是什么一回事。

只听说：'中国人杀了洋人了，

洋人派来兵舰攻打了，

我们快快逃难才好呢！'

那知洋兵来得太快了，

我们没有跑得及。

只见那雄赳赳的洋兵，

也有穿黄的，也有穿白的；

也有穿灰的，也有穿黑的；
快枪明亮亮的荷在肩上；

刺刀冷森森的挂在腰底。
他们真是野蛮啊！
他们真是残忍啊！
他们任意地焚烧；
他们任意地奸杀；
极他们奸杀死了的人们，
谁个能算得有若干多寡？

"唉！先生，不提起也罢，
提起来，我的心如刀绞；
可怜我的贤妻被他们奸死了，
我的爱子被他们杀死了；
加之我的房屋被他们焚烧了，
我的菜禾被他们践踏了。
江河有尽头
山岳有限高；
可是我的哀痛啊——没有尽头！
我的积恨啊——比天还要高！
"先生，你道我为什么夜深不睡？
实因为明月深宵更容易
触起我最伤心的往事。
我的可怜的贤妻，
我的可怜的爱子；
他俩虽然死去二十多年了，

但是，我何尝忘却了他们片时？
他们被害时的惨状
排列在我的脑里；
他们临死时的哀声
留着在我的耳里。
我总觉得情景尚在目前，
宛如过去不久的昨日。

"先生，我是一个无能的人，
我的仇将无从雪报。
可是我想：洋人压迫中国人很久了，
中国人受洋人无礼的污辱也实在够了！
为什么到今日还在忍受？
为什么到今日还是颓倒？
莫不是中国该要灭亡？
莫不是四万万人尽是草包？
莫不是中国人有天生的奴性？
莫不是都是无能的弱者
像我王老儿一样的不好？"

王老儿说罢长叹息，
我痴倚着栏杆凄然而无语。
云雾忽掩遮了明月，
海浪冲破了静寂。

9 月 7 日

北 京

北京是中国的首都，
这里亢满着冠冕的人物；
我，我是一个天涯的飘泊者，
本不应在此地徘徊而踟蹰。

从前我未到北京，
听说北京是如何的伟大惊人。
今年我到了北京，
我饱尝了北京污秽的灰尘。

这里有红门绿院，
令我想象王公侯伯的尊严；
这里有车马如川，
令我感觉官僚政客的觍颜。

东交民巷的洋房崭然，
东交民巷有无上的威权。
请君看一看东交民巷的围墙上，

那里有专门射击中国人的炮眼。

中央公园在北京中央，
来往的人们都穿着绮褂罗裳；
请君看一看游客的中间，
找不着一个破衣褴褛的儿郎。

北京的富家翁固然很多，
北京的穷孩子也真不少，
请君看一看洋车队伍的中间，
大半都是穷孩子两个小手拉着跑。

北京，北京是中国的首都，
这里充满着冠冕的人物；
我，我是一个天涯的飘泊者，
本不应在此地徘徊而踟蹰。

从前我未到北京，
听说北京是如何的繁华有趣；
今年我到了北京，
我感觉着北京是灰黑的地狱。

这里有恶浪奔腾，
冲激得我神昏而不定；
这里又暮气沉沉，
掩袭得我头痛而心惊。

1925 年 8 月 28 日，于北京旅次

牯岭遗恨

在云雾弥蒙的庐山高峰，
有一座静寂的孤坟，
那里永世地躺着我的她——
我的不幸早死的爱人。

遥隔着千里的云山，
我的心是常环绕在她的墓前。
牯岭的高——高入云天；
我的恨啊——终古绵绵！

若说人生是痛苦的，
为什么我此生也有过一番的遭遇？
若说人生是快乐的，
为什么她就这样短促地死去？

姑娘，你躺得静静地，
只有云雾来做你的衣；
姑娘，你躺得静静地，
只有明月来与你伴侣。

可是找啊，我只有永世的悲哀；
可是放啊，我只有无涯的孤寂。
那甜蜜的过去，那不可挽回的……
姑娘，我只有空空的回忆。

本愿年年来到你的墓前
多多地流连！多多地流连！
痛哭也是好的，惆怅也是好的，
只要能深感着旧日的欣欢。

但是而今到处是荆棘连天，
旅行是这般地艰难，
只能遥遥地招魂，
不能前来墓前祭奠

你死去了已经两年，
这两年我饱受了无数的悲欢，
但这是我与民众共同的啊，
我的生活只有孤寂的一面。

我已经失去了慰安，
我与你此生是再不能相见！

我乐和苦，这辛和酸……
姑娘啊！你怎能来和我分一半？

两年来我也不知老了多少！
虽然我的年龄还轻——三十未到；
奈何我为着你总是深深地伤悼，
又活活地为着祖国的悲哀所笼罩

曾记得我在你的面前宣言，
我的诗要歌吟着民众的悲欢，
纵然我是飘泊，颠连，
但是我的心愿永不变。

而今我的心愿依然仍旧，
可是祖国虽大我难以居留；
你将如何同我一样地悲愤啊！
若你还存生在人间的时候……

唉！我该有多少话要向你说！
我是如何地需要你的安慰与扶助！
但是命运注定了，注定了……
往日的欣欢只能向梦里去追求。

算了罢，我也勿须多多的哭你！
你躺在那儿好好地安息！
你所给予我的我已经满意了，
此生究竟还能与你同住片时。

消逝了你那天生的美质，
存留着你那给予我的情义，
人生虽然就同幻梦一般，
但这幻梦里究有不可忘却的真实。

请你放心罢，我永不会忘情！
请你放心罢，我依旧地歌吟！
我歌吟，我勇敢地歌吟，
一半为着你，一半为着革命。

姑娘，你躺得静静地，
只有云雾来做你的衣；
姑娘，你躺得静静地，
只有明月来与你伴侣。

庐山的风月永远是清幽，
你在那儿终古地漫游，
漫游，漫游，朝朝与暮暮，
永远隔绝了人世的烦忧。

让我在生活中永远的孤寂，
只留着对于你的一番回忆，
让我为着纪念你的原故，
永远守着我那革命诗人的誓语……

一九二八年十月六日，若瑜两周年忌日。

写给母亲

曾忆起我离家得那一年，那一年的春天，

那时是杨柳初绿，草儿初青，野花儿初露脸；

在一个清醒明媚的朝晨，你送我一程又一程，

我说："母亲，回去罢！"你说："儿啊，你几时才回来？"

你走送我，走送我到你不能再上去的山巅，

你目送我，目送我到林木遮蔽着不能再见；

你只希望我，叮咛我："我的儿啊，暑假早归来！"

又谁知一别七年，到而今我还是未返家园。就在离家

这一年的春天，我离开了悲哀的祖国，

跑到那冰天雪地的冷土，探求那新邦的生活；

我是毅然地，冒险地，但同时又是偷偷地跑脱，

呵，我的母亲，请你宽恕我，我没有给你字儿一个。

我经受了海船的颠簸，度过了惊人的炮火；

我吃饱了西北利亚的霜风，沐浴了荒漠的风波，

在饥饿，危险，寒冷，困苦之中我寻到了，
呵，我寻到了我的最后的目的地，梦想的北国。

摩西哥变成了我的亲爱的乳娘，给了我许多培养；
摩西哥变成了我的第二故乡，我将留恋它永远不忘。
可是我还有我的母亲，我还有我的原来的故乡，
我遗忘不了悲哀的祖国，母亲，我也不能将你遗忘。

过了四年，别了，我的亲爱的乳娘！
过了四年，别了，我的第二故乡！
我要回去看看母亲，因为母亲你正为着我而惆怅；
我要回去看看祖国，因为祖国而今已弄得满目荒凉……

归国后，东西飘零，南北奔走，无所驻足；
祖国虽大，但是没有地方给予我以安慰的勾留，
我屡次想回来亲亲我那清静的美丽的家园，
看看那如黛的青山，幽雅的松竹，儿时游泳的河湾……

但是满目荒凉的祖国，而今到处是炮火烽烟，令人胆寒，家园的归路
久已不通，家园已非昔日的家园。
我的母亲啊，我虽然想回来看看你衰老的容颜，
但是我又怎么能够呢？我只空有这回家的心愿！

一年，两年，三年，你的望眼欲穿，
一年，两年，三年，我的归心似箭；
我要回来看看母亲而不能够回来，
你要见见你的儿子而不能够相见。

啊！今日的中国乃一块荆棘蓬蔓的荒原！

啊！今日的中国人弄得骨肉都不能团圆！

母亲，我的可怜的母亲，我的亲爱的母亲！

这将如何是好呢，难道说是命运使然？……

归国后，匆匆地，茫然地，不觉转瞬已三年，这其间我所领受的羞辱，苦痛，真是不堪言！

母亲啊，我现在只有向你哭诉，只有向你哭诉，

因为在别人面前示弱，乞怜，哀语，我心不甘愿。

往日的朋友有点发财的发财，做官的做官，

今日的朋友也不少投降的投降，丢脸的丢脸。

但是母亲啊，你给予了我这一副铁一般的骨头，

我只知道倔强，抵抗，悲愤，顽固，至死也不变。

而今的世界贵的是强夺，卑污，下贱，拍马与钻营…… 哪里能容留我这一个倔强不化的，傲骨的诗人？

虽然是有许多往日的朋友肥马轻裘地显得多么威荣；但是母亲啊，我得到的只是穷困，穷困与穷困。

照俗风，读书原来是为着褒扬父母，光耀门庭，

但是母亲啊，不幸你的儿子读了书反遭穷困；

到今日我未寄过你点儿礼物，半个铜子！

异乡的银钱虽多，但是你的儿子没有享受的福分。

曾记得幼时，几个穷苦的母舅对我的希望，

他们希望我将来做官发财，改一改他们的窘状；

可是而今我成为一个穷困的流浪的诗人

只得将他们的希望付与汪洋，请他们原谅。

母亲啊！而今的世界到处可听着穷苦的哀鸣，

这哀鸣只逼得你的心软的儿子神魂不定；

他要为着一般穷苦的人们多多地多多地歌吟，

但无能力顾及几个穷苦的母舅，自己的亲人……

曾忆起幼时我爱读游侠的事迹，

那时我的小心灵中早种下不平的种子；

到如今，到如今啊，我依然如昔，

我还是生活在令人难耐的不平的空气里。

不平的生活逼得我走入疯狂；

不平的生活逼得我气破胸膛。

母亲啊，我抱怨你给了我这副铁一般的骨头，不能卑屈地追随着那浊

流地波荡。

而今的世界是黑暗的地狱，凶残的屠场，

只有无目的人能够安居，心死的人方能观望；但是母亲啊，我的目在

明亮，我的心在紧张，

我怎能够，唉，我怎能够静默着不发一点儿声响？

我恨不能跑到那高入云霄的昆仑山巅，

在那里做巨大的，如霹雳一般的狂喊；

我恨不能倾泻那浩荡无际的东海的洪波，

洗尽人类的羞辱，残忍，悲痛与污点。

啊，我只恨，我只恨，我的心愿大而能力小，我欲冲破重围，而敌人据着坚固的营壕，

我几次负伤，我几次心痛，我几次悲号，……但是我啊，我终于不曾为羞辱的脱逃。

祖国而今变成了鬼气森森的死城，

无论走几步你都要嗅着血肉的膻腥！

往日的杀人是稀有的新闻，动人观听，

但是而今啊，这新闻已经不成其为新闻……

今年的黄浦江中鼓荡着血潮，

偌大的上海城但闻鬼哭与神号；

无数的弟兄他们就此被恶魔葬送了，

遗留下的，啊，只有这呜咽的浪涛。

今年的龙华桃花盛行开放，

红艳的花瓣儿随着那春风飘荡；

啊，这不是花瓣儿，这不是花瓣儿，

这是那些牺牲的人们的血光。

母亲啊，我简直要疯狂，我简直要疯狂！

我的这一点慈柔的心灵怎经得起这般摧丧；

我几番想道，我还是追随着他们死去吧，

我真是再忍受不下了这些食人得魍魉。

我几番立在黄鹤楼头向着云山痛哭，

我的悲愤助长了那滚滚的江汉的波流；

那滚滚的江汉的波流似乎呜咽的说道：

"诗人啊，痛哭罢，祖国而今到了沦亡的时候……"

唉！不说起也罢，说起来我的心痛如刀绞！

我纵想到黑暗，我也没想到会有黑暗的今朝。

什么是正义，人道，现在只是残忍与横暴……

啊，我的祖国啊，难道说你的命运就长此以终了！？

我几次想投笔从军，将笔杆换为枪杆，

祖国已经要沦亡了，我还写什么无用的诗篇？

而今的诗人是废物了，强者应握有枪杆，

我应当勇敢地荷着武器与敌人相见于阵前……

啊，战死了罢，战死了罢，战死在阵前！

死时的失败，我相信，胜于活时的偷安，

这敌人，这敌人，我真不愿与他们并立在世间，

不是我们被他们杀死呀，就是他们死在我们前。

我为我自己羞，我为我自己笑：

无用的诗人啊，你不能将祖国来救！

停止你的歌吟罢，不要空自做无力的忧愁；

焚毁你的诗篇罢，应显一显男儿的身手！

母亲啊，我知道你不能明白我心灵的要求，

你听了我的话，你一定将你的双眉紧皱：

"我的儿，你枉自怀着这些悲愤与忧愁，

这些都不是你应管的事情，何不罢休？"

"什么革命，什么诗篇，我看都可以罢休，
归来罢，我的儿，异乡不可以久留；
家乡有青的山，绿的水，幽雅的松竹，
家乡有温暖的家庭，天伦的乐趣，慈爱的父母……

"归来吧，我的儿，异乡不可以久留；
什么革命，什么诗篇，我看都可以罢休。
家乡还有薄田几亩聊可以糊口，
你又何必在外边惹一些无谓的闲愁？

"归来吧，我的儿，异乡不可以久留；
什么革命，什么诗篇，我看都可以罢休。
归来，归来后免得我将你常挂在心头，
你也免得再受那飘零的痛苦……"

不，我的母亲你的儿吃惯了飘零的痛苦，
家园的幸福虽好，但你的儿不能安受；
我何尝不服终生埋没于山水的温柔，
遁入世外的桃源，离开这人间的疾苦？

但是我的母亲呵，我不能够，我不能够！
命运注定了我要尝遍这乱世的忧愁；
我的一颗心，它只是烧，只是烧呀，
任冰山，呵，任冰山也不能将它冷透！

1927 年 10 月 6 日

给——

有一日我看见你，姑娘，

你与你的姊姊说了几句，

似觉有什么冤屈也似的，

你就因之低头而哭泣；

姑娘啊！你知道我当时怎样难过么？

我尽找尽找，总找不出安慰你的话语；

我想将你抱到我的怀里，

哀求你向我诉一诉衷曲；

用舌舔干你的明珠般的泪痕，

用手抚摩你的温柔细腻的玉体；

使你听到我的心如何为你而跳悸，

你或者因之减少点悲戚；

倘若你的悲戚减少了，

我就代你悲戚也是愿意的。

但是，姑娘当你未允许我的时候，

我又怎敢将你怀抱呢？

有一日你看见我，姑娘

你就掉过脸儿回避，

似觉有什么怨我也似的，

真教我摸不着头绪，

姑娘啊：你知道我当时如何怅惘么？

我尽想尽想，总想不出什么时候得罪了你；

我想双膝跪在你的面前，

哀求你向我说个所以；

就使我有什么不好的地方，

姑娘，你尽可打我几下，骂我几句，

我都可以欢喜地忍受啊，

为什么只这般见我不理呢？

我情愿将我的心拿给你看看，

使你知道它是不是为着你的。

但是，姑娘，当你末允许我的时候，

我怎敢在你面前跪下呢？

有一日我送你回去，姑娘，

我怕你一人走路有点孤寂，

在路中你总缄守着沉默，

我说三句，你只懊恼地回答一句；

姑娘啊！你知道我当时如何烦闷么？

我尽猜尽猜，总猜不出你的心事；

我想大胆挽夹着你的胳膊，

问问你为什么这般不怿；

倘若你有什么讨厌我的地方，

姑娘，你不妨向我说得清清楚楚的；

我的灵魂已被你拿去了，

你对我还用着什么意气呢？

你可怜我一些儿罢！

我已经为着你肠回而心碎。

但是，姑娘，当你未允许我的时候，

我怎敢将你的胳膊挽夹呢？

有一日我想起你，姑娘，

我不禁滴下几点眼泪，

我真是再伤心没有了！

为什么我得不到你的欢喜呢？

姑娘啊！你知道我怎样为你憔悴么？

你一眼一笑，你的一切都令我心醉；

我想大胆地向你哀诉，

我是如何如何这般这般地爱你；

倘若你听了我的话之后，

你就慨然承诺或笑而不语，

那我就永远不希望别的幸福了，

因为你已给了我比一切贵重的东西；

姑娘，你坚信地爱我罢！

我是世界上第一个爱你的。

但是，姑娘，当你未允许我的时候，

我又怎敢向你哀诉呢？

1925 年 1 月 22 日

怀都娘

秋风渐渐凉起来了，
使我更忆起那已到深秋的莫斯科：
树叶想早已落尽了，
但是都娘你还是从前一样康健么？

"愿这一张小小的画片儿
为你我二人永远友爱的押札；
维嘉！你应当常常地忆念呵！"
这是你送给我像片上的题语。

"维嘉！回到那不自由的中国去，
好好把自己的热血掺合被压迫人们的酸泪！
去罢！我祝你的将来……"
这是你当我临行时的赠语。

当我临去莫斯科的前一日，
在你的家里你斜卧在床上，
我摩着你的头发伏着你的身子，
我的心做第一次最难受的战栗。

"都娘！我本不愿堕入情海里，
但是现在我不能自持；
给我一个温柔安慰的蜜吻罢！
此生我将长念而永忆。"
我大胆地向你哀说了，
却又怕听着你的答语。

"维嘉！你是个好孩子，
我真正地爱你且明白你，
但是我俩不过是朋友啊，
我们不必过于悲哀……分离……
你盼望着你的将来罢，
那将来可以使你愉快而欣喜。"
你竟笑嘻嘻地给了我温柔安思的蜜吻，
你竟很畅达地给了我温柔安慰的答语；
你所给我的真是无量啊！
此生我将长念而永忆。

你常为我唱革命之歌，
你的歌声悲壮而苍凉；
你常为我唱失恋之歌，
你的歌声哀婉而悠扬。

但是现在我听不着你的歌声了，
空间那渺无涯际的云天怅望！

秋风渐渐凉起来了，
使我更忆起那已到深秋的莫斯科；
树叶想早已落尽了，
但是都娘你还是从前一样康健么？

1924 年 7 月

《鸭绿江上》自序诗

我曾忆起幼时爱读游侠的事迹，
那时我的小心灵中早种下不平的种子；
到如今，到如今呵，我依然如昔，
我还是生活在令人难耐的不平的空气里。

我也曾爱幻游于美的国度里，
我也曾做过那温柔的蜜梦，
我也曾愿终身依傍着花魂，
抚摩着那仙女的玉腻的酥胸……

但是到如今呵，消散了一切的幻影，
留下的只有这现在的，真实的悲景！
我愿闭着眼睛追寻那仙女的歌声，
但是我的耳鼓总为着魔鬼震动得不宁。

是的，我明白了我是为着什么而生存，
我的心灵已经被刺印了无数的伤痕，
我不过是一个粗暴的抱不平的歌者，
而不是在象牙塔中漫吟低唱的诗人。

从今后这美妙的音乐让别人去细听，
这美妙的诗章让别人去写我可不问；
我只是一个粗暴的抱不平的歌者，
我但愿立在十字街头呼号以终生！

朋友们，请别再称我为诗人！
我是助你们为光明而奋斗的鼓号，
当你们得意凯旋的时候，
我的责任也就算尽了……

1926 年 10 月 28 日

乡　情

从故乡来了一个友人，
向我报告了许多消息，
他说故乡已改了面目，
完全不如那平静的往昔。

他说兵和匪闹不分晓，
为官的只知道自己的腰包；
有钱的被绑票，
无钱的更难熬……
我已经八年未归故乡了，
故乡的情事对我久已模糊；
他向我提起来一个人的名字，
顿令我想起儿时的景物。

在村镇的北头有一条小河，

小河的两岸上有着柳林，
这里在夏天可以听见蝉鸣，
在冬天也不断孩子们的踪影。

孩子们把此地当成俱乐部，
我那时也是俱乐部的一员；
我们有时围起树来捉迷藏，
有时预备起宴席来，烧饭。

孩子们之中有一个黄牛，
他的父亲本是抬轿的轿夫；
他的头发是黄的，其状如牛，
因此得了黄牛的称呼。

孩子们以黄牛为可耻的贱种，
黄牛时听着无端的恶语：
"你这黄牛，你不要讨气，
你，是一个轿夫的儿子……"

黄牛似乎知道自己不能与人平等，
因此也就默默的忍气吞声，
有时被孩子们欺侮得太甚了，
便也就挥起拳头来拼命。

那时我以为黄牛比别人都好
他的那一副圆眼睛更令我发笑；
那时我的年纪还很小，

不明白黄牛到底贱在哪一条。

只有我一个人和他交好，
他们所给他的只是烦恼；
有时他们还讥笑着我说：
"你看，他同娇夫的儿子一道……"

我的父母还有点大量，
并不禁止我同黄牛来往。
有时我把他带到家里，
偷偷地给他几块米糖。

儿时的光阴就这样地过去……
后来我进了邻县的高小学堂。
他的父亲没有钱送他读书，
只把他送到孤寂的乡间去牧羊。

我还记得我们临别时的景象
他的圆眼睛饱含着泪水汪汪；
他说他何尝不想同我一样，
怎奈没有……有钱的爹娘……

他说他很愿意进学堂，
学堂大概就同天堂一样；
但是他现在只好去牧羊，
忍受那乡间的雨露与风霜。

从此我们隔离在两地，
没有重新见面的机会，
他大约幻想着我读书的欢娱，
我也幻想着他那牧羊的孤凄。

从此我们就断了消息，
我想写信给他罢无从碍起：
一年，两年，三年地过去了……
我也就慢慢地将他忘记。

今朝友人提起黄牛的名字，
不禁令我发出无限的欣喜；
我便迫问起我的儿时的朋友，
现在是否还生活于人世。

"我乡的农民也有点兴起，
他们不如从前那般的昏愚；
这个从前为人所鄙弃的黄牛，
现在做了农民协会的执委……

"他专与豪绅作对，
任谁也不奈他何，
从前是轿夫的儿子，
现在变成了穷人的大哥。

"那一件事情最为有趣，
就是他把姓刘的店门封闭；

他说姓刘的过去是好佬，
现在却到了倒霉的日子。

"他说这里有的是白米，
有的是成堆的布匹，
挨饿的来拿米，
受寒的来取衣……

"他自身是异常地干净，
从不乱取别人的分文，
可是他为着穷人们着想，
引起了豪绅们的仇恨。

"豪绅们在县中请了官兵，
誓除此地方的"恶棍"，
黄牛虽然想逃走.
终于牺牲了性命……

"从此吾乡听不见了黄牛的叫鸣，
穷人们如丧了唯一的魂灵；
农民协会封闭了，
豪绅们又重新弹冠相庆……"

友人说罢长叹息，
我亦默默而无语；
不料被我久忘却了的黄牛，
现在又复活在我的心里。

哀中国

我的悲哀的中国！

我的悲哀的中国！

你怀拥着无限美丽的天然，

你的形象如何浩大而磅礴！

你身上排列着许多蜿蜒的江河，

你身上耸峙着许多郁秀的山岳。

但是现在啊，

江河只流着很呜咽的悲音，

山岳的颜色更惨淡而寥落！

满国中外邦的旗帜乱飞扬，

满国中外人的气焰好猖狂！

旅顺大连不是中国人的土地么？

可是久已做了外国人的军港；

法国花园不是中国人的土地么？

可是不准穿中服的人们游逛。

哎哟！中国人是奴隶啊！

为什么这般地自甘屈服？

为什么这般地萎靡颓唐？

满国中到处起烽烟，

满国中景象好凄惨！

恶魔的军阀只是互相攻打啊，

可怜小百姓的身家性命不值钱！

卑贱的政客只是图谋私利啊，

哪管什么葬送了这锦绣的河山？

朋友们，提起来我的心头寒，——

我的悲哀的中国啊！

你几时才跳出这黑暗之深渊？

东望望罢，那里是被压迫的高丽；

南望望罢，那里是受欺凌的印度；

哎哟！亡国之惨不堪重述啊！

我忧中国将沦于万劫而不复。

我愿跑到那昆仑之高巅，

做唤醒同胞迷梦之号呼；

我愿倾泻那东海之洪波，

洗一洗中华民族的懒骨。

我啊！我羞长此沉默以终古！

易水萧萧啊，壮士吞仇敌；

燕山巍巍啊，吓退匈奴夷；

回思古往不少轰烈事，

中华民族原有反抗力。

却不料而今全国无生息！

大家熙熙然甘愿为奴隶！

哎哟！我是中国人，

我为中国命运放悲歌，

我为中华民族三叹息。

寒风凛冽啊，吹我衣；

黄花低头啊，暗无语；

我今枉为一诗人，

不能保国当愧死！

拜伦曾为希腊羞，

我今更为中国泣。

哎哟！我的悲哀的中国啊！

我不相信你永沉沦于浩劫，

我不相信你无重兴之一日。

                                        11 月 21 日

朋　友

朋友，我真苦，苦得不堪言！
前望望，后看看——连天黑暗。
我的祖园，我的爱人，我的家园，
他们所给我的，唉，只有哀感！

我真愿抛却这烦扰的人间；
我真愿如顽石般在青山下静眠；
但是我的心呵，它只是烧，
烧得我如陷入了万丈深的火焰。

我的安慰在于那幻想的遥远，
但是那遥远呵，总减轻不了目前的哀感！
也许我终究要被这哀感牺牲掉，
朋友，我真苦，苦得不堪言！
前进罢，——我无力，后退罢——我不愿。

可恨的是我心呵，它只能烧，

烧得我如陷入了万丈深的火焰。

1926 年 6 月 4 日

◎ 小说

蒋光慈
文学精品选

丽莎的哀怨

一

医生说我病了，我有了很深的梅毒……

上帝呵，丽莎的结局是这样！丽莎已经到了末路，没有再生活下去的可能了。还有什么再生活下去的趣味呢？就让这样结局了罢！就让这样……我没有再挣扎于人世的必要了。

曾记得十年前，不，当我在上海还没有沦落到这种下贱的地位的时候，我是如何鄙弃那些不贞洁的女人，那些把自己的宝贵的，神圣的，纯洁的肉体，让任何一个男子去玷污的卖淫妇。她们为着一点儿金钱，一点儿不足轻重的面包，就毫无羞耻地将自己的肉体卖了，那是何等下贱，何等卑鄙的事情！

曾记得那时我也就很少听见关于这种罪恶的病的事情，我从没想及这方面来，我更没想及我将来会得这种最羞辱的病。那时如果我晓得哪一个人有了这种罪恶的病，那我将要如何地鄙弃他，如何地憎恨他，以他为罪恶的结晶。我将不愿正视他一眼，不愿提到他的那会玷污了人的口舌的名字。

但是，现在我病了，医生说我有了很深的梅毒……上帝呵，这就是丽莎的结局吗？丽莎不是一个曾被人尊敬过的贵重的女子吗？丽莎不是一个团长的夫人吗？丽莎不是曾做过俄罗斯的贵族妇女中一朵娇艳的白花吗？那令人欣羡的白花吗？但是现在丽莎是一个卖淫妇了，而且现在有了很深的梅毒……丽莎的结局如那千百个被人鄙弃的卖淫妇的结局一样。世界上的事情，真是如白云苍狗一般，谁个也不能预料。当我还没失去贵族的尊严的时候，当我奢华地，矜持地，过着团长夫人的生活的时候，我决没料到会有今日这种不幸的羞辱的结局。真的，我绝对没有涉想到这一层的机会，我只把我当做天生的骄子，只以为美妙的，富丽的，平静的生活是有永远性的，是不会变更的。但是俄罗斯起了革命，野蛮的波尔雪委克①得了政权，打破了我的美梦，把一切养尊处优的贵族们都驱逐到国外来，过着流浪的生活……

现在我明白了。生活是会变动的，世界上没有一成不变的真理。我自身就是一个最确当的例证：昔日的贵重的丽莎，而今是被人鄙弃的舞女，而且害了最罪恶的，最羞辱的病。这是谁个的过错呢？是玷污了我的那些男人的过错吗？是因为我的命运的乖舛吗？是野蛮的波尔雪委克的过错吗？唉，波尔雪委克！可恶的波尔雪委克！若不是你们捣乱，贵重的丽莎是永远不会沦落到这种不幸的地步的啊。

我们，我同我的丈夫白根，离开俄罗斯已经十年了。在这些年头之中，我们，全俄罗斯的外侨，从祖国逃亡出来的人们，总都是希望着神圣的俄罗斯能从野蛮的波尔雪委克的手里解放出来。我们总是期待着那美妙的一天，那我们能回转俄罗斯去的一天。我们总以为波尔雪委克的政权是不会在神圣的俄罗斯保持下去的，因为聪明的然而又是很浑厚的俄罗斯人民不需要它。它不过是历史的偶然，不过是一时的现象，绝对没永久存在的根

---

① 旧译名，今为布尔什维克。

据。难道说这些野蛮的波尔雪委克，无知识的黑虫，能有统治伟大的俄罗斯的能力吗？俄罗斯应当光荣起来，应当进展起来，然而这是优秀的俄罗斯的爱好者的事业，不应当落在无理性的黑虫的手里。

我也是这样想着，期待着，期待着终于能回到俄罗斯去，重新过着那美妙的生活。我曾相信俄罗斯的波尔雪委克终有失败的一天⋯⋯

但是我们离开俄罗斯已经十年了。我们时时期待着波尔雪委克的失败，然而波尔雪委克的政权却日见巩固起来。我们时时希望着重新回到俄罗斯去，温着那过去的俄罗斯的美梦，然而那美梦却愈离开我们愈远，或许永无复现的时候。我们眼看着波尔雪委克的俄罗斯日见成长起来，似乎野蛮的波尔雪委克不但能统治伟大的俄罗斯，而且能为俄罗斯创造出历史上的光荣，那不为我们所需要的光荣。

这是什么一回事呢？这难道说是历史的错误吗？难道说俄罗斯除开我们这些优秀分子，能够进展下去吗？这是历史的奇迹罢？⋯⋯

我们，这些爱护神圣的俄罗斯的人们，自从波尔雪委克取得了俄罗斯的统治权以后，以为俄罗斯是灭亡了，我们应当将祖国从野蛮人的手里拯救出来。波尔雪委克是俄罗斯的敌人，波尔雪委克是破坏俄罗斯文化的剑子手。谁个能在俄罗斯的国土内将波尔雪委克消灭掉，那他就是俄罗斯人民的福星。

于是我们对于任何一个与波尔雪委克为敌的人，都抱着热烈的希望。我们爱护俄罗斯，我们应当为我们的伟大的亲爱的祖国而战。但是我们的希望结果都沉没在失望的海里，幻成一现的波花，接着便消逝了，不可挽回地消逝了。我们希望日尼庚将军，但是他被波尔雪委克歼灭了。我们希望哥恰克将军，但是他的结局如因尼庚的一样。我们并且希望过土匪头儿谢米诺夫，但是他也同我们其他的侨民一样，过着逃亡的生活。我们也希望过协约国的武力干涉，但是十四国的军队，终没将野蛮的波尔雪委克扑灭。这是天命吗？这是上帝的意旨吗？上帝的意旨令那不信神的邪徒波尔雪委克得到胜利吗？……思想起来，真是令人难以索解呵。就是到现在，就是到现在我对于一切都绝望了的时候，我还是不明白这是一回什么事。也许我明白了……但是上帝呵，我不愿意明白！我不愿意明白！明白那波尔雪委克，将我们驱逐出俄罗斯来的恶徒，是新俄罗斯的创造主，是新生活的建设者，那真是很痛苦的事情呵。如果我们明白了波尔雪委克胜利的原因，那我们就不能再诅咒波尔雪委克了……但是我沦落到这样不幸的，下贱的，羞辱的地步，这都是波尔雪委克赐给我的，我怎么能够不诅咒他们呢。

但是徒诅咒是没有益处的。我们，俄罗斯逃亡在外的侨民，诅咒尽管诅咒，波尔雪委克还是逐日地强盛着。似乎我们对于他们的诅咒，反成了对于他们的祝词。我们愈希望将俄罗斯拯救出来，而俄罗斯愈离开我们愈远，愈不需要我们，我们的死亡痛苦与俄罗斯没有什么关系，俄罗斯简直不理我们了。天哪，我们还能名自己为俄罗斯的爱护者吗？俄罗斯已经不需要我们了，我们还有爱护她的资格吗？

现在我确确实实地明白了。俄罗斯并没有灭亡，灭亡的是我们这些自称为俄罗斯的爱护者。如果说俄罗斯是灭亡了，那只是帝制的俄罗斯灭亡了，那只是地主的，贵族的，特权阶级的俄罗斯灭亡了，新的，苏维埃的，波尔雪委克的俄罗斯在生长着，违反我们的意志在生长着，我们爱护的是旧的俄罗斯，但是它已经死去了，永远地死去了。我们真正地爱护它？不，我们爱护的并不是什么祖国，而是在旧俄罗斯的制度下，那一些我们的福利，那一些白的花，温柔的暖室，丰盛的筵席，贵重的财物……是的，我们爱护的是这些东西。但是旧的俄罗斯已经灭亡了，新的俄罗斯大概是不会被我们推翻的，我们还爱护什么呢？我们同旧的俄罗斯一块儿死去，新的俄罗斯是不需要我们的了，我们没有被它需要的资格……

现在我确确实实地明白了一切。我的明白就是我的绝望。我已经不能再回到俄罗斯去了。十数年来流浪的生活，颠连困苦，还没有把我的生命葬送掉，那只是因为我还存着一线的希望，希望着波尔雪委克失败，我们重新回到俄罗斯去，过着那旧时的美妙的生活。呵，我的祖国，我的伏尔加河，我的美丽的高加索，我的庄严的彼得格勒，我的……我是如何地想念它们！我是如何地渴望着再扑倒在它们的怀抱里！但是现在一切都完结了，永远地完结了。我既不能回到俄罗斯去，而这上海，这给了我无限羞辱和无限痛苦的上海，我实在不能再忍受下去了，我一定要离开它，迅速地离开它……唉，完结了，一切都完结了。

据医生说，我的病并不是不可以医治的，而且他可以把它医治好，他劝我不必害怕……天哪！我现在害怕什么呢？当我对于一切都绝望了的时候，我还害怕什么呢？不，多谢你医生的好意！我的病不必医治了，我不如趁此机会静悄悄地死去。我已经生活够了。我知道生活不能再给我一些什么幸福，所以我也就不再希望，不再要求什么了。那在万人面前赤身裸体的跳舞，那英国水兵的野蛮的拥抱……以及我天天看见我的丈夫的那种又可怜，又可耻，又可笑，又可恨的面貌，这一切都把我作践够了，我还有什么生活下去的兴趣呢？如果一个人还抱着希望，还知道或者还相信自己有光明的将来，那他就是忍受灾难折磨，都是无妨的。但是我现在是绝望了，我的将来只是黑暗，只是空虚。只是羞辱，只是痛苦。我知道这个，我相信这个，我还有力量生活下去吗？我没有生活下去的勇气了。

别了，我的祖国，我的俄罗斯！别了，我的美丽的伏尔加的景物！别了，我的金色的充满着罗曼谛克的高加索！别了，我的亲爱的彼得格勒！别了，一切都永别了……

二

革命如六月里的暴风雨一般，来的时候是那样地迅速，那样地突然，那样地震动。那时我仿佛正在温和的暖室里。为美妙的梦所陶醉，为温柔的幻想所浸润，心神是异常地平静……忽然乌云布满了天空，咯咯嚓嚓轰轰洞洞响动了令人震聩的霹雳，接着便起了狂风暴雨，掀动了屋宇，屋宇终于倒坍了。我眼看着我的暖室被暴风雨推毁了，所有暖室中美丽的装置：娇艳的白花，精致的梳妆台，雪白的床铺，以及我爱读的有趣的小金色书，天鹅绒封面的美丽的画册……一切，一切都被卷入到黑黯黯的，不可知的黑海里去了。我的神经失了作用，我陷入于昏瞆迷茫的状态。我简直不明白发生了什么事情，我一点儿都不明白。后来等到我明白了之后，我想极力抵抗这残酷的暴风雨，想极力挽回我所失去的一切，但是已经迟了，迟了，永远不可挽回了。

当革命未发生以前，我也曾读过关于革命的书，也曾听过许多关于革命的故事。虽然我不能想象到革命的面目到底象一个什么样子，但我也时常想道：革命也许是很可怕的东西，革命也许就是把皇帝推倒……也许革命是美妙的东西，也许革命的时候是很有趣味，是很热闹……但是我从未想到革命原来是这样残酷，会催毁了我的暖室，打折了我的心爱的娇艳的白花。革命破灭了我的一切的美梦，革命葬送了我的金色的幸福。天哪！我是如何地惊愕，如何地恐惧，如何地战栗。当那革命在彼得格勒爆发的时候……

那时我与白根结婚刚刚过了一个月。前敌虽然同德国人打仗，虽然时闻着不利的恐怖的消息，但是我那时是过着蜜月的生活，我每天只是陶醉在温柔的幸福的梦里，没有闲心问及这些政治上和军事上的事情。我只感谢上帝的保佑，白根还留在彼得格勒的军官团里服务，没有被派到前线去。那时白根是那样地英俊，是那样地可爱，是那样地充满了我的灵魂。上帝给了我这样大的，令我十分满足的，神圣的幸福。我真是再幸福没有的人了。

真的，我那时是终日地浸润在幸福的海里。白根是那样英俊的，风采奕奕的少年军官，他的形象就证明他有无限的光荣的将来。又加之我的父亲是个有名的，为皇帝所信用的将军，他一定是可以将白根提拔起来的。也许皇帝一见了白根的风采，就会特加宠爱的。我那时想道，俄罗斯有了这样的少年军官，这简直是俄罗斯的光荣呵。我那时是何等地满足，何等地骄傲！我想在全世界的女人们面前，至少在彼得格勒所有的女人们面前，高声地喊道："你们看看我的白根罢，我的亲爱的白根罢。他是俄罗斯的光荣，他是我的丈夫呵！……"

我总是这样地幻想着：如果白根将来做了外交官，——他真是一个有威仪的，漂亮的外交官阿！——或者简直就做了俄罗斯帝国驻巴黎的公使，那时我将是如何地荣耀！在那繁华的整个的巴黎面前，我将显出我的尊贵，我的不可比拟的富丽。若在夏天的时候，我穿着精致的白衣，我要使得那些巴黎人把我当做白衣的仙女。如果我同亲爱的白根，我这样令人注目的漂亮的外交官，坐着光彩夺目的汽车，在巴黎城中兜风，我要令那些巴黎的女人们羡瞎了眼睛。

我们于假期可以到清雅的瑞士，优美的意大利等等有诗趣的国度里去漫游。我不想到伦敦去，也不想到纽约去，听说那里有的只是喧嚷和煤气而已，令人发生俗恶的不愉快的感觉。我最倾心于那金色的意大利，听说那里的景物是异常地优美，娟秀，令人神往。

在俄罗斯的国境内，我们将在高加索和伏尔加的河岸上，建筑两所清雅的别墅。在秋冬的时候，我们可以住在高加索，在那里玩山弄水，听那土人的朴直的音乐，看那土人的原始的然而又美丽的舞蹈。那该多么是富于诗趣的生活呵！在春夏的时候，我们可以住在伏尔加的河岸上，听那舟子的歌声，看那冰清玉澈的夜月。那里的景物是如何地荡人心魂，如何地温柔曼妙。河冰潺潺而不急流，风帆往来如画。呵，好美妙的天然！……

我同白根是世界上最幸福的人。我曾相信白根永远地爱着我，我也永远地爱着白根。如果世界上有圆满的生活，那我同白根所过的生活，恐怕要算是最圆满的了。呵，想起来我在那与白根初结婚的蜜月里，我的生活是如何地甜蜜，我的心神是如何地愉快，我的幻想是如何地令我感觉着幸福的温柔！如果我此生有过过最幸福的日子的时候，那恐怕就是这个简短的时期了。

不料好梦难常，风波易起！忽然……暖室的好梦打破了，娇艳的白花被摧折了……随着便消灭了巴黎的风光，高加索和伏尔加的别墅，以及对于漫游意大利的诗意。忽然一切都消灭了，消灭了帝国的俄罗斯，消灭了我的尊优的生活，消灭了一切对于美妙的幻想。是的，一切都消灭了……

有一天……那是春阳初露的一天。从我们的崇高的楼窗看去，温暖而慈和的阳光抚慰着整个洁白的雪城。初春的阳光并不严厉，放射在洁白的雪上，那只是一种抚慰而已，并不足以融解它。大地满布着新鲜的春意，若将窗扉展开，那料峭的，然而又并不十分刺骨的风，会从那城外的效野里，送来一种能令人感觉着愉快的，轻松的，新鲜的春的气味。

午后无事，我拿起一本金色的诗集，躺在柔软的沙发上翻读。这诗集里所选的是普希金，列尔茫托夫①，歌德，海涅……等等的情诗，一些令人心神迷醉的情诗。读着这些情诗，我更会感觉到我与白根的相爱，是如何地美妙，是如何地神秘而不可思议。在蜜月的生活中，我是应当读这些情诗的呵。我一边读着，一边幻想着。虽然白根不在我的面前，但是我感觉到他是如何热烈地吻我，如何紧紧地拥抱我……他爱情的热火把我的全身的血液都烧得沸腾起来了。我的一颗心很愉快地微微地跳动起来了。我的神魂荡漾在无涯际的幸福的海里。

忽然……

白根喘着气跑进来了。他惨白着面孔，惊慌地，上气接不着下气地，继续地说道：

"丽莎……不好了……完了！前线的兵士叛变了。革命党在彼得格勒造了反……圣上逃跑了……工人们已经把彼得格勒拿到手里……完了，完了！……"

好一个巨大的晴天霹雳！一霎时欢欣变成了恐惧。我的一颗心要炸开起来了。我觉得巨大的灾祸，那可怕的，不可阻止的灾祸，已经降临到头

---

① 旧译名，今为莱蒙托夫。莱蒙托夫（1814—1841），是继普希金之后俄国又一位伟大诗人。被别林斯基誉为"民族诗人"。

上来了。这时我当然还不明白革命到底是一回什么事，但是我在白根的神情上，我明白了最可怕的事情。

"他们只是要把圣上推翻罢？……"我惊颤地说了这么一句。

"不，他们不但要把圣上推翻，而且还要求别的东西，他们要求面包，要求土地……要求把我们这些贵族统统都推翻掉……"

"天哪！他们疯了吗？……现在怎么办呢？待死吗？"

我一下扑到白根的怀里，战栗着哭泣起来了。我紧紧地将白根抱着，似乎我抱着的不是白根，而是那一种什么已经没落了的，永远不可挽回的东西。接着我们便听见街上的轰动，稀疏的枪声……完了，一切都完了！

父亲在前线上，不知道是死还是活，后来当然被乱兵打死了。母亲住在家乡里，住在伏尔加的河畔，从她那里也得不到什么消息。我只得和白根商量逃跑的计策，逃跑到亚洲的西伯利亚去，那里有我们的亲戚。好在这第一次革命，野蛮的波尔雪委克还未得着政权，我们终于能从恐怖的包围里逃跑出来。这时当权的是社会革命党，门雪委克……

两礼拜之后，我们终于跑到此时还平静的伊尔库次克来了。从此后，我们永别了彼得格勒，永别了欧洲的俄罗斯……上帝呵！这事情是如何地突然，是如何地急剧，是如何地残酷！我幸福的命运从此开始完结了。温和的暖室，娇艳的白花，金色的诗集……一切，一切，一切都变成了云烟，无影无踪地消散了。

我们在伊尔库次克平安地过了几个月。我们住在我们的姑母家里。表兄米海尔在伊尔库次克的省政府里办事。他是一个神经冷静，心境宽和的人。他时常向我们说来：

"等着罢！俄罗斯是伟大的帝国，那她将来也是不会没有皇帝的。俄罗斯的生命在我们这些优秀的贵族的手里。俄罗斯除开我们还能存在吗？这些无知识的，胡闹的，野蛮的社会党人，他们能统治俄罗斯吗？笑话！绝对不会的！等着罢！你看这些克伦斯基，雀而诺夫……不久自然是会坍台的，他们若能维持下去，那真是没有上帝了。"

白根也如米海尔一般地相信着：俄罗斯永远是我们贵族的，她绝对不会屈服于黑虫们的手里。

"丽莎！我的爱！不要丧气呵，我们总有回到彼得格勒的日子，你看这些混蛋的社会党人能够维持下去吗？等着罢！……"

白根此时还没失去英勇的气概呵。他总是这样地安慰我。我也就真相信米海尔和他的话，以为不是今天，就是明天，一定会回到彼得格勒去的。但是时局越来越糟，我们的希望越来越不能实现；克伦斯基是失败了，社会党人是坍台了，但是波尔雪委克跑上了舞台，黑虫们真正地得起势来……而我们呢？我们永没有回转彼得格勒的日子，永远与贵族的俄罗斯辞了别，不，与其说与它辞了别，不如说与它一道儿灭亡了，永远地灭亡了。

十月革命爆发了……命运注定要灭亡的旧俄罗斯，不得不做一次最后的挣扎。哥恰克将军在西伯利亚组织了军事政府，白根乘此机会便投了军。为着俄罗斯而战，为着祖国而战，为着神圣的文明而战……在这些光荣的名义之下，白根终于充当扑灭波尔雪委克的战士了。

"丽莎！亲爱的丽莎！听说波尔雪委克的军队已经越过乌拉岭了，快要占领托木斯克城了。今天我要到前线上去……杀波尔雪委克，杀那祖国的敌人呵！丽莎！当我在前线杀敌的时候，请你为我祷告罢，为神圣的俄罗斯祷告罢，上帝一定给予我们以最后的胜利！"

有一天白根向我辞别的时候，这样向我颤动地说。我忽然在他的面孔上，找不到先前的那般温柔的神情了。我觉得他这时是异常地凶残，面孔充满了令人害怕的杀气。我觉得我爱他的热情有点低落了。我当时答应为他祷告，为祖国的胜利祷告。但是当我祷告的时候，我的心并不诚恳，我有点疑虑：这祷告真正有用处吗？上帝真正能保佑我们吗？当我们自己不能将波尔雪委克剿灭的时候，上帝能有力量令他们失败吗？……

哥恰克将军将白根升为团长，嘉奖他的英勇。我不禁暗自庆幸，庆幸我有这样一个光荣的丈夫，为祖国而战的英雄。但是同时，我感觉到他的心性越来越残酷，这实在是令我不愉快的事情。有一次他从乡间捉来许多老实的，衣衫褴褛的乡下人，有的是长胡须的老头子，有的是少年。他们被绳索缚着，就如一队猪牛似的，一队被牵入屠场的猪牛……

"你把这些可怜的乡下人捉来干什么呢？"我问。

白根很得意地，眼中冒着凶光地笑着：

"可怜的乡下人？他们都是可恶的波尔雪委克呵。他们捣乱我们的后方呢，你晓得吗？现在我要教训教训他们……"

"你将怎样教训他们呢？"

"枪毙！"

"白根！你疯了吗？这些可怜的乡下人，你把他们枪毙了干什么呢？你千万别要这样做罢！我的亲爱的，我请求你！"

"亲爱的，你完全不懂得呵！现在是这样的时候，怜悯是不应当存在的了。我们不应当怜悯他们，他们要推翻我们，他们要夺我们的幸福，要夺我们所有的一切，我们还能怜悯他们吗？不是他们把我们消灭，就是我们把他们消灭，怜悯是用不着的……"

我听了白根的话，沉默着低下头来。我没有再说什么话，回到自己的房里。我的心神一面是很恍惚的，迷茫地摇荡着，一面又是很清晰的，从前从没有这样清晰过。我明白了白根的话，我明白了残酷的历史的必然性……我明白了白根的话是对的。我再没有什么话可说了。因此，我的心神也就迷茫地摇荡起来……如果我坚定地不以白根的话为然，那结果只有加入那些乡下人的队里，投入波尔雪委克的营垒。但是我不能离开白根……

后来白根终于毫无怜悯地将那些老实的乡下人一个一个地枪毙了……

上帝呵，这是如何地残酷！难道说这是不可挽回的历史的运命吗？

三

但是旧俄罗斯要灭亡的命运已经注定了，注定了……任你有什么伟大的力量也不能改变。黑虫们的数量比我们多，多得千万倍，白根就是屠杀他们的一小部分，但是不能将他们全部都消灭呵。已经沉睡了无数年代的他们，现在忽然苏醒了。其势就如万丈的瀑布自天而降，谁也不能阻止它；就如广大的燃烧着了的森林，谁也不能扑灭它。于是白根……于是哥恰克将军……于是整个的旧俄罗斯，终于被这烈火与狂澜所葬送了。

前线的消息日见不利……我终日坐在房里，不走出城中一步。我就如待死的囚徒一般，我所能做得到的，只是无力的啜泣。伊尔库次克的全城就如沉落在惊慌的海里，生活充满了苦愁与恐惧。不断地听着：来了，来了，波尔雪委克来了……天哪！这是如何可怕的生活！可怕的生活！……

米海尔表兄已经不如先前的心平气静了。他日见急躁起来，哭丧着面孔。他现在的话已经与先前所说的不同了：

"上帝啊！难道说我们的命运就算完了吗？难道说这神圣的俄罗斯就会落到黑虫们的手里吗？上帝呵！这是怎样地可怕！……"

姑母所做得到的，只是面着神像祷告。她已经是五十多岁的老太婆了，她经过许多世事，她也曾亲眼看过许多惊心动魄的现象，但是她却不明白现在发生了什么事情，这种为她梦想也不能梦想得到的事情。她的面孔已经布满了老的皱纹，现在在终日泪水不干的情状中，更显得老相了许多。她终日虔诚地祷告着，为着她的儿子，为着神圣的俄罗斯……但是一个与上帝相反对的巨神，已经将我的命运抓住了，紧紧地抓住了，就是祷告也无能为力了。

可怜的姑母，她终于被苦愁和恐惧所压死了！她是在我的面前死去的……天哪！我真怕想起这一种悲哀的景象！我当时并没有哭泣，我只如木鸡一般地望着姑母的死尸。在她的最后的呻吟里，我听出神圣俄罗斯的最后的绝望。这绝望将我们沉没到迷茫的，黑暗的，无底的海里。天哪！人生是这样地不测，是这样地可怕！这到底是谁个的意志呢？……

白根的一团人被波尔雪委克的军队击溃了。因之他对于将军或总司令的梦也做不成了……我们终于不得不离开伊尔库次克。我们别了米海尔表兄，上了西伯利亚的遥长的铁道。我们并没有一定的方向。只是迷茫地任着火车拖去。我们的命运就此如飘荡在不着边际的海里，任那不可知的风浪的催送。

从车窗望去，那白茫茫的天野展布在我们的眼前。那是伟大的，寂静的俄罗斯的国土，一瞬间觉得在这种寂静的原野上，永不会激起狂暴的风浪。这里隐藏着伟大的俄罗斯的灵魂。它是永不会受着骚乱的……忽然起了暴风雪，一霎时白茫茫的，寂静的俄罗斯，为狂暴的呼鸣和混沌的骚乱所笼罩住了。我们便也就感觉着自己被不可知的命运所拖住了，迷茫了前路。是的，我们的前路是迷茫了。如长蛇似的火车将我们迷茫地拖着，拖着，但是拖到什么地方去呢？……

当我们经过贝加尔湖的时候，我看见那口加尔湖的水是那样地清澈，不禁起了一种思想：我何妨就此跳入湖水死去呢？这湖水是这样地清澈可爱，真是葬身之佳处。死后若我的灵魂有知，我当邀游于这两岸的美丽的峰岚，娱环于这湖上的清幽的夜月。……但是白根还是安慰我道：

"丽莎！听我说，不要灰心罢。我们现在虽然失败，但是我们的帮手多着呢。我们有英国，有美国，有法国……他们能不拯救我们吗？他们为着自己的利益，也是要把波尔雪委克消灭下去的呵……丽莎，亲爱的！你不要着急，我们总有回到彼得格勒的一日。"

天哪！当时如果我知道我永没有回到彼得格勒的一日，如果我知道会有不幸的，羞辱的今日，那我一定会投到贝加尔湖里去的呵。我将不受这些年流浪的痛苦，我将不会害这种最羞辱的病，我就是死，也是死在我的俄罗斯的国土以内。但是现在……唉！后悔已经来不及了。

那时西伯利亚大部分为日本军队所占据。我们经过每一个车站，都看见身材矮小的，穿着黄衣的日本军队。他们上车检查坐客，宛如他们就是西伯利亚的主人一般。他们是那样地傲慢，是那样地凶恶，不禁令我感觉得十分不快。我记得我曾向白根问道：

"你以为这些日本人是来帮助我们的吗？为什么他们对待我们俄罗斯人

是这种样子？"

白根将头伸至窗外，不即时回答我。后来他说道：

"也许他们不怀着好意，也许他们要把西伯利亚占为领土呢。他们很早就想西伯利亚这块广漠的土地呵……但是……俄罗斯与其落在波尔雪委克的手里，不如让日本人来管理呵。……"

"白根？你，你这说的什么话，呵？"我很惊异地，同时感到不愉快地问道，"你说情愿让日本人来管理俄罗斯吗？这是什么意思？你不是常说你是很爱护俄罗斯的吗？现在却说了这种不合理的话……"

我有点生气了。白根向我并排坐下来，深长地叹了一口气。我这时觉察到他完全改变了样子。他的两眼已经不如先前的那般炯炯有光了。一种少年英俊的气概，完全从他的表情中消逝了。天哪！我的从前的白根，我的那种可爱的白根，现在到什么地方去了呢？

他拿起我的手来，抚摩着，轻轻地说道：

"不错，我时常说我是祖国的爱护者，我要永远做它的战士……但是，丽莎，亲爱的，现在我们的祖国是被黑虫们战去了，我们的一切都被黑虫们占去了。我们还爱护什么呢？俄罗斯与其被波尔雪委克拿去了，不如让它灭亡罢，让日本人来管理罢……这样还好些，你明白吗？"

"但是波尔雪委克究竟是俄罗斯人呵。……"

"是的，他们是俄罗斯人，但是现在我们问不到这个了。他们夺去了我们的福利……"

我忽然哭起来了，觉得异常地伤心。这并不是由于我生了气，也不是由于恨日本人，而且也不是由于恨波尔雪委克……这是由于我感觉到了俄罗斯的悲哀的命运，也就是我自身的命运。白根不明白我为什么哭起来了，只是抚慰着我说道：

"丽莎，亲爱的！别伤心！上帝自然会保佑我们的……"

我听着他的这种可怜的，无力的抚慰，宛如一颗心上感觉到巨大的刺痛，不禁更越发放声痛哭了。上帝呵，你是自然保佑我们的，但是你也无能为力了！……

最后我们到了海参崴。我们在海参崴住下了。此地的政象本来也是异常地混乱，但是我们在日本人的保护下，却也可以过着安静的生活。日本人向我们宣言道，只要把波尔雪委克一打倒了，即刻撤退西伯利亚的军队……天哪！他们是不是这样地存心呢？我们不相信他们，但是我们却希望他们将俄罗斯拯救出来。我们不能拯救祖国，而却希望外国人，而却希望日本人，这不怀好意的日本人……这岂不是巨大的羞辱吗？

白根找到差事了。我也就比较地安心过着。我们静等着日本人胜利，静等着波尔雪委克失败，静等着那回到彼得格勒的美妙的一天……

在海参崴我们平安地过了数月。天哪！这也说不上是什么平安的生活！我们哪一天不听见一些可怕的消息呢？什么阿穆尔省的民团已经蜂起了哪，什么日本军队已经退出伯里哪，什么……天哪，这是怎样的平安的生活！不过我们总是相信着，日本军队是可以保护我们的，我们不至于有什么意外的危险。

海参崴也可以说是一个美丽的大城。这里有高耸的楼房，宽展的街道，有许多处仿佛与彼得格勒相似。城之东南面濒着海，海中有无数的小岛。在夏季的时候，深碧的海水与绿森森的岛上的树木相映，形呈绝妙的天然的景色。海岸上列着一个长蛇形的花园，人们可以坐在这里，一面听着小鸟的叫鸣，一面受着海风的陶醉。

在无事的时候，——我镇日地总是没有事做呵！——我总是在这个花园中，消磨我的苦愁的时日。有时一阵一阵的清凉的，然而又温柔的海风，只抚摩得我心神飘荡，宛如把我送入了飘缈的梦乡，我也就因之把一切什么苦愁哀事都忘怀了。有时我扑入海水的怀抱里，任着海水温柔地把我全身吻着，吻着……我已经恍惚离开了充满了痛苦的人世。我曾微笑着想道，就这样过下去罢，过下去罢，此外什么都不需要呵！……

这是我很幸福的时刻。但是当我立在山岗的时候，我回头向那广漠的俄罗斯瞻望，我的一颗心就凄苦地跳动起来了。我想着那望不见的彼得格勒，那我的生长地——伏尔加河畔，那金色的，充满了我的幻想的，美丽的高加索……我不禁渗渗地流下悲哀的泪米。我常常流着泪，悄立着很久，回瞻着我那已失去的美梦，那种过去还不久的，曼妙的，幸福的美梦！由边区的海参崴到彼得格勒，也不过是万余里之遥，但是我的美梦却消逝到无数万万里以外了。我将向何处去追寻它呢？

我又向着那茫茫的大海望去，那里只是望不见的边际，那前途只是不可知的迷茫。我觉着那前途所期待着于我的，只是令人心悸的，可怕的空泛而已。我曾几番想道，倒不如跳到海里面去，因为这里还是俄罗斯的国土，这里还是俄罗斯所有的海水……此身既然是在俄罗斯的国土上生长的，那也就在俄罗斯的国土上死去罢……我总是这样想着，然而现在我不明白，为什么我当时不曾如此做呢？到了现在，我虽然想死在祖国的境内，想临死时还吻一吻我祖国的土地，但是已经迟了！迟了！我只能羞辱地，冷落地，死在这疏远的异乡！……天哪！我的灵魂是如何地痛苦呵！这是我唯一的遗恨！

当时我们总是想着，日本人可以保护我们，日本人可以使我们不离开俄罗斯的国土……但是命运已经注定了，任你日本人是如何地狡桧，是如何地计算，也终抵挡不住那泛滥的波尔雪委克的洪水。我们终于不得不离开俄罗斯，不得不与这个"贵族的俄罗斯"的最后的一个城市——海渗崴辞别！

日本人终于要撤除海参崴的军队……

波尔雪委克的洪水终于流到亚洲的东海了。

四

那是一个如何悲惨的，当我们要离开海参崴的前夜！……

在昏黄而惨淡的电灯光下，全房中都充满了悲凄，我和白根并坐在沙发上，头挨着头，紧紧地拥抱着，哭成了一团。我们就如待死的囚徒，只能做无力的对泣；又如被赶到屠场上去的猪羊，嗷嗷地吐着最后的哀鸣。天哪！那是如何悲惨的一夜！……

记得那结婚的初夜，在欢宴的宾客们散后，我们回到自己的新婚的洞房里，只感到所有的什物都向我们庆祝地微笑着。全房中荡溢着温柔的，馨香的，如天鹅绒一般的空气。那时我幸福得哭起来了，扑倒在白根的怀里。他将我紧紧地拥抱着，我的全身似乎被幸福的魔力所熔解了。那时我只感到幸福，幸福……我幸福得几乎连一颗心都痛起来。那时白根的拥抱就如幸福的海水把我淹殁了似的，我觉着一切都是光明的，都是不可思议的美妙。

拥抱同是一样的呵，但是在这将要离开俄罗斯的一夜……白根的拥抱只使我回味着过去的甜蜜，因之更为发生痛苦而已。在那结婚的初夜，那时我在白根的拥抱里，所见到的前途是光明的，幸福的，可是在这一夜，在这悲惨的一夜呵，伏在白根的拥抱里，我所见到的只是黑暗与痛苦而已……天哪！人事是这样地变幻！是这样地难料！

"白根，亲爱的！"我呜咽着说，"我无论如何不愿离开俄罗斯的国土，生为俄罗斯人，死为俄罗斯鬼。……"

"丽莎！别说这种话罢！"白根哀求着说，"我们明天是一定要离开海渗崴的，否则，我们的性命将不保……波尔雪委克将我们捉到，我们是没有活命的呵。我们不逃跑是不可以的，丽莎，你不明白吗？"

"不，亲爱的！"我是舍不得俄罗斯的。让波尔雪委克来把我杀掉罢，只要我死在俄罗斯的国土以内。也许我们不反抗他们，他们不会将我们处之于死地……

"你对于俄罗斯还留恋什么呢？这里已经不是我们的俄罗斯了。我们失去了一切，我们还留恋什么呢？我们跑到外国去，过着平安的生活，不都是一样吗？"

"不，亲爱的！让我在祖国内被野蛮的波尔雪委克杀死罢……你可以跑到外国去……也许你还可以把俄罗斯拯救出来……至于我，我任死也要回到彼得格勒去……"

我们哭着争论了半夜，后来我终于被白根说服了。我们商量了一番：东京呢，哈尔滨呢，还是上海呢？我们最后决定了到上海来。听说上海是东方的巴黎……

我们将贵重的物件检点好了，于第二天一清早就登上了英国的轮船。当我们即刻就要动身上船的时候，我还是没有把心坚决下来。我感觉到此一去将永远别了俄罗斯，将永远踏不到了俄罗斯的土地……但是白根硬仓促地，坚决地，将我拉到轮船上了。

我还记得那时我的心情是如何地凄惨，我的泪水是如何地汹涌。我一步一回头，舍不得我的祖国，舍不得我神圣的俄罗斯……别了，永远地别了！……此一去走上了迷茫的道路，任着浩然无际的海水飘去。前途，呵，什么是前途？前途只是不可知的迷茫，只是令人惊惧的黑暗。虽然当我们登上轮船的时候，曙光渐渐地展开，空气异常地新鲜，整个的海参崴似乎从睡梦中昂起，欢迎着光明的到来；虽然凭着船栏向前望去，那海水在晨光的怀抱中展着恬静的微笑，那海天的交接处射着玫瑰色的霞彩……但是我所望见得到的，只是黑暗，黑暗，黑暗而已。

从此我便听不见了那临海的花园中的鸟鸣，便离开了那海水的晶莹的，温柔的怀抱；从此那别有风趣的山丘上，便永消失了我的足迹，我再也不能立在那上边回顾彼得格勒，回顾我那美丽的乡园——伏尔加河畔……

白根自然也怀着同样的心情，这辞别祖国对于他当然也不是很容易的事情。我在他的眼睛里，我在他那最后的辞别的话音里。

"别了，俄罗斯……"

看出他的心灵是如何地悲哀和颤动起来。但是他不愿意在我面前表示出他是具有这般难堪的情绪，而且佯做着毫不在意的样子。当轮船开始离岸的时候，白根强打精神向我笑道：

"丽莎！丽莎奇喀！你看，我们最后总算逃出这可诅咒的俄罗斯了！"

"为什么你说'这可诅咒的俄罗斯'？"我反问着他说道，"俄罗斯现在，当我要离开它的时候，也许是当我永远要离开它的时候，对于我比什么都亲爱些，你晓得吗？"

我觉着我的声音是异常悲哀地在颤动着，我的两眼中是在激荡着泪潮。我忽然觉着我是在恨白根，恨他将我逼着离开了亲爱的俄罗斯……但我转而一想，不禁对他又起了怜悯的心情：他也是一个很不幸的人呵！他现在向我说硬话，不过是要表示他那男子的骄傲而已。在内心里，他的悲哀恐怕也不比我的浅罢。

"俄罗斯曾经是神圣的，亲爱的，对于我们……但是现在俄罗斯不是我们的了！它已经落到我们的敌人波尔雪委克的手里，我们还留恋它干什么呢？……"

我听了他的话，不再说什么，回到舱房里一个人独自地啜泣。我觉得我从来没有如此地悲哀过。这究竟由于什么，由于对于俄罗斯的失望，由于伤感自身的命运，还是由于对于白根起了怜悯或愤恨的心情……我自己也说不清楚。我啜泣着，啜泣着，得不到任何人的抚慰，就是有人抚慰我，也减少不了我的悲哀的程度。同船的大半都是逃亡者，大半都是与我们同一命运的人们，也许他们需要着抚慰，同我需要着一样的呵。各人抚慰各人自己苦痛的心灵罢，这样比较好些，好些……

我不在白根的面前，也许白根回顾着祖国，要发着很深长的叹息，或者竟至于流泪。我坐在舱房里，想象着他那流泪的神情，不禁更增加了对于他的怜悯，想即刻跑到他的面前，双手紧抱着他的颈项，抚慰着他道：

"亲爱的，不要这样罢！不要这样罢！我们终有回返祖国的一日……"

舱房门开了，走进来了一个三十来岁的贵妇人。她的面相和衣饰表示她是出身于高贵的阶级，最触人眼帘的，是她那一双戴着穗子的大耳环。不待我先说话，她先自向我介绍了自己：

"请原谅我，贵重的太太，我使你感觉着不安。我是住在你的隔壁房间里的。刚才我听见你很悲哀地哭泣着，不禁心中感动起来，因此便走来和你谈谈。你可以允许我吗？"

"自然罗，请坐。"我立起身来说。

"我是米海诺夫伯爵夫人。"她坐下之后，向我这样说道，表示出她有贵重的礼貌。我听见了她是米海诺夫伯爵夫人，不禁对她更注意起来。我看她那态度和神情与她的地位相符合，便也就相信她说的是真实话了。

"敢问你到什么地方去，伯爵夫人？"

我将我的姓名向她说了之后，便这样很恭敬地问她。她听了我的话，叹了一口气，改变了先前的平静的态度，将两手一摆，说道：

"到什么地方去？现在无论到什么地方去，不都是一样吗？"

"一样？"我有点惊愕地说道，"伯爵夫人，我不明白你的意思。"

"你不明白我的意思？"她有点兴奋起来了。她将两只美丽的灰碧色的眼睛逼射着我。"我问你，你到什么地方去呢？无论什么地方去，对于你不都是一样吗？"

她说着带着一点责问的口气，好像她与我已经是久熟的朋友了。

我静默着不回答她。

"我问你，你刚才为什么哭泣呢？你不也是同我一样的人吗？被驱逐出祖国的人吗？我们失掉了俄罗斯，做了可怜的逃亡者了。无论逃亡到什么地方去，我想，这对于我们统统都是一样的，你说不是吗？"

我点一点头，表示与她同意。她停住不说了，向窗外望去，如有所思也似的。停了一会儿，她忽然扭转头来向我问道：

"我刚才听见你哭泣的声音，觉得是很悲凄的，你到底在俄罗斯失去了一些什么呢？"

"失去了一些什么？难道说你不知道吗？失去了一切，失去了安乐的生活，失去了美满的，温柔的梦，失去了美丽的伏尔加河，失去了彼得格勒……"

"和你同舱房的，年轻的人，他是你的丈夫吗？"

"是的。"我点一点头说。

"你看，你说你一切都失去了，其实你还是幸福的人，因为你的丈夫还活着……"

她忽然摇一摇头（她的那两只大耳环也就因之摆动了），用蓝花的丝手帕掩住了口鼻，很悲哀地哽咽起来了。我一方面很诧异她的这种不能自持的举动，一方面又很可怜她，但即时寻不出什么话来安慰她。

"我真是失去了一切，"她勉强将心境平静一下，开始继续地说道："我失去了……我的最贵重的丈夫……他是一个极有教养，极有学识的人，而且也是极其爱我的人……波尔雪委克造了反，他恨得了不得，便在伊尔库次克和一些军官们组织了恢复皇室的军队……不幸军队还没十分组织好，他已经被乡下人所组织的民团捉去杀掉了……"

她又放声哭起来了。我听了她的话，不禁暗自庆幸：白根终于能保全性命，现在伴着我到上海去……我只想到自身的事情，反把伯爵夫人忘掉了。一直到她接着问我的时候，我才将思想又重新转移到她的身上。

"贵重的太太，你看我不是一个最不幸的人吗？"

"唉！人事是这般地难料！"她不待我回答，又继续说道，"想当年我同米海诺夫伯爵同居的时候，那种生活是如何地安逸和有趣！我们拥有很多的财产，几百顷的土地，我们在伊尔库次克有很高大的，庄严而华丽的楼房，在城外有很清幽的别墅……我们家里时常开着跳舞会，宾客是异常地众多……远近谁个不知道米海诺夫伯爵，谁个不知道他的夫人！仿佛我们是世界上最知道，最知道如何过着生活的人……想起来那时的生活是如何地甜蜜！那时我们只以为可以这样长久地下去……在事实上，我们也并没想到这一层，我们被幸福所围绕着，哪里有机会想到不幸福的事呢？不料霹雳一声，起了狂风暴雨，将一切美妙的东西都毁坏了！唉！可恶的波尔雪委克！"

"贵重的太太，"伯爵夫人停了一会，又可怜而低微地说道，"我们现在到底怎么办呢？难道说我们的阶级就这样地消灭了吗？难道说我们就永远地被驱逐出俄罗斯吗？呵，这是如何地突然！这是如何地可怕！"

"不，不会的，伯爵夫人！"我说着这话，并不是因为有什么自信，而是因为见着她那般可怜的样子，想安慰她一下。"我们不过是暂时地失败了……"

"不见得！"她摇了一下头，很不确定地这样说。

"你还没有什么，"她继续说道："你还有一个同患难的伴侣，而我……我是孤零零的一个人……"

"别要悲哀啊，伯爵夫人！我们现在是到上海去，如果你也打算到那儿去的话，那么将来我们可以住在一块，做很好的朋友……"

话说到此时，白根进来了，我看见他的两眼湿润着，如刚才哭过也似的……我可怜他，但是在伯爵夫人的面前，我好象又觉得自己是幸福的，而有点矜持的心情了。

从此我们同伯爵夫人便做了朋友。我犯了晕船的病症，呕吐不已，幸亏伯爵夫人给我以小心的照料。我偶尔立起病体，将头伸向窗外眺望，只见白茫茫的一片，漫无涯际。传到我们的耳际的，只有汹涌的波浪声……好像波浪为着我们的命运而哭泣着也似的。

五

上海，上海是东方的巴黎……

我曾做过巴黎的梦，维也纳的梦，罗马的梦……我曾立定了志愿，将来要到这些有名的都城旅行，或者瞻望现存的繁华，欣赏美丽的景物，或者凭吊那过去的，令人神思的往迹。但这些都城对于我，都不过是繁华，伟大，庄严而已，我并没幻想到在它们之中有什么特别的，神异的趣味。它们至多是比彼得格勒更繁华，更伟大，更庄严罢了。

但是当我幻想到上海的时候，上海对于我并不仅仅是这样。中国既然是古旧的，庞大的，谜一样的国度，那么上海应当是充满着东方色彩的，神奇而不可思议的，一种令欧洲人发生特别趣味的都会。总之，在上海我们将看见一切种种类类的怪现象，一切古旧的，东方的异迹……因此，当我在中学读书的时候，读到中国的历史和地理，读到这在世界上有名的大城，不禁异常地心神向往，而想要在无论什么时候，一定与上海有一次会面的因缘。

呵，现在我同白根是到了上海了，是踏到中国的境地了。中国对于我们并不是那般的不可思议，上海对于我们并不是那般的充满了谜一样的神奇……而我们现在之所以来到这东方的古国，这东方的巴黎，也不是为着要做蜜月的旅行，也不是为着要亲一亲上海的面目，更没有怀着快乐的心情，或随身带来了特别的兴趣，……不，不！我们是不得已而来到上海，我们是把上海当成旧俄罗斯的人们的甫逃所了。

不错，上海是东方的巴黎！这里巍立着高耸的楼房，这里充满着富丽的，无物不备的商店，这里响动着无数的电车，马车和汽车。这里有很宽敞的欧洲式的电影院，有异常讲究的跳舞厅和咖啡馆。这里欧洲人的表面上是异常地风光，中国人，当然是有钱的中国人，也穿着美丽的，别有风味的服装……

当我们初到上海时，最令我们发生兴趣的，并引以为异的，是这无数的，如一种特别牲畜的黄包车夫。我们坐在他们的车上面，他们弯着腰，两手拖着车柄，跑得是那样地迅速，宛然就同马一样。这真是很奇怪的事情。我们不曾明白他们如何会有这般的本领。

再其次使我们发生兴趣的，是那些立在街心中的，头部扎着红巾的，身量高大的，面目红黑的印度巡捕。他们是那般地庞大，令人可怕，然而在他们面部的表情上，又是那般地驯服和静默。

再其次，就是那些无数的破衣褴褛的乞丐，他们的形象是那般地稀奇，可怕！无论你走几步，你都要遇着他们。有的见着欧洲人，尤其是见着欧洲的女人，讨索得更起劲，他们口中不断地喊着：洋太太，洋太太，给个钱罢……

这就是令我们惊奇而又讨厌的上海……

我们上了岸的时候，先在旅馆内住了几天，后来搬到专门为外国人所设的公寓里住。米海诺夫伯爵夫人同我们一块，我们住在一间大房间里，而她住在我们的隔壁——一间小房间里。从此我们便流落在这异国的上海了，现在算起来已经有了十年。时间是这般地迅速！……我们总是希望着上海不过是我们临时的驻足地，我们终究是要回到俄罗斯的，然而现在我的命运已注定了我要死在上海，我要永远地埋恨于异土……天哪！你怎样才能减少我的心灵上的苦痛呵！

我们从海参崴跑出来的时候，随身带了有相当数目的财产，我们也就依着它在上海平安地过了两年。至于伯爵夫人呢，我没便于问她、但她在上海生活开始两年之中，似乎也很安裕地过着，没感受着什么缺陷。但是到了第三年……我们的生活便开始变化了，便开始了羞辱的生活！

当我开始感觉到我们的经济将要耗尽的时候，我催促白根设法，或寻得一个什么职业，或开辟一个什么别的来源……但是白根总是回答我道：

"丽莎，亲爱的，这用不着呵。你没有听说波尔雪委克已经起了内讧吗？你没有听说谢米诺夫将军得了日本政府的援助，已经开始夺取西伯利亚了吗？而况且法国……美国……英国……现在正在进行武装干涉俄罗斯的军事联盟……丽莎，亲爱的，我相信我们很快地就要回到俄罗斯去的呵。我们没有焦虑的必要……"

但是白根的预言终于错误了。波尔雪委克的俄罗斯日见强固起来，而我们的生活也就因之日见艰难起来，日见消失了确定的希望。

我们静坐在异国的上海，盼望着祖国的好消息……白根每日坐在房里，很少有出门的时候。他的少年英气完全消沉了。他终日蹙着两眉，不时地叹着气。我们的桌子上供着尼古拉皇帝的肖像，白根总是向它对坐着，有时目不转睛地向它望着，他望着，望着，忽然很痛苦地长叹道：

"唉，俄罗斯，俄罗斯，你难道就这样地死亡了吗？"

我真是不忍看着他这种可怜的神情！他在我的面前，总是说着一些有希望的硬话，但是我相信在他的心里，他已是比我更软弱的人了。我时常劝他同我一块儿去游玩，但他答应我的时候很少，总是将两眉一皱，说道：

"我不高兴……"

他完全变了。往日的活泼而好游玩的他，富于青春活力的他，现在变成孤僻的，静寂的老人了。这对于我是怎样地可怕！天哪！我青春的美梦为什么是这样容易地消逝！往日的白根是我的幸福，是我的骄傲，现在的白根却是我的苦痛了。

如果我出门的话，那我总是和米海诺夫伯爵夫人同行。我和她成了异常亲密的、不可分离的朋友。这在事实上，也逼得我们不得不如此：我们同是异邦的沦落人，在这生疏的上海，寻不到一点儿安慰和同情，因此我们相互之间，就不得不特别增加安慰和同情了。她的大耳环依旧地戴着，她依旧不改贵妇人的态度。无事的时候，她总是为我叙述着关于她过去的生活：她的父亲是一个有声望的地主，她的母亲也出自于名门贵族。她在十八岁时嫁与米海诺夫伯爵……伯爵不但富于财产，而且是一个极有教养的绅士。她与他同居了十年，虽然没有生过孩子，但是他们夫妻俩是异常地幸福……

有时她忽然问我道：

"丽莎，你相信我们会回到俄罗斯吗？"

不待我的回答，她又继续说道：

"我不相信我们能再回到俄罗斯去……也许我们的阶级，贵族，已经完结了自己的命运，现在应是黑虫们抬头的时候了。"停一会儿，她摇一摇头，叹着说道："是这样地突然！是这样地可怕！"

我静听着她说，不参加什么意见。我在她的眼光里，看出很悲哀的绝望，这种绝望有时令我心神战栗。我想安慰她，但同时又觉得我自己也是热烈地需要着安慰……

虹口公园，梵王渡公园，法国公园，黄浦滩公园，遍满了我和米海诺夫伯爵夫人的足迹。我们每日无事可做，只得借着逛公园以消磨我们客中的寂苦的时光，如果我们有充足的银钱时，那我们尽可逍遥于精美的咖啡馆，出入于宽敞的电影院，或徘徊于各大百货公司之门，随意购买自己心爱的物品，但是我们……我们昔日虽然是贵族，现在却变成异乡的沦落人了，昔日的彼得格勒的奢华生活，对于我们已成了过去的梦幻，不可复现了。这异邦的上海虽好，虽然华丽不减于那当年的彼得格勒，但是它只对着有钱的人们展着欢迎的微笑，它可以给他们以安慰，给他们以温柔，并给他们满足一切的欲望。但是我们……我们并不是它的贵客呵。

在公园中，我们看到异乡的花木——它们的凋残与繁茂。在春天，它们就发青了；在夏天，它们就繁茂了；在秋天，它们就枯黄了；在冬天，它们就凋残了。仿佛异乡季候的更迭，并没与祖国有什么巨大的差异。但是异乡究竟是异乡，祖国究竟是祖国。在上海我们看不见那连天的白雪，在上海我们再也得不到那在纷纷细雪中散步的兴致。这对于别国人，白雪或者并不是什么可贵的宝物，但这对于俄罗斯人——俄罗斯人是在白雪中生长的呵，他们是习惯于白雪的拥抱了。他们无论如何不能身在异乡，忘怀那祖国的连天的白雪！

有一次，那已经是傍晚了，夕阳返射着它的无力的，黄色的辉光。虹口公园已渐渐落到寂静的怀抱里，稀少了游人的踪影。我与米海诺夫伯爵夫人并坐在池边的长靠椅上，两人只默默地呆望着池中的，被夕阳返射着的金色的波纹。这时我回忆起来彼得格勒的尼娃河，那在夕阳返照中尼娃河上的景物……我忽然莫明其妙地向伯爵夫人说道：

"伯爵夫人！我们还是回到俄罗斯去罢，回到我们的彼得格勒去罢……让波尔雪委克把我们杀掉罢；……这里是这样地孤寂！一切都是这样地生疏！我不能在这里再生活下去了！"

伯爵夫人始而诧异地逼视着我，似乎不明白我的意思，或以为我发了神经病，后来她低下头来，叹着说道：

"当然，顶好是回到俄罗斯去……但是白根呢？"她忽然将头抬起望着我说道，"他愿意回到俄罗斯去吗？"

我没有回答她。

夕阳渐渐地隐藏了自己的金影。夜幕渐渐地无声无息地展开了。公园中更加异常地静寂了。我觉得目前展开的，不是昏黑的夜幕，而是我的不可突破的乡愁的罗网……

六

客地的光阴在我们的苦闷中一天一天地，一月一月地，一年一年地，毫不停留地过去，我们随身所带来到上海的银钱，也就随之如流水也似的消逝。我们开始变买我们的珠宝，钻石戒指，贵重的衣饰……但是我们的来源是有限的，而我们的用途却没有止境。天哪！我们简直变成什么都没有的无产阶级了！……房东呈着冷酷的面孔逼着我们要房钱，饭馆的老板毫不容情地要断绝我们的伙食……至此我才感觉得贫穷的痛苦，才明白金钱的魔力是这般地利害。我们想告饶，我们想讨情，但是天哪，谁个能给我们以稍微的温存呢？一切一切，一切都如冰铁一般的冷酷……

白根老坐在家里，他的两眼已睡得失去了光芒了。他的头发蓬松着，许多天都不修面。他所能做得到的，只是无力的叹息，只是无力的对于波尔雪委克的诅咒，后来他连诅咒不也不诅咒了。我看着这样下去老不是事，想寻一条出路，但我是一个女人家，又有什么能力呢？他是一个男子，而他已经是这样了……怎么办呢？天哪！我们就这样待死吗？

"白根！"有一次我生着气对他说道："你为什么老是在家里坐着不动呢？难道说我们就这样饿死不成？房东已经下驱逐令了……我们总是要想一想办法才行罢……"

"你要我怎么样办呢？你看我能够做什么事情？我什么都不会……打仗我是会的，但是这又用不着……"

我听了他的这些可怜的话，不禁又是气他，又是可怜他。当年他是那样地傲慢，英俊，是那样地风采奕奕，而现在却变成这样的可怜虫了。

　　有一天我在黄浦滩公园中认识了一个俄国女人，她约莫有三十岁的样子，看来也是从前的贵族。在谈话中我知道了她的身世：她的丈夫原充当过旧俄罗斯军队中的军官，后来在田尼庚将军麾下服务，等于田尼庚将军失败了，他们经过君士坦丁堡跑到上海来……现在他们在上海已经住了一年多了。

　　"你们现在怎么样生活呢？你们很有钱罢？"我有点难为情地问她这么两句。她听了我的话，溜我一眼，将脸一红，很羞赧地说道：

　　"不挨饿已经算是上帝的恩惠了，哪里还有钱呢？"

　　"他现在干什么呢？在什么机关内服务吗？"

　　她摇一摇头，她的脸更加泛红了。过了半晌，她轻轻地叹着说道：

　　"事到如今，只要能混得一碗饭吃，什么事都可以做。他现在替一个有钱的中国人保镖……"

　　"怎吗？"我不待她说完，就很惊奇地问她道，"保镖？这是怎么一回事呢？"

　　"你不晓得这是怎么一回事吗？在此地，在上海，有许多中国的有钱人，他们怕强盗抢他们，或者怕被人家绑了票，因此雇了一些保镖的人，来保护他们的身体。可是他们又不信任自己的同国人，因为他们是可以与强盗通气的呵，所以花钱雇我们的俄罗斯人做他们的保镖，他们以为比较靠得住些。"

　　"工钱很多吗？"我又问。

　　"还可以。七八十块洋钱一月。"

　　忽然我的脑筋中飞来了一种思想：这倒也是一条出路。为什么白根不去试试呢？七八十块洋钱一月，这数目虽然不大，但是马马虎虎地也可以维持我们两个人的生活了。于是我带着几分的希望，很小心地问她道：

　　"请问这种差事很多吗？"

　　"我不知道，"她摇一摇头说道，"这要问我的丈夫洛白珂，他大约是知道的。"

　　于是我也不怕难为情了，就将我们的状况详细地告知了她，请她看在同国人的面上，托她的丈夫代为白根寻找这种同一的差事。她也就慨然允诺，并问明了我的地址，过几天来给我们回信。这时正是六月的一天的傍晚，公园中的游人非常众多，在他们的面孔上，都充满着闲散的，安逸的神情。虽然暑气在包围着大地，然而江边的傍晚的微风，却给了人们以凉爽的刺激，使人感觉得心旷神怡。尤其是那些如蝴蝶也似的中国的女人们，在她们的面孔上，寻不出一点忧闷的痕迹，我觉得她们都是沉醉在幸福的海里了。我看着她们的容光，不禁怆怀自己的身世：四五年以前我也何尝不是如她们那般地幸福，那般地不知忧患为何事！我也何尝不是如她们那般地艳丽而自得！但是现在……现在我所有的，只是目前的苦痛，以及甜密的旧梦而已。

　　可是这一天晚上，我却从公园中带回来了几分的希望。我希望那位俄国夫人能够给我们以良好的消息，白根终于能得到为中国人保镖的差事……我回到家时，很匆促地就这把这种希望报告于白根知道了。但是白根将眉峰一皱，无力地说道：

　　"丽莎，亲爱的！你须知道我是一个团长呵……我是一个俄罗斯的贵族……怎么能为中国人保镖呢？这是绝对不能够的，我的地位要紧……"

　　我不禁将全身凉了半截。同时我的愤火燃烧起来了。我完全改变了我的过去的温和的态度，把一切怜悯白根的心情都失掉了。我发着怒，断续地说道：

　　"哼！现在还说什么贵族的地位……什么团长……事到如今，请你将就一些儿罢！你能够挨饿，如猪一般的在屋中睡着不动……我却不能够啊！我还能够，我不能够再忍受下去了，你晓得吗？"

　　他睁着两只失了光芒的，灰色的眼睛望着我，表现着充分的求饶的神情。若在往日，我一定又要懊悔我自己的行动，但是今天我却忘却我对于他的怜悯了。

　　"你说，你到底打算怎样呢？"我又继续发着怒道，"当年我不愿意离开俄罗斯，你偏偏要逼我跑到上海来，跑到上海来活受罪……像这样地生活着，不如痛痛快快地被波尔雪委克提去杀了还好些呵！现在既然困难到了这种地步，你是一个男子汉，应该想一想法子，不料老是如猪一般睡在屋中不动……人家向你提了一个门径，而你，而你说什么地位，说什么不能够失去团长的面子……唉，你说，你说，你到底怎么样打算呢？"

鼻子一酸，不禁放声痛哭起来了。我越想越懊恼，我越恼越哭得悲哀……这是我几年来第一次的痛哭。这眼见着使得白根着了慌了。他走上前来将我抱着，发出很颤动的，求饶的哭音，向我说道：

"丽莎，亲爱的！别这样罢！你不说，我已经很心痛了，现在你这样子……唉！我的丽莎呵！请你听我的话罢，你要我怎样，我就怎样……不过我请求你，千万不要提起过去的事情，因为这太使我难过，你晓得吗？"

女子的心到底是软弱的……我对他生了很大的气，然而他向我略施以温柔的抚慰，略说几句可怜的话，我的愤火便即时被压抑住了。他是我的丈夫呵，我曾热烈地爱过他……现在我虽然失却了那般的爱的热度，但是我不应当太过于使他苦恼呵。他是一个很不幸福的人，我觉得他比我还不幸福些。我终于把泪水抹去，又和他温存起来了。

我静等着洛白阿夫人来向我报告消息……

第二天晚上洛白阿夫人来了。她一进我们的房门，我便知道事情有点不妙，因为我在她面孔上已经看出消息是不会良好的了。她的两眉蹙着，两眼射着失望的光芒，很不愉快地开始向我们说道：

"……对不住，我的丈夫不能将你们的事情办妥，因为……因为保镖的差事有限，而我们同国的人，想谋这种差事的人，实在是太多了。无论你到什么地方去，我的丈夫说，都会碰到我们的同国人，鬼知道他们有多少！例如，不久以前，有一个有钱的中国人招考俄国人保镖，只限定两个人；喂，你们知道有多少俄国人去报名吗？一百三十六个！一百三十六个！你们看，这是不是可怕的现象！……"

她停住不说了。我听了她的话，也不知是哭还是笑好。我的上帝呵，这是怎么一回事！这是怎么一回事！

半晌她又继续说道：

"我听了我的丈夫的话，不禁觉得我们这些俄侨的命运之可怕！这样下去倒怎么得了呢？……我劝你们能够回到俄罗斯去，还是回到俄罗斯去，那里虽然不好，然而究竟是自己的祖国……我们应当向彼尔雪委克让步……""唉！我何尝不想呢？"我叹了一口气说道，"我悔恨我离开了俄罗斯的土地……就是在俄罗斯为波尔雪委克当女仆，也比在这上海过着这种流落的生活好些。但是现在我们回不去了……我们连回到俄罗斯的路费都没有。眼见得我们的命运是如此的。"

白根在旁插着说道：

"丽莎，算了罢，别再说起俄罗斯的事情！你说为波尔雪委克当女仆？你疯了吗？我……我们宁可在上海饿死，但是向波尔雪委克屈服是不可以的！我们不再需要什么祖国和什么俄罗斯了。那里生活着我们的死敌……"

白根的话未说完，米海诺夫伯爵夫人进来了。她呈现着很高兴的神情，未待坐下，已先向我高声说道：

"丽莎，我报告你一个好的消息，今天我遇着了一个俄国音乐师，他说，中国人很喜欢看俄罗斯女人的跳舞，尤其爱看裸体的跳舞，新近在各游戏场内都设了俄罗斯女人跳舞的场合……薪资很大呢，丽莎，你晓得吗？他说，他可以为我介绍，如果我愿意的话。我已经决定了。怎么办呢？我已经什么都吃光了，我不能就这样饿死呵。我已经决定了……丽莎，你的意见怎样呢？"

我只顾听伯爵夫人说话，忘记了将洛白珂夫人介绍与她认识。洛白珂夫人不待我张口，已经先说道：

"我知道这种事情……不过那是一种什么跳舞呵！裸体的，几乎连一丝都不挂……我的上帝！那是怎样的羞辱！"

伯爵夫人斜睨了她一眼，表示很气愤她。我这时不知说什么话为好，所以老是沉默着。伯爵夫人过了半晌向我说道：

"有很多不愁吃不愁穿的人专会在旁边说风凉话，可是我们不能顾及到这些了。而且跳舞又有什么要紧呢？这也是一种艺术呵。这比坐在家里守着身子，守着神圣的身子，然而有饿死的危险，总好受些，你说可不是吗？"

洛白珂夫人见着伯爵夫人不快的神情，便告辞走了。我送她出了门。回转房内时，伯爵夫人很气愤地问我：

"这是哪家的太太？我当年也会摆架子，也会说一些尊贵的话呵！……她等着罢，时候到了，她也就自然而然地不会说这些好听的话了。"

白根低着头，一声也不响。我没有回答伯爵夫人的话。停一会儿，她又追问我道：

"丽莎，你到底怎样打算呢？你不愿意去跳舞吗？"

我低下头来，深长地叹了一口气。这时白根低着头，依旧一声也不响。我想征求他的意见，他愿不愿意我去执行那种所谓"裸体的艺术跳舞"。……但是我想，他始终没有表示反对伯爵夫人的话，这是证明他已经与伯爵夫人同意了。

七

过了几日，我与伯爵夫人进了新世界游戏场，干那种所谓裸体的跳舞……日夜两次……我的天哪，那是怎样的跳舞呵！那简直不是跳舞，那是在观众面前脱得精光光的，任他们审视我们的毫无遮掩的肉体，所谓女人的曲线美……那是如何地无耻，如何地猥亵，如何地下贱！世界上真有许多说不出来，而可以做得到的事情。我现在简直不明白我那时怎样就能做那种无耻的，下贱的勾当。我不是一个贵重的团长的夫人吗？我不是一个俄罗斯的贵族妇女吗？我不是曾被称为一朵纯洁的，神圣不可侵犯的，娇艳的白花吗？但是我堕落到了这种羞辱的地步！我竟能在万人面前赤露着身体，而且毫无体态地摇动着，以图搏得观众的喝彩。我的天哪，那是怎样地令人呕吐，怎样地出人意料之外！迄今想来，我还是为之面赤呵！……

我还记得我第一次上台的时候……在我还未上台之前，我看见伯爵夫人毫不羞赧地将全身衣服脱下，只遮掩了两乳和那一小部分……接着她便仿佛很得意似的跑上台去……她开始摆动自己的肥臀，伸展两只玉白的臂膀……她开始跳起舞来……我的天哪，这是怎样的跳舞呵！这难道说是跳舞么？若说这种是艺术的跳舞，那我就希望世界上永无这种跳舞的艺术罢。这简直是人类的羞辱！这简直是变态的荒淫！我不知道这件事情到底是谁个想出来的。我要诅咒他，我要唾弃他……

伯爵夫人退了场，我在台后边听见那些中国人呼哨起来，"再来一个！""再来一个！"……这种野蛮的声音简直把我的心胆都震落了。我再也没有接着伯爵夫人上台的勇气。我本来已经将衣服脱了一半，但是忽然我又把衣服穿起来了。伯爵夫人赤裸裸地立在我的面前，向我射着诧异的眼光。她向我问道：

"你怎么了，丽莎？"

"我不能够，我不能够！这样我会羞辱死去，伯爵夫人，你晓得吗？我要离开此地……我不能够呵！呵，我的天哪！……"

"丽莎！你疯了吗？"伯爵夫人起了惊慌的颜色，拍着我的肩，很急促地说道，"这样是不可以的呵！我们已经与主人订了约……事到如今，丽莎，只得这样做下去罢。我们不能再顾及什么羞辱不羞辱了。你要知道，我们不如此便得饿死，而且已经订了约……"

她不由分说，便代我解起衣来。我没有抵抗她。我眼睁睁地看着我的肉体，无论哪一部分，毫无遮掩地呈露出来了。我仿佛想哭的样子，但我的神经失去了作用，终于没哭出声来。所谓团长夫人的尊严，所谓纯洁的娇艳的白花……一切，一切，从此便没落了，很羞辱地没落了。

我如木偶一般走上了舞台……我的耳鼓里震动着那些中国人的呼哨声，

笑语声，鼓掌声。我的眼睛里闪动着那些中国人的无数的恶俗而又奇异的眼睛。那该是如何可怕的，刺人心灵的眼睛呵！……始而我痴立了几分钟，就如木偶一般，我不知如何动作才是，这时我的心中只充满着空虚和恐怖，因为太过于恐怖了，我反而好像有点镇定起来。继而我的脑神经跳动了一下，我明白了长此痴立下去是不可能的，于是我便跳舞起来。我也同伯爵夫人一样，开始摆动我的臀部，伸展的我两臂，来回在舞台上跳舞着……上帝呵，请你赦我的罪过罢！这是怎样的跳舞呵！我不是在跳舞，我是无耻地在人们面前污辱我的神圣的肉体。那些中国人，那些恶俗而可恨的中国人，他们是看我的跳舞么？他们是在满足他们的变态的兽俗呵。不料从前的一个贵族的俄罗斯妇女，现在被这些俗恶而可恨的中国人奸淫了。

从此我同伯爵夫人便在新世纪游戏场里，做着这种特别形式的卖淫的勾当……

我明白了：面包的魔力比什么都要伟大，在它的面前，可以失去一切的尊严与纯洁。只要肚子饿了，什么事情都可以做出来：男子可以去当强盗，或去做比当强盗还更坏些的事情；女子可以去卖淫，作践自己的肉体……现在我自己就是一个明确的例证。当我过着养尊处优的生活的时候，我是如何将自己的肉体看得贵重，不让它渲染着一点微小的尘埃。但是现在……我的天哪！我成了一个怎样的不知自爱的人了！

我明白了：金钱是万恶的东西，世界上所以有一些黑暗的现象，都是由于它在作祟。它也不知该牺牲了多少人！我现在就是一个可怜的牺牲者了。如果野蛮的波尔雪委克，毫不知道一点儿温柔为何物的波尔雪委克，他们的目的是在于消灭这万恶的金钱，那我，一个被金钱所牺牲掉了的人，是不是有权来诅咒他们呢？唉！矛盾，矛盾，一切都是矛盾的……

我由这种特别卖淫所取得的代价，勉强维持着我同白根两人的生活。白根似乎很满意了。他现在的面貌已经不如先前的苦愁了，有时也到街上逛逛。在街上所得的印象，他用之作为和我谈话的资料。他一面向我格外献着殷勤，一面很平静地过着，好象我们的生活已经很好了，他因之消灭了别种的欲望。他现在很少提到祖国和波尔雪委克的事情。有时很满意地向我说道：

"亲爱的丽莎！你老记念着什么祖国，什么俄罗斯，你看，现在我们在异国里不也是可以安安稳稳地过着生活吗？让鬼把什么祖国，什么俄罗斯，什么波尔雪委克拿去罢，我们不再需要他们了……"

"但是你以为我们现在的生活是很好的了吗？你不以这种生活为可耻吗？"

我这样问着他，忽然觉得起了一种厌恶他的心情。我觉着他现在变成了这么一个渺小的，低微的，卑鄙的人了。他现在连什么希望都没有了。什么漂亮的外交官，什么驻巴黎的公使，什么威风赫赫的将军……这一切一切对于他已经成为他的死灭了的愿望了。上帝呵，请你原谅我！我现在还爱他什么呢？他的风采没有了，他的愿望也没有了，他成了这么一个卑微的人了，他还有什么东西值得我的爱情呢？上帝呵！请你原谅我！……

伯爵夫人现在开始醉起酒来了。有时舞罢归来，已是深夜了，她独自一个在房中毫无限制地饮着酒，以至于沉醉。我在隔壁时常听着她哀婉地唱着那过去时代的幸福的歌。有时在更深人静的时分，她低声地哭泣着，如怨如诉，令听者也为之酸鼻。好可怜的伯爵夫人呵！昔日的俄罗斯的骄子，而今却成为异邦的飘流的怨妇了。……但是伯爵夫人在我们的面前，很少有示弱的时候。她总是高兴着，仿佛现在的生活，并不增加她心灵上的或肉体上的苦楚。

"丽莎！我们就这样地生活下去罢，"有时她强带着笑容向我说道，"世界上比我们还不幸福的人多着呢。我们是艺术的跳舞家呵，哈哈哈！……丽莎，你还不满足吗？"

我向她说什么话好呢？她能够强打着精神，装着无忧无虑的样子，而我却不能够呵。我听了她的话之后，总是要哭起来。天哪！她问我："你还不满足吗？"我满足什么呢？我满足我自己的这种羞辱的生活吗？丽莎还有一颗心，丽莎的灵魂还未完全失去，因此丽莎也就不能勉强地说一句

"我满足了"。丽莎，可怜的丽莎，她永远地悲哀着自己的命运……现在，到了她决定走上死灭的路的时候，她还是悲哀着自己的命运，一步一步地走向坟墓去。

幸运的人总是遇着幸福的事，反之，不幸运的人总是遇着不幸运的事。例如我们……如果我们长此在新世界游戏场里跳舞下去，虽然是很不体面的事情，但也还罢了。然而我们倒霉的命运，大概是被恶魔所注定了，就是连这种羞辱的职业也不能保存下去。我们平安地过了几个月，白根满意，伯爵夫人满意，我虽然感到无限的痛苦，然也并不再做其它的妄想了。我们实指望命运已经把我们捉弄得太够了，决不会再有残酷的事情到来。但是，我的上帝呵，你是这样地苛待我们！你是这样地不怜悯我们！……

工部局忽然下了命令，说什么裸体跳舞有伤风化，应严行禁止云云……于是我们的饭碗打破了。就是想在人众面前，毫无羞辱地摆动着自己的赤裸的肉体，以冀获得一点儿面包的代价，这已经是不可得了！我也许与工部局同意，以为裸体跳舞是有伤风化的行为，也许我深切地痛恨这种不合乎礼教的行为……但是，我的天哪，我的饭碗要紧呵！我不得不痛恨工部局痛恨它好生多事。让一切的风化都伤坏了罢，这于你工部局，于你这些文明的欧洲人有什么关系呢？你们这些假君子呵！你们为什么要替野蛮的中国人维持风化呢？

当我听到工部局禁止裸体跳舞的消息，我生了两种相反的心情：一方面我欢欣着，我终于抛弃这种羞辱的职业了，呵，上帝保佑！……一方面我又悲哀着，今后我们又怎么生活下去呢？讨饭吗？……于是我哭起来了。白根也垂着头叹起气来。他不敢向我说话，——我近来待他是异常地严厉，如果在我不快的时候，他是不敢向我说话的呵。可怜的白根！他现在的心境是以我的喜怒哀乐为转移了。

伯爵夫人始终关在自己的小房里，嘤嘤地哭泣了一个多钟头。后来她忽然跑到我们的房里，一面拭着她刚哭红了的眼睛，一面放着坚决的口气向我说道：

"丽莎，你在哭什么呢？不要哭罢！反正现在我们是不会饿死的呵！我们已经把我们的纯洁，尊严，以及我们的羞耻心，统统都失去了，我们还顾忌什么呢？你知道像我们这样的女人，这样还有点姿色可以引诱男人的女人，是不会没有饭吃的。我已经决定什么都不管了……反正我们已经是堕落的人了，不会再引起任何人的同情了。丽莎，让我们堕落下去罢，我们的命运是如此的……不要哭罢！不要哭罢！当我们失去一切尊严的时候，我们是有出路的……我们的肉体就是我们的出路……"

她说完了这些话，当我还未来得及表示意见的时候，忽然转过身去，奔到自己的房里，又重新放声痛哭起来。她的哭声是那样地悲哀，是那样地绝望，又是那样地可怕。我觉着我的心胆都破裂了……我停住不哭了……我的神经渐渐失了作用，到后来我陷入到无感觉的，木偶一般的状态。

上帝呵，你是在捉弄我们呢，抑是我们的命运被凶恶的巨神所注定了，你没有力量将它挽回呢？你说，你说，你说呀！

八

我记得……天哪，我又怎么能够不记得呢？……那一夜，那在我此生中最羞辱的一夜……固然，几年来像这一夜的经过，也不知有多少次，连我自己也记不清楚了。英国人，法国人，美国人，甚至于有一次还是黑人，那面目如鬼一般可怕的黑人……只要有钱，任你什么人，我都可以同你过夜，我都可以将我这个曾经是纯洁的，神圣不可侵犯的肉体，任你享受，任你去蹂躏。在我的两腕上也不知枕过了多少人，在我的口唇上也不知沾染了许多具有异味的，令人作呕的涎沫，在我的……上帝呵，请你赦免我的罪过罢，我将你所给予我的肉体践踏得太厉害了。

是的，这几年来的每一夜，差不多都被我很羞辱地过去。但是，那一夜……那是我的生命史中最羞辱的初夜呵！我记得，我又怎么能够不记得呢？从那一夜起，我便真正地做了娼妇，我便真正地失了贞洁，我便真正地做了人们的兽欲发泄器……这是伯爵夫人教导我这样做的。她说，当我们失去一切的尊严的时候，我们是有出路的，我们的肉体就是我们的出路……呵，这是多么好的出路呵！毫不知耻的出买自己的肉体……天哪，当时我为什么没有自杀的勇气呢？我为什么竟找到这么一条好的出路呢？死路，死路，死路要比这种出路好得多少倍呵！

我记得，那是在黄浦滩的花园里……已是夜晚十点多钟的光景，晚秋的江风已经使人感觉得衣单了。落叶沙沙地作响。园中尚来往着稀疏的游人，在昏黄的电灯光下，他们就好象如寂静的鬼的幻影也似的。我坐在靠近栏杆的椅子上，面对着江中的忽明忽暗的灯火，暗自伤感自己的可怜的身世。我哭了，一丝一丝的泪水从我的眼中流下来，如果它们是有灵魂的，一定会落到江中，助长那波浪的澎湃……它们该蕴含着多么深的悲哀呵。

伯爵夫人劝我像她一样，徘徊于外白渡桥的两头，好勾引那寻乐的客人……我怕羞，无论如何不愿如她一样地去做。于是我便走到花园里，静悄悄地向着靠近栏杆的椅子坐下。这时我的心是如何地恐惧，又是如何地羞赧，现在我真难以用言语形容出来，这是我的第一次……我完全没有习惯呵。天哪，我做梦也没曾想到我会在这异国的上海，在这夜晚的花园里，开始勾引所谓寻乐的"客人"，做这种所谓"生意"！当我初到上海的时候，有时我在夜晚间从花园里归去，我看见许多徘徊于外白渡桥两头的女人，她们如幽魂也似的，好像寻找什么，又好象等待什么……我不明白她们到底是在做什么。现在我明白了，我完全地明白了。因为伯爵夫人现在成为了她们之中的一个，而我……

有时我坐在花园中的椅子上，在我除了感伤自己的身世而外，并没有什么别的想头，更没想起要勾引所谓寻乐的客人。但是寻乐的客人是很多的，有的向我丢眼色，有的在我身边坐下，慢慢地向我攀谈，说一些不入耳的调戏话……那时我是如何地厌恶他们呵！我厌恶他们故意地侮辱我，故意地使我感觉到不愉快。我本是一朵娇艳的白花，我本是一个尊贵的俄罗斯的妇女，曾受过谁的侮辱来？而现在……他们居然这般的轻视我，这实在是使我愤恨的事情呵。

现在我明白了。他们把每一个俄罗斯的女人都当做娼妓，都当做所谓"做生意"的……在事实上，这又何尝不是呢？你看，现在伯爵夫人也做了外白渡桥上的幽魂了。丽莎，曾被称为贵重的丽莎，现在也坐在黄浦滩花园中等待客人了……

我正向那江中的灯火望得出神，忽然我听见我身后边的脚步声，接着便有一个人在我身旁坐下了。我的一颗心不禁噗噗地跳将起来，我想要跑开，然而我终没有移动。我不敢扭过头来看看到底是一个什么人，我怕，我真是怕得很呵……

"夫人，"他开始用英语向我说道，"我可以同你认识一下吗？"

若在往时，唉，若在往时，那我一定很严厉地回答他道：

"先生，你错了。并不是每一个女人都为着同人认识而才来到花园里的！"

但是，在这一次，我却没有拒绝他的勇气了。我本来是为着勾引客人，才夜晚在花园里坐着，现在客人既然到手了，我还有什么理由来拒绝他呢？于是我沉默了一会，很不坚决地，慢慢地将头扭转过来。天哪，我遇见鬼了吗？这是一个庞大的，面孔乌黑的印度人……他的形象是那样地可怕！他的两眼是那样地射着可怕的魔光！我不禁吓得打了一个寒战，连忙立起身来跑开了。印度人跟在后边叫我：

"站住罢！别怕呵！我有钱……我们印度人是很温和的……"

我一声也不回答他，跑出花园来了。我刚走到外白渡桥中段的时候，迎面来了仿佛是一个美国人的样子，有四十多岁的光景，态度是异常绅士的。他向我溜了几眼，便停住不走了，向我不客气地问道：

"我可以同你一道儿去吗？"

我定了一定惊慌的心，毫不思索地答道：

"可以。"

于是我便把他带到家里来了……天哪，我带到家里来的不是亲戚，不是朋友，也不是情夫，而是……唉，而是一个不相识的，陌生的客人！我现在是在开始做生意了。

白根向客人点一点头，便很难堪地，然而又无可奈何地走了出去。美国人见他走出去了，便向我问道：

"他是你的什么人呢？"

我这时才感觉到我的脸是在红涨得发痛。我羞赧得难以自容，恨不得立即地死去，又恨不得吐美国人一脸的唾沫，向他骂道："你是什么东西，敢把我的丈夫赶出去了呵……"我又恨不得把白根赶上，问他为什么是这样地卑微，能够将自己的老婆让与别人……但是我的理性压住了我的感情，终于苦笑着说道：

"他是我的朋友……"

"你有丈夫吗？"这个可恶的美国人又这样故意地追问我。

"没有。"我摇了摇头说。

于是从这时起，白根便变成为我的朋友了。我没有丈夫了……天哪，这事情是如何地奇特！又是如何地羞辱！为夫的见着妻把客人带到家里来了，自己静悄悄地让开，仿佛生怕会扰乱了客人的兴致似的。为妻的得着丈夫的同意，毫不知耻地从外边勾引来了陌生的客人，于是便同他……而且说自己没有丈夫了……我的上帝呵，请你惩罚我们罢，我们太卑鄙不堪了！

记得在初婚的蜜月里……那时白根是多么充满了我的灵魂！他就是我唯一的理想，他就是我的生命，他就是我的一切。那时我想道，我应当为着白根，为着崇高而美妙的爱情，将我的纯洁的身体保持得牢牢地，不让它沾染到一点污痕，不让它被任何一个男子所侵犯。我应当珍贵着我的美丽，我应当保持着我的灵魂如白雪一般的纯洁……总而言之，除开白根而外，我不应当再想到其他世界上的男子。

有一次，我听见一个军官的夫人同她的情夫跑掉了……那时我是如何地鄙弃那一个不贞节的女人！我就是想象也不会想象到我会叛变了白根，而去同另一个男子相爱起来。那对于我是不可能的，而且是要受上帝惩罚的事情。但是到了现在……曾几何时呢！……人事变幻得是这般的快！我居然明目张胆地将客人引到家里，而且这是得到了白根的同意，……这到底是怎么一回事呢？难道说现在我已经不是从前的丽莎了吗？已经成了别一个人吗？

在我的臂膀上开始枕着了一个别人的头，在我的口唇上开始吻着一个别人的口唇……我的天哪，这对于我是怎样地不习惯，是怎样地难为情！从前我没想象得到，现在我居然做得到了。现在同我睡在一起的，用手浑身上下摩弄着我的肉体的，并不是我的情夫，而是我的客人，第一次初见面的美国人。这较之那个同情夫跑掉了的军官夫人又如何呢？……

我在羞辱和恐惧的包围中，似乎失去了知觉，任着美国人搬弄。他有搬弄我的权利，因为我是在做生意，因为我在这一夜是属于他的。他问了我许多话，然而我如木偶一般并不回答他。如果他要……那我也就死挺挺地任所欲为，毫不抵抗。后来他看见我这般模样，大概是很扫兴了，便默默地起身走了。他丢下了十块钱纸票……唉，只这十块钱纸票，我就把我的肉体卖了！我就把我自己放到最羞辱的地位！我就说我的丈夫没有了！虽然当我同他睡觉的时候，白根是在门外边，或是在街上如幽魂也似的流浪着……

美国人走了之后，不多时，白根回来了。这时我有点迷茫，如失了什么宝物也似的，又如错走了道路，觉得从今后便永远陷入到不可测的深渊了。我躺在床上只睁眼望着他，他也不向我说什么，便解起衣来，向刚才美国人所躺下的位置躺下。我的天哪，这到底是怎么一回事呢？白根是我的丈夫呢，还是我的客人呢？……

忽然我如梦醒了一般，将手中的纸票向地板摔去，嚎啕痛哭起来了。我痛哭我的命运；我痛哭那曾经是美妙，然而现在已经消失去了的神圣的爱情……我痛哭娇艳的白花遭了劫运，任那无情的雨推残。我痛哭，因为在事实上，我同白根表现了旧俄罗斯的贵族的末路。上帝呵！我除了痛哭，还有什么动作可以表示我的悲哀呢？

"丽莎，你是怎么了呀？那个可恶的美国人得罪你了吗？亲爱的，不要这样哭了罢！"

我还是继续痛哭着，不理他。我想一骨碌翻起身来，指着他的脸痛哭一顿：

"你这不要脸的东西，你还能算是我的丈夫吗？你连自己的老婆都养活不了，反累得老婆卖淫来养活你，你还算是一个人吗？为得到几个买面包的钱，你就毫不要脸地将老婆卖给人家睡觉吗？……"

但是我转而一想，我就是不诅骂他，他已经是一个很不幸的人了。世界上的男子有哪一个情愿将自己的老婆让给别人玩弄呢？可怜的白根！可怜的白根！这并不是他的过错呵。这是我们已经注定了的命运。

这时我听见了隔壁伯爵夫人的房间内有着谑笑的声浪……我没有精神听下去，慢慢地在白根抚慰的怀抱中睡着了。

九

从此我便成了一个以卖淫为业的娼妓了。英国人，法国人，美国人，中国人……算起来，我真是一个实际的国际主义者，差不多世界上的民族都被我尝试过遍了。他们的面貌，语言，态度，虽然不一样，虽然各有各的特点，然而他们对我的看法却是一致的。我是他们的兽欲发泄器，我是他们快乐的工具。我看待他们也没有什么差别，我只知道他们是我的顾主，他们是我的客人，其它我什么都不问。能够买我的肉体的，法国人也好，中国人也好，就是那黑得如鬼一般的非洲人也不是不可以。但是我在此要声明一句，我从没有接过印度人，天哪，他们是那样的庞大，是那样的可怕，是那样的不可思议！……

近两年来，上海的跳舞场如雨后春笋一般的发生了。这些恶俗而迂腐的中国人，他们也渐渐讲究起欧化来了。这十年来，我可以说，我逐日地看着上海走入欧化的路：什么跳舞声哪，什么咖啡馆哪，什么女子剪发哪，男子着西装哪……这些新的现象都是经过我的眼帘而发生的呵。

自从有了许多的跳舞场以后，我同伯爵夫人便很少在外白渡桥上或黄浦滩花园里徘徊了。我们一方面充当了舞女，同时仍继续做着我们的生意，因为在跳舞场中更容易找到客人些……而且这也比较文明得多了，安逸得多了。在那露天里踱来踱去，如幽魂似的，那该是多么讨厌的事情呵！而且有时遇着了好的客人，在轻松的香槟酒的陶醉中，——当然吃啤酒的时候为多呵——缓步曼舞起来，倒也觉得有许多浪漫的意味。在这时候，上帝呵，请你原谅我，我简直忘却了一切；什么白根，什么身世的凄怆，什么可恶的波尔雪委克，什么金色的高加索，什么美丽的伏尔加河畔的景物……一切对于我都不存在了。不过有时候，忽然……我记起了一切……我原是一朵娇艳的白花呵！我原是一位团长的夫人呵！而现在做了这种下贱的舞女，不，比舞女还要下贱些的卖淫妇……于是我便黯然流泪，感伤身世了。我的这种突然的情状，时常使得我的客人惊讶不已。唉，他们哪里晓得我是什么出身！他们哪里晓得我深切的悲哀！即使他们晓得，他们也是不会给我一点真挚的同情的。

这是去年冬天的事情。有一次……我的天哪，说起来要吓煞人！……在名为黑猫的跳舞场里，两个水兵，一个是英国水兵，一个是葡萄牙水兵，为着争夺我一个舞女，吃起醋来。始而相骂，继而便各从腰中掏出手枪，做着要放的姿势。全跳舞场都惊慌起来了，胆小一点的舞女，有的跑了，有的在桌下躲藏起来。我这时吓得糊涂了，不知如何动作才是。忽然那个英国水兵将手一举，砰然一声，将那个葡萄牙水兵打倒了……天哪，那是如何可怕的情景！我如梦醒了一般，知道闹出了祸事，便拼命地跑出门来。当我跑到家里的时候，白根看见我的神情不对，便很惊慌地问我道：

"你，你，你是怎么了呀？病了吗？今晚回来得这样早……"

我没有理他，便伏倒在床上痛哭起来了。我记得……我从前读过许多关于武士的小说。中世纪的武士他们以向女人服务为光荣：他们可以为女人流血，可以为女人牺牲性命，只要能保障他们所爱的女人的安全，只要能博得美人的一笑。当时的女人也就以此为快慰；如果没有服务的武士，即使没有跌倒在石榴裙下的人，那便是对于女人的羞辱。因此我便幻想着：那时该多么罗曼谛克，该多么富于诗意。顶好我也有这么几个忠心的武士呵……但是现在我有了这么两个武士了，这么两个勇敢的水兵！他们因为争着和我跳舞，便互相用手枪射击起来。这对于我是光荣呢，还是羞辱呢？喂，这完全是别的一种事！这里没有罗曼谛克，这里也没有什么诗意，对于我，有的只是羞辱，羞辱，羞辱而已。

这种事情经过的幸而不多，否则，我不羞辱死，也得活活地吓死了。现在，当我决意要消灭自己的生命的时候，反来深深地悔恨着：为什么当时的那个英国水兵的手枪不射中在我的身上呢？如果射中在我的身上，那对于我岂不是很痛快的事情吗？那种死法真是简便得多呢。但是上帝不保佑我，一定要我死在我自己的手里……

自从我进了跳舞场之后，我们的生活比较富裕些了。白根曾一度寻到了店伙的职业，但是不久便被主人开除了，说他不会算账，干不来……因此他又恢复了坐食的状态。眼见得他很安于我们现在的生活状况了。他的两眼虽然消失了光芒，在他的动作上虽然再找不出一点英俊的痕迹来，但是他却比从前肥胖得多了。在地位上说来，我成了主人，他成了奴仆，因为家务琐事：什么烧饭，整理房间，为我折叠衣服……这都是他的职务，我差不多一点都不问了。

当我把客人引到家时，他就静悄悄地走出去；等客人走了时，他又回来。起初，他看见我把客人引到家来，或者在门外听见我同客人的动作，他虽然没有什么表示，但总觉得有点难堪的神情。当然的，谁情愿把自己的老婆送给别人玩弄呢？但是到了后来，这对于他就成为很平淡的常事了。他不但不因这事而烦恼，而且，如果哪一晚我独自一人回到家来，这反而要使他失望，要使他不愉快。

有时我竟疑惑起来：白根是不是我的丈夫呢？我到底是白根的什么人呢？如果我同白根还有着夫妻的关系，那么为什么白根能平心地看着我同任何一个男人睡觉，而不起一点儿愤怒和醋意呢？为什么我能坦然地在丈夫的面前同别人做那种毫无羞耻的事情呢？我的天哪，这到底是怎么一回事情呢？这是我的白根呢？这是我的丈夫吗？这是我曾经在许多情敌的手中夺回来的爱人吗？这就是我十年以前当做唯一的理想的那个人吗？这是莲嘉处心积虑要从我的手中夺去的那个风采奕奕的少年军官吗？唉，我的天哪，这到底是怎么一回事情呢？莲嘉，莲嘉，你现在是不是还活着呢？是不是还记念着你失去了的白根呢？你把他拿去罢！唉，我不要他了，我不要他了！……

那是一九一六年的夏天……在离彼得格勒不远的避暑山庄……午后我和我的亲密的女友莲嘉走到林中去采野花，那各式各色的野花。林木是异常地高耸而繁茂；我们走入林中，只感觉得清凉的气息，时而飘来一种野兰的芳香，就同进入了别一天地也似的，把什么东西都忘怀了。我穿着一身白纱的轻衣，这是因为我时常做着白衣仙女的梦。莲嘉的衣服是淡绿色的，衬着她那副玫瑰色的脸庞，在这寂静的深林中，几乎要使我疑惑她是天上的仙人了。呵，她是那般地美丽！……但是我美丽不美丽呢？这件事情，到了后来我战败了莲嘉的时候，就可以证明了。

我们在林中走着走着，目前的感觉使我生了许多罗曼谛克的幻想：这是多么富于美妙的诗意的所在……我们两个美丽的少女，在这神秘的深林里，携着手儿走着，低唱着温柔而动人心灵的情歌……忽然林中出现了一个漂亮的少年，向着我们微笑，接着便走向前来吻我们的手，接着便向我们求婚，向我们表示爱慕……呵，这是多么有趣而不可思议的事呵。于是我不由自己地笑起来了。莲嘉莫明其妙地睁着两只大眼向我望着，不知道我遇着了什么事，我便把我的幻想告诉她了。

"啊哈，原来你想的尽是这些事情，"莲嘉带讥讽地笑着说道，"快快地嫁人罢，不然，你一定要想煞了。"

"莲嘉，亲爱的，你不要胡说罢。你应当知道一个人，尤其是我们这般年轻的少女，时常要发生着一种神秘的，罗曼谛克的情绪，这种情绪是很富有诗意的呵……"

话未说完，我真的在我的面前见着了一个向我们微笑着的少年：他穿着一身军服，目炯炯而发光，显得是异常地英俊；但是在他的笑容上，他又是那般的可爱，那般的温柔，……这实在与我适才幻想的那个少年差不多……我有点迷惑了。我不能断定我目前的现象是真的还是假的，我是在做梦还是在清醒的状态中。我用手将眼揉了一下，想道，莫非是我眼花了不成？……我的思想还没有完结，便听到那位少年军官发出一种令人感觉到愉快的声音：

"贵重的小姐们，请你们宽恕我，我扰乱了你们的游兴了。"

好说话的莲嘉接着便向他问道：

"你是什么人？"

"我是军官学校的学生，白根……"

"你来此地干什么呢？"莲嘉又接着问他。他没有一点儿拘束，同时又是很和善，很有礼貌的样子，笑着回答我们说：

"你们看，这种好的天气，在这林中散步，真是很美妙的事情呢。我住得离此地不远，是住在一所避暑的别墅里，我的姑母家里。今天午后兴致来了，所以我便一个人走出来散步。不料无意中我遇着了你们，这真是使我引以为荣幸的事情呢。敢问你们二位也是住在这个林子附近吗？"

"是的。"我点一点头说。这时我觉得他的目光集中在我的身上。我不禁起了一种为我所不认识的感觉：说是畏怯也不是畏怯，说是羞赧也不是羞赧，说是愉快也不是愉快，总而言之，我起了一种奇异的感觉。

"贵重的小姐们，"这位少年军官又开始说道，"你们连想象都想象不到我是怎样感觉着愉快呵！你们知道吗？在未见到你们的面之前，我刚刚发了一种痴想：在这样有神秘性的，充满着诗意的，寂静的林中，我应当遇着一个神女罢，一个不可思议的神女罢……不料，果然，现在我遇见了你们……你们说这不是奇迹吗？"

莲嘉听了他的话，望着我笑，虽然她没有告诉我她为什么笑，但是我已经明白她的意思了。她是在向我说道：

"丽莎，你看，你的幻想实现了。快和你的漂亮的少年接吻罢，快把他拥抱罢！

我不知道为着什么，莲嘉的笑更使我感觉得愉快起来。但是，同时，我的脸有点沸腾起来了红的浪潮了，于是我便把头低下来了。我感觉到，如果他真走上前来拥抱我，和我接吻，那我是不会拒绝他的。呵，这是如何地突然，这又是如何地充满着奇趣！……

"如果你们允许我知道你们的芳名，"少年军官又继续很和蔼地说道，"那实在是你们所赐予我的巨大的恩惠呵。"

莲嘉向他笑着说道：

"这对于你并没有必要呵。不过，如果你一定要知道的话，那我就告诉你罢。我叫莲嘉，而她叫丽莎……很不好听罢，是不是？"

"呵，不，贵重的小姐们，恰恰正相反呢。我真是太荣幸了。"

从此……爱神就用一条有魔力的线索，将我同白根捆在一起了。我们三人便时常在林中聚会，有时到他姑母家里去宴会，有时他也到我们的家里来。我感觉得白根日见向我钟起情来了。我想，如果我们中间不夹着一个莲嘉，这个从前是我的密友，现在是我的情敌的莲嘉，那我们老早就决定我们的关系了。可怜的莲嘉！她枉费了许多心机向白根献媚，要夺取白根的心，可知白根的心已经是牢牢地属于我的了。但是有时我却担忧起来：莲嘉是很聪明，很会说话，又是很美丽的女子，说不定白根终于会被她夺去了也未可知呢？……每一想到此地，我不禁视莲嘉为我的眼中钉了。但是白根的心是属于我的，莲嘉无论如何，没有把它夺去。可怜的莲嘉！那时，我知道，她实在是很痛苦的呵。

有一次，白根的姑母开了一个跳舞会。我和莲嘉都被邀请了。跳舞会是异常地热闹，聚集了不少的青年男女。他们都是在夏天来到乡间避暑的。

在一切的男子们之中，白根要算是很出色的人物了。我看见那些女孩子们都向他射着爱慕的目光……这时我异常地厌恶她们，恨不得把她们都赶出去，只留着我一个人和白根在一块。但是等到音乐响了的时候，白根很亲爱地走到我的面前，拉起我的手来……呵，这时我该多么幸福呵！这个被女孩子们所爱慕的少年军官，现在独独和着我跳舞，独独钟情于我，这是多可矜持的事情呵！莲嘉同我坐在一块儿，她见着白根把我拉走了，不禁低下头来，很悲哀地叹了一口长气。但是我顾不得她了。我要在众人面前显耀一番我的不可及的幸福，我要令那些女孩子们羡瞎了眼睛，气破了肚皮……当我感觉到一些冒着炉火的眼光射到我的身上，我更加觉得幸福起来。

在舞罢休息的时候，我同白根静悄悄地走出门来。我们走到花园中的，阴影深处的一张椅子上坐下了。这时一轮如玉盘般的明月高高悬在毫无云翳的天空，凉爽的风送来低微的林语，仿佛有人在那儿低低地，异样地，唱着情歌也似的。呵，这是多么好的良宵美景啊！……

于是我俩便情不自禁地互相拥抱起来……于是我俩便开始了亲密的接吻……于是我俩便订了盟誓……呵，上帝，我谢谢你赐给我的恩惠，那时我该多么幸福呵！我简直被不可思议的爱情的绿酒陶醉得失了知觉！

但是现在……回想起来，这一切都是梦吗？都是未曾有过的梦吗？唉，人事是这般地变幻！日日在我身边的，这样卑微的白根，原来就是我当年的理想，就是我当年从无数情敌的手中所夺来的爱人……我的天哪，这是如何地可怕！又是如何地索然无味！

莲嘉！你现在还活在人世吗？你没有被波尔雪委克杀死吗？你或者革命后还留在俄罗斯，向波尔雪委克投降了吗？如果你还纪念着白根，还纪念着当年的那个漂亮的少年军官，那你就把他拿去罢！唉，我不要他了，我实在地不愿意要他了！

十

现在我时常想道，如果当年我爱上了那个鬈发的木匠伊万，而且嫁了他，那我的现在的情况将要是怎样的呢？做一个劳苦的木匠的妻，是不是要比做一个羞辱的卖淫妇为好些呢？那个木匠伊万，虽然他的地位很低，——但是木匠在现在的俄罗斯的地位是异常地高贵呵！——然而如果他能用他的劳力以维持他家庭的生活，能用诚挚的爱情以爱他的妻子，而且保护她不至于做一些羞辱的事情，如我现在所做的一样，那他在人格上是不是要比一般卑鄙的贵族们可为尊敬些呢？我还是在伏尔加的河畔，跟着那个鬈发的诚实的伊万，过着劳苦的，然而是纯洁的，独立的生活，为好些呢，还是现在跟着这过去的贵族白根，在这异国的上海，日日将肉体被人玩弄着，践踏着为好些呢？……天哪，我现在情愿做一个木匠的妻子！我现在情愿做一个木匠的妻子！

那是有一年的秋季，我同母亲住在伏尔加河畔的家里。因为要修理破败了的屋宇，我家便招雇来了几个木匠。他们之中有一个名叫伊万的，是一个强健而美好的少年。他虽然穿着一身工人的蓝布衣，然而他的那头金黄色的鬈发，他的那两个圆圆的笑窝，他的那种响亮的话音，真显得他是一个可爱的少年。我记得，我那时是十七岁，虽然对于异性恋爱的事情，还未很深切地明了，但是我觉得他实在是一个足以引动我的心的一个人。不过因为地位悬殊的关系，我终于没有决心去亲近他，而他当然是更不敢来亲近我的。在他的微笑里，在他的眼光里，我感觉着他是在深深地爱慕我。

晚上……我凭临着我的寝室的窗口，向那被月光所笼罩着的，如银带般的伏尔加河望去。这时，在我的脑海中，我重复着伊万所给我的印象。我的心境有点茫然，似乎起了一层浅浅的愁思。原来我的一颗处女的心，已被伊万所引动了。

在万籁俱寂的空气中，忽然我听见了一种悠扬而动人心灵的歌声。于是我便倾耳静听下去……歌声是从木匠们就寝的房里飞扬出来的，于是我便决定这是木匠们之中的一个所唱的歌了。始而我听不清楚所唱的是什么，后来我才分清楚了所唱的字句：

> ……娘呵，你爱我罢，
>
> 我付给你纯洁的心灵。
>
> 姑娘呵，我应当知道，
>
> 爱情比黄金还要神圣……

这歌声愈加使我的心境茫然，我的神思不禁有点恍惚起来了。我想再听将下去，然而我转过身来向床上躺下去了。

第二天我乘着机会向伊万问道：

"昨天夜里是谁个唱歌呢？"

他将脸红了一下，低下头来，很羞怯地低声说道：

"小姐，请你恕我的罪过，那是我唱的。"

"我也猜到一定是你唱的。"

我莫明其妙地说了这么一句，便离开他跑了。我感觉到伊万向我身后所射着的惊讶的、不安定的眼光。他大约会想道，"我这混蛋，别要弄出祸事来了罢……这位小姐别要恼恨我了罢……"但是我并没有恼恨他，我反而觉得我的一颗心更被引动得不安定了。呵，他的歌声是那样动听，是那般地刺进了我的处女的心灵！我不由自己地爱上他了。

但是第二天工作完了，他们也就便离开我的家了……从此我便再没有见过他的面，他所留给我的，只是他那一段的歌声深深地印在我的心灵里。我现在老是想着，如果我当时真正地爱上了他，而且嫁了他，那我现在的境况将是怎样的呢？这倒是很有趣的事情呵……

两年以前，有一天，我看见轰动全上海的，为美国西席地密耳所导演的一张影片——伏尔加的舟子。它的情节是：在晴朗的一天，公主林娜同自己的未婚夫——一位很有威仪的少年军官——乘着汽车，来到伏尔加的河畔闲游。公主林娜听着舟子们所唱的沉郁的歌声，不禁为之心神向往，在这时候，她看见了一个少壮的舟子，便走上前去问他，刚才那种好听的歌声是不是他唱的。同来的少年军官见此情状不乐，恰好这时的舟子在饮水，污了他的光耀的皮靴。他便强迫舟子将皮靴的水揩去。舟子一面钟情于林娜，一面又恨少年军官对于自己的侮辱，然而无可奈何。后来俄罗斯起了革命，少年舟子做了革命军的团长，领兵打进了公主的住宅，于是公主就擒……于是判决她受少年舟子的枪决……然而少年舟子本是曾钟情于她的，便和她同逃了。后来革命军胜利了，开了军事的审判，然而审判的结果，少年舟子，公主林娜以及少年军官都没有定罪。审判官问：林娜到底愿意和谁个结婚呢？林娜终于和少年舟子握了手，少年舟子得到了最后的胜利……

　　情节是异常地离奇，然而这张影片对于我发生特别兴趣的并不在此，而是在于它引起了我的身世的感慨。如果我的结局也同林娜的一样，如果那个少年木匠伊万在革命期间也做了革命军的首领，也和我演出这般的离奇的情史，那对于我该是多末地侥幸呵！但是现在我的结局是这样，是这样地羞辱……

　　我不知道伊万现在是否还生活于人世。也许在革命期间，他真地像那个少年舟子一样，做了革命军的领袖……如果是这样，那他是否还记着我呢？是否还记着，有一个什么时候，他曾唱了一段情歌，被一个小姐所听见了的事呢？……天哪，如果他知道我现在堕落到这种地步，那他将是怎样地鄙弃我、咒骂我呵？不，我的伊万！我的贵重的伊万！请你原谅我罢，因为这不是我的罪过呵！你可以鄙弃我，也可以咒骂我，但是你应当知道我的心灵是怎样地痛苦，是怎样地在悔恨……但是这样事情又有什么说的必要呢？这对于你是无关轻重，而对于我不过又是增加一层悲哀罢了。

　　在看这张影片的时候，有一种奇怪的现象令我惊愕不止，那就是观众们，当然都是中国人了，一遇着革命军胜利或少年舟子占着上风的时候，便很兴奋地鼓起掌来，表示着巨大的同情。这真是不可理解的怪事呵！难道这些不文明的，无知识的中国人，他们都愿意波尔雪委克得着胜利吗？难道他们都愿意变成波尔雪委克吗，我看见他们所穿的衣服都很华丽，在表面上看来，他们都是属于波尔雪委克的敌人的，为什么他们都向着波尔雪委克，那个少年舟子表示很疯狂的同情呢？疯了吗？或者他们完全不了解这张影片所表演的怎么一回事？或者他们完全不知道波尔雪委克是他们的敌人？这真是咄咄怪事呵！……我的天哪，难道他们，这些无知识的中国人，都是波尔雪委克的伙伴吗？如果是这样，那对于我们这些俄罗斯的逃亡者，是如何可怕的事情呵！我们从波尔雪委克的俄罗斯跑了出来，跑到这可以安居的上海来，实指望永远脱离了波尔雪委克的危险，然而却没有料到在中国也有了这么多的波尔雪委克……这将如何是好呢？

现在，谢谢上帝的恩惠，似乎中国的波尔雪委克的运动已经消沉下去了。大约在最近的期间，我们不会被中国的波尔雪委克驱逐到黄浦江里了。但是在那时候，在两年以前，那真是可怕，那真是令我们饮食都不安呵。我们天天听见什么波尔雪委克起了革命了……波尔雪委克快要占领上海了……波尔雪委克要杀死一切的外国人……俄罗斯的波尔雪委克与中国的波尔雪委克订了约，说是一到革命成功，便把在中国所有的白党杀得干干净净……我的天哪，那是如何恐怖的时日！如果波尔雪委克真正地在中国取得了胜利，那我们这些俄罗斯的逃亡者，将再向什么地方逃去呢？

现在，到了我决意要断绝我自己的生命的时候，任你什么波尔雪委克的革命，任你起了什么天大的恐怖，这对于我已经是没有什么意义了。我已经不惜断绝我的生命了，那我还问什么波尔雪委克……干吗呢？让野蛮的波尔雪委克取得胜利罢，让在中国的白党都被杀尽罢，一切都让它去，这对于我是没有什么关系的了。我现在唯一的目的就是死去，就是快快地脱离这痛苦的人世……

但我在那时候。我实在有点恐惧：如果波尔雪委克的烈火要爆发了，那我们将要怎么办呢？还逃跑到别的国里去吗？然而我们没有多余的金钱，连逃跑都是不可能的事了。跳黄浦江吗？然而那时还没有自杀的勇气。我曾想逃跑到那繁华的巴黎，温一温我那往日的什么时候的美梦，或逃跑到那安全的，法西斯蒂当权的意大利去，游览那有诗意的南方的景物……然而这只是不可实现的梦想而已。

我的丈夫白根，他可以救我罢？他也应当救我罢？……但是，如果波尔雪委克的烈火燃烧起来了，那能救我的，只有那一个什么时候唱歌给我听的伊万，只有那曾经钟情于公主过的少年舟子，那个伏尔加的少年舟子……

但是，中国不是俄罗斯，黄浦江也不是我的亲爱的伏尔加河……我的伊万在什么地方呢？我的少年舟子又在什么地方呢？在我身旁，只有曾经英俊的，骄傲的，俄罗斯的贵族，而现在是这般卑微又卑微的白根……

十一

在外白渡桥的桥畔，有一座高耸而壮丽的楼房，其后面濒临着黄浦江，正对着隔岸的黄浦滩花园。在楼房的周围，也环绕着小小的花园，看起来，风景是异常地雅致。这不是商店，也不是什么人的邸宅，而是旧俄罗斯驻上海的领事馆，现在变成为波尔雪委克的外交机关了。领事馆的名称还存在着，在里面还是坐着所谓俄罗斯的领事，然而他们的背景不同了：前者为沙皇的代理人，而后者却是苏维埃的服务者……人事是这般地变幻，又怎能不令人生今昔之感呢？

现在，我们应当深深地感谢中国政府对于我们的恩赐！中国政府与波尔雪委克断绝国交了，中国政府将波尔雪委克的外交官都驱逐回国了……这对于俄罗斯在中国的侨民是怎样大的恩惠呵！现在当我们经过外白渡桥的时候，我们可以不再见着这座楼房的顶上飞扬着鲜艳的红旗了，因之，我们的眼睛也就不再受那种难堪的刺激了。

但是在这一年以前，波尔雪委克还正在中国得势的时候，那完全是别一种情景呵：在波尔雪委克的领事馆的屋顶上飞扬着鲜艳的红旗，而这红旗的影子反映在江中，差不多把半江的水浪都泛成了红色。当我们经过外白渡桥的时候，我们不得不低下头来，不得不感觉着一层深深地压迫。红旗在别人的眼光中，或者是很美丽很壮观，然而在我们这些俄罗斯的逃亡者的眼光中，这简直是侮辱，这简直是恶毒的嘲笑呵。这时波尔雪委克将我们战胜了的象征，这是对于我们的示威，我们又怎能不仇视这红旗，诅咒这红旗呢？

当我白天无事闲坐在黄浦滩花园里的时候，我总是向着那飞扬着的红旗痴望。有时我忘怀了自己，我便觉得那红旗的颜色很美丽，很壮观，似乎它象征着一种什么不可知的，伟大的东西……然而，忽然……我记起来了我的身世，我记起来了我的温柔的暖室，娇艳的白花，天鹅绒封面的精致的画册……我便要战栗起来了。原来这红旗是在嘲笑我，是在侮辱我……于是我的泪水便不禁地要涔涔落下了。

当我夜晚间徘徊在外白渡桥的两头，或坐在黄浦滩的花园里，勾引客人的时候，我也时常向着那闪着灯光的窗口瞭看：他们在那里做些什么事情呢？他们在想着怎样消灭我们这些国外的侨民？他们在努力鼓吹那些万恶的思想，以期中国也受他们的支配？……他们或者在嘲笑我们？或者在诅咒我们？或者在得意地高歌着胜利？……我猜不透他们到底在干些什么，但我深深地感觉到，他们无论干些什么，总都是在违背着我们，另走着别一方向……我不得不诅咒他们，他们害得我好苦呵！他们夺去了我的福利，他们把我驱逐到这异国的上海来，他们将我逼迫着沦落到现在的地步……天哪，我怎么能不诅咒他们呢？他们在那高歌着胜利，在那表示自己的得意，而我……唉，我徘徊在这露天地里，出买自己的肉体！天哪，我怎么能够不诅咒他们呢？

在去年的十一月，有一天的早晨，我刚刚吃了早点，伯爵夫人跑来向我说道：

"丽莎，预备好了吗？我们去罢。"

我莫明其妙，睁着两眼望着她：

"我们去？到什么地去呢？"

"到什么地方去？我向白根说了，难道说他没有报告你吗？"

白根睡在床上还没有起身。我摇一摇头，表示白根没有报告我。她接着又说道：

"明天是十月革命的十周年纪念日，也就是我们永远忘却不掉的忌日。今天我们侨民都应当到教堂里去祷告，祈求上帝保佑我们，赶快将波尔雪委克的政府消灭掉，我们好回转到我们的祖国去……你明白了吗？而明天，明天我们齐集到领事馆门前示威，要求他们把那可诅咒的红旗取下来，永远不再挂了。我们将把领事馆完全捣碎，将闯进去打得他们一个落花流水……"

我听了伯爵夫人的一番话，不胜惊讶之至。我以为她及和她同一思想的人都疯了。这难道是可能的吗？祷告上帝？呵，我的上帝呵，请你宽恕我的罪过罢，我现在不大相信你的力量了……如果你有力量的话，那波尔雪委克为什么还能存在到现在呢？为什么丽莎，你的可怜的丽莎，现在沦落到这种羞辱的境况呢？

"我不去。"我半晌才摇一摇头说。

"丽莎，去，我们应当去。"她做着要拉我的架式，但是我后退了一步，向她低微地说道：

"如果我相信波尔雪委克是会消灭的，那我未必不可以同你一道去祷告上帝。但是经过了这十年来的希望，我现在是没有精力再希望下去了……你，你可以去祷告，而我……我还是坐在家里好些……"

"而明天去打领事馆呢？"伯爵夫人又追问了我这么一句。我没有即刻回答她。过了半晌，我向她说道：

"依我想，这也是没有意思的事情。这种举动有什么益处呢？我们可以将此地的领事馆捣碎，或者将它占领，但是我们还是不能回到俄罗斯去……而且，我们已经献丑献得够了，不必再在这上海弄出什么笑话来……你说可不是吗？你要知道我并不是胆怯，而是实在以为这个大不必要了……"

"出一出气也是好的。"伯爵夫人打断我的话头，这样说。我没有再做声了。最后伯爵夫人很坚决地说道：

"好，祷告我今天也不去了。让鬼把上帝拿去！他不能再保佑我们了。不过明天……明天我一定同他们一道去打领事馆去。就是出一出气也是好的。"

这时她将眼光挪到躺在床上的白根身上，高声地说道：

"白根！你明天去打领事馆吗？你们男子是一定要去的。"

白根睁开了惺忪的眼睛望着她，懒洋洋地，很心平气静地说道：

"去干什么呢？在家中安安稳稳地坐着不好，要去打什么领事馆干吗呢？让鬼把那些波尔雪委克拿去！"

他翻过去，将头缩到被单里去了。伯爵夫人很轻蔑地溜了他一眼，冷笑着说道：

"懒虫，小胆子鬼……"

接着她便很不自在地走出去了。这时我如木偶一般坐在靠床的一张椅子上，呆望着躺在床上的白根。我不明白他为什么能够变成这种样子……他不是领过一团人，很英勇地和波尔雪委克打过仗吗？他不是曾发过誓，无论在什么时候，他都要做一个保护祖国的战士吗？在到上海的初期，他不是天天诅咒波尔雪委克吗？他不是天天望着尼古拉的圣像哭泣吗？他不是曾切齿地说过，他要生吃波尔雪委克的肉吗？但是现在……他居然什么都忘却了！他居然忘却了祖国，忘却了贵族的尊严，并且忘却了波尔雪委克！我的天哪，他现在成了一个怎样卑微又卑微的人了！只要老婆能够卖淫来维持他的生活，那他便如猪一般，任你什么事情都不管了。

固然，我不赞成这种愚蠢的举动——攻打领事馆。但这不是因为我害怕，或者因为我忘却了波尔雪委克，不，我是不会把波尔雪委克忘却的呵！这是因为我以为这种举动没有意义，适足以在全世界人的面前，表示我们的旧俄罗斯的末路，如果我们有力量，那我们应当跑回俄罗斯去，把波尔雪委克驱逐出来，而不应当在这上海仗着外国人的庇荫，演出这种没有礼貌的武剧。

但是白根他完全忘却这些事情了。他以为他的老婆能够每天以卖淫的代价而养活他，这已经是很满意的事情了。什么神圣的祖国，什么可诅咒的波尔雪委克……这一切一切都在他的最羞辱的思想中消沉了。

他现在变成了一只活的死尸……天哪，我倒怎么办呢？我应当伏在他的身上痛哭罢？我应当为他祈祷着死的安慰罢？……天哪，我倒怎么办呢？

这一天晚上我没有到跳舞场去。我想到，波尔雪委克大约在那里筹备他们的伟大的纪念日，大约他们的全身心都充满了胜利的愉快，都为胜利的红酒所陶醉……同时，我们应当悲哀，我们应当痛哭，除此而外，那我们应当再做一番对于过去的回忆，温一温旧俄罗斯的，那不可挽回的，已经消逝了的美梦……但是，无论如何，今晚我不应当再去勾引客人，再去领受那英国水兵的野蛮的拥抱。

十年前的今晚，那时我还住在伊尔库次克，盼望着哥恰克将军的胜利。那时我还等待着迅速地回到彼得格勒去，回到那我同白根新婚的精致而华丽的暖室里，再温着那甜蜜的，美妙的，天鹅绒的梦……那时我还相信着，就是在平静的，广漠的俄罗斯的莽原上，虽然一时地起了一阵狂暴的波尔雪委克的风浪，但是不久便会消沉的，因为连天的白茫茫的雪地，无论如何，不会渲染上那可怕的红色。

但是到了现在，波尔雪委克明天要庆祝他们的十周年纪念了，他们要在全世界面前夸耀他们的胜利了……而我同白根流落在这异国的上海，过这种最羞辱的生活……两相比较起来，我们应当起一种怎么样的感想呢？如果我们的精神还健壮，如果我们还抱着真切的信仰，如果我们还保持着旧日的尊严，那我们在高歌着胜利的波尔雪委克的面前，还不必这般地自惭形秽。但是我们的精神没有了，尊严没有了，信仰也没有了，我们有的只是羞辱的生活与卑微的心灵而已。

这一夜我翻来覆去，总是不能入梦。我回忆起来了伏尔加河畔的景物，那个曾唱歌给我听的少年伊万……我回忆起来了彼得格勒的时日，那最甜密的新婚的生活……以及我们如何跑到伊尔库次克，如何经过西伯利亚的长铁道，如何辞别了最后的海参崴……

到了东方快要发白的时候，我才昏昏地睡去。到了下午一点钟我才醒来。本想跑到外白渡桥旁边看看热闹：看看那波尔雪委克是如何地庆祝自己的伟大的节日，那些侨民们是如何地攻打领事馆……但转而一想，还是不去的好；一颗心已经密缀着很多的创伤了，实不必再受意外的刺激。于是我便静坐在家里……

"白根，你去看看是怎么一回事。"我自己虽然不想到外白渡桥去，但我总希望白根去看一看。白根听了我的话，很淡漠地说道：

"好，去就去，看看他们弄出什么花样景来……"

白根的话没有说完，忽然砰然一声，我们的房门被人闯开了——伯爵夫人满脸呈现着惊慌的神色，未待走进房来，已开始叫道：

"杀死人了，你们晓得吗？"

我和白根不禁同声惊诧地问道：

"怎么？杀死人了？怎么一回事？"

她走进房来，向床上坐下，——这时她的神色还没有镇定——宛然失了常态。沉默了一会儿，她才开始摇着头说道：

"杀死人了，这些浑账的东西！"

"到底谁杀死谁了呢？"我不耐烦地问她。

伯爵夫人勉力地定一定神，开始向我们叙述道：

"杀死人了……波尔雪委克将我们的人杀死了一个，一个很漂亮的青年。我亲眼看见他中了枪，叫了一声，便倒在地上了……起初我们聚集在领事馆的门前，喊了种种的口号，什么'打倒波尔雪委克！'……但是波尔雪委克把门关着，毫不理会我们。后来，我们之中有人提议而且高呼着

'打进去！打进去！……'于是我们，男男女女，老老少少，便一涌向前，想打进去，但是……唉，那些凶恶的波尔雪委克，他们已经预备好了，我们哪里能够打进去呢？忽然我听见了枪声，这也不知是谁个先放的，接着我便看见那个少年奋勇地去打领事馆的门，他手持着一支短短的手枪，可是他被波尔雪委克从门内放枪打死了……于是便来了巡捕，于是我便先跑回来……天哪，那是怎样地可怕呵！那个好好的少年被打死了！……"

伯爵夫人停住了，这时她仿佛回想那个少年被枪杀了的情景。她的两眼逼射着她目前的墙壁，毫不移动，忽然她将两手掩着脸，失声地叫道：

"难道说波尔雪委克就永远地，永远地把我们打败了吗？上帝呵，请你怜悯我们，请你帮助我们……"

奇怪！我听了伯爵夫人的报告，为什么我的一颗心还是照旧地平静呢？为什么我没感觉到我对于那个少年的怜悯呢？我一点儿都没有发生对他的怜悯的心情，好像我以为他是应该被波尔雪委克所枪杀也似的。

忽然……伯爵夫人睁着两只绝望的眼睛向我逼视着，使得我打了一个寒噤。在她的绝望的眼光中，我感觉到被波尔雪委克所枪杀了的，不是那个少年，而是我们，而是伯爵夫人，而是整个的旧俄罗斯……

十二

光阴毫不停留地一天一天地过去，你还有没觉察到，可是已经过了很多很多的时日了。我们在上海，算起来，已经过了十年……我们在失望的，暗淡的，羞辱的生活中过了十年，就这样转眼间迅速地过了十年！我很奇怪我为什么能够在这种长期的磨难里，还保留下来一条性命，还生活到现在……我是应当早就被折磨死的，就是不被折磨死，那我也是早就该走入自杀的路的，然而我竟没有自杀，这岂不是很奇怪吗？

我的生活一方面是很艰苦，然而一方面又是很平淡，没有什么可记录的变动。至于伯爵夫人可就不然了。四个月以前，她在跳舞场中遇见了一个美国人，据说是在什么洋行中当经理的。我曾看见过他两次，他是一个很普通的商人模样，肚皮很大，两眼闪射着很狡桧的光芒。他虽然有四十多岁了，然而他守着美国人的习惯，还没有把胡须蓄起来。

这个美国人也不知看上了伯爵夫人的哪一部分，便向她另垂了青眼。伯爵夫人近一年来肥得不像样子，完全失去了当年的美丽，然而这个美国人竟看上了她，也许这是因为伯爵夫人告诉过他，说自己原是贵族的出身，原是一位尊严的伯爵夫人……因之这件事情便诱迷住了他，令他向伯爵夫人钟起情来了。美国人虽然富于金钱，然而他们却敬慕着欧洲贵族的尊严，他们老做着什么公爵，侯爵，子爵的梦。现在这个大肚皮的美国商人，所以看上了伯爵夫人的原故，或者是因为他要尝一尝俄罗斯贵族妇女的滋味……

起初，他在伯爵夫人处连宿了几夜，后来他向伯爵夫人说道，他还是一个单身汉，如果伯爵夫人愿意的话，那他可以娶她为妻，另外租一间房子同居起来……伯爵夫人喜欢得不可言状，便毫不迟疑地接受了他的提议。这也难怪伯爵夫人，因为她已经是快要到四十岁的人了，乘此时不寻一个靠身，那到将来倒怎么办呢？现在她还可以跳舞，还可以出卖自己的肉体，但是到了老来呢？那时谁个还在她的身上发生兴趣呢？于是伯爵夫人便嫁了他，便离开我们而住到别一所房子了。

我们很难想象到伯爵夫人是怎样地觉得自己幸福，是怎样地感激她的救主，这个好心肠的美国人……

"丽莎，"在他们同居的第一个月的期间，伯爵夫人是常常地这样向我说道："我现在成为一个美国人了。你简直不晓得，他是怎样地待我好，怎样地爱我呵！我真要感谢上帝呵！他送给我这么样一个亲爱的，善良的美国人……"

"伯爵夫人，"其实我现在应当称呼她为哥德曼太太了，但是因为习惯的原故，我总还是这样称呼她。"这是上帝对于你的恩赐，不过你要当心些，别要让你的鸽子飞去才好呢。"

"不，丽莎，"她总是很自信地这样回答我，"他是不会飞去的。他是那样地善良，绝对不会辜负我的！"

但是到了第二个月的开始，我便在伯爵夫人的面容上觉察出来忧郁的痕迹了。她在我的面前停止了对于哥德曼的夸奖，有时她竟很愁苦地叹起气来。

"怎么样了？日子过得好吗？"有一次我这样问她。

她摇一摇头，将双眉紧蹙着，叹了一口长气，半晌才向我说道：

"丽莎，难道说我的鸽子真要飞去吗？我不愿意相信这是可能的呵！但是……"

"怎么样了？难道说他不爱你了吗？"

"他近来很有许多次不在我的住处过夜了……也许……谁个能摸得透男人的心呢？"

"也许不至于罢。"我这样很不确定地说着安慰她的话，但是我感觉得她的鸽子是离开她而飞去了。

在这次谈话之后，经过一礼拜的光景，伯爵夫人跑到我的家里，向我哭诉着说道：

"……唉，希望是这样地欺骗我，给了我一点儿幸福的感觉，便又把我投到痛苦的深渊里。我只当他是一个善良的绅士，我只当他是我终身的救主，不料他，这个混蛋的东西，这个没有良心的恶汉，现在把我毫无怜悯地抛弃了。起初，我还只以为他是有事情，可是现在，我知道了一切，我一切都知道了。原来他是一个淫棍，在上海他也不知讨了许多次老婆，这些不幸的女人，蠢东西，结果总都是被他抛弃掉不管。丽莎，你知道吗？他现在又讨了一个中国的女人……他完全不要我了……"

我呆听着她的哭诉，想勉力说一两句安慰她的话，但是我说什么话好呢？什么话足以安慰她呢？她的幸福的鸽子是离开她而飞去了，因之她又落到黑暗的，不可知的底里了。她的命运是这般地不幸，恐怕幸福的鸽子永没有向她飞转回来的时候了。

她自从被哥德曼抛弃了之后，便完全改变了常态，几乎成了一个疯女人了。从前我很愿意见她的面，很愿意同她分一分我的苦闷，但是现在我却怕见她的面了。她疯疯傻傻地忽而高歌，忽而哭泣，忽而狂笑，同时她的酒气熏人，令我感觉得十分的不愉快。

不久以前，那已经是夜晚了，我正预备踏进伏尔加饭馆的门的当儿，听见里面哄动着哭笑叫骂的声音。我将门略推开了一个缝儿，静悄悄地向里面望一望，天哪，你说我看见了什么！我看见了一个醉了酒的疯女人……我看见伯爵夫人坐在那靠墙的一张椅子上，就同疯了也似的，忽而哭，忽而笑，忽而说一些不入耳的，最下流的，骂人的话……客人们都向她有趣地望着，在他们的脸孔上，没有怜悯，没有厌恶，只有惊讶而好奇的微笑。后来两个中国茶房走上前去，将她拉起身来，叫她即速离开饭馆，但是她赖皮着不走，口中不断地叫骂着……我没有看到终局，便回转身来走开了。这时我忘却了我肚中的饥饿，只感觉着可怕的万丈深的羞辱。仿佛在那儿出丑的，不是伯爵夫人，而是我，而是整个的旧俄罗斯的女人……天哪，这是怎么一回事呢？这是怎样地可怕呵！一个尊严的伯爵夫人，一个最有礼貌的贵族妇女的代表，现在居然堕落到这种不堪的地步！天哪，这是怎么一回事呢？……

原来这个下流的，醉得要疯狂了的，毫无礼貌的女人，就是十年以前在伊尔库次克的那朵交际的名花，远近无不知晓的伯爵夫人……当时她在丰盛的筵席上，以自己的华丽的仪容，也不知收集了许多人的惊慕的视线。或者在热闹的跳舞会里，她的一颦一笑，也不知颠倒了许多少年人，要拜伏在她的石榴裙下。她的华丽的衣裳，贵重的饰品，也不知引动了许多女人们的欣羡。总之，如她自己所说，当时她是人间的骄子！幸福的宠儿……

然而十年后的今日，她在众人面前做弄着最下流的丑态，而且她遭着中国花房的轻视和笑骂……天哪，这是怎样地可怕呵！难道说俄罗斯的贵族妇女的命运，是这样残酷地被注定了吗？为什么俄罗斯的贵族妇女首先要忍受这种不幸的惨劫呢？呵，这是怎样地不公道呵！

在这一天晚上，我连晚餐都没有吃，就向床上躺下了。我感受的刺激太深切而剧烈了。我的头发起热来，我觉着我是病了。第二天我没有起床……

住在楼下的洛白珂夫人，——她的丈夫积蓄了一点资本，不再为中国人保镖了，现在在我们的楼下开起鸦片烟馆来。——她听见我病了，便走上楼来看我。她先问我害了什么病，我告诉了她关于昨晚的经过。她听后不禁笑起来了。她说：

"我只以为你害了别的什么病，原来是因为这个，因为这不要脸的泼妇……这又值得你什么大惊小怪呢？我们现在还管得了这末许多吗？我告诉你，我们现在还是能够快活就快活一天……"

她停住了，她的眼睛不像我初见那时那般地有神了。这大概是由于她近来把鸦片吸上瘾了的原故。这时她睁着两只无神的眼睛向地板望着，仿佛她的思想集中到那地板上一块什么东西也似的。后来她如梦醒了一般，转过脸来向我问道：

"你觉着不舒服吗？你觉着心神烦乱吗？让我来治你的病，吃一两口鸦片就好了。唉，你大约不知道鸦片是一种怎样灵验的药，它不但能治肉体上的病，而且能治精神上的病。只要你伏倒在它的怀抱里，那你便什么事情都不想了。唉，你知道它该是多么好的东西！请你听我的话，现在我到底下来拿鸦片给你吸……"

"多谢你，不，不呵！"我急促地拒绝她说。我没有吸过鸦片，而且我也不愿意吸它。

她已经立起身来了，听了我的话，复又坐下。

"为什么你不愿意吸它呢？"她有点不高兴的样子问我。

"因为我厌恶它。"

"啊哈！"她笑起来了。"你厌恶它？你知道它的好处吗？你知道在烟雾缭绕的当儿，就同升了仙境一般吗？你知道在它的怀抱里，你可以忘却一切痛苦吗？你知道它能给你温柔的陶醉吗？呵，你错了！如果你知道，不，如果你领受过它的好处，那你不但不会厌恶它，而且要亲爱它了。它对于我们这些人，已经失去了一切希望的牺牲者，的的确确是无上的怪药！也许它是一种毒药，然而它能给我们安慰，它能令我们忘却自己，忘却一切……它引我们走入死路，然而这是很不显现的，很没有痛苦感觉的死路。我们还企图别的什么呢？丽莎，请你听我的话罢，请你领受它的洗礼罢！唉，如果你领略过它的好处。"

"既是这样，那就让我试一试罢，我愿意走入这种慢性的死路。"

洛白珂夫人走下楼去了。但是我等了好久还不见她上来。我被她的一番话把心说动了，急于要试一试销魂的迷药，但是她老不上来……经过半点钟的光景，我听见楼下起了噪杂的哄动……我不明白发生了什么事情。等一会，白根进来了。他向我报告道：

"适才洛白珂和他的夫人统被几个巡捕捉去了，他们说，他两夫妻私开烟馆，有犯法律……"

我听了白根话，不由得身体凉了半截。我并不十分可怜洛白珂两夫妻被捕了。经过昨晚伯爵夫人所演的可怕的怪剧，现在这种事情对于我似乎是很平常的了。

我要试一试消魂的迷药，我要开始走入这种慢性的死路，然而洛白珂两夫妻被捕了……这是不是所谓好事多磨呢？

十三

呵，死路，死路，我现在除了走入死路，还有第二条什么出路呢？医生说我病了，我有了很深的梅毒……呵，我已经成了一个怎样的堕落的人了！我应当死去，我应当即速地死去！还有什么话可说呢？……

不错，医生说，梅毒并不是不可治的绝症，只要医治得法，那是会有痊愈的希望的……但是我要问了：就算把我的病治好了，那是不是能增加我在生活中的希望呢？那是不是能把我从黑暗的深渊里拯救出来？那是不是能平复我灵魂的创伤，引我走入愉快的，光明的道路？不会的，绝对不会的！医生能够治愈我的身病，但不能治愈我的心病。现在逼我要走入死路的，并不是这种最羞辱的，万恶的病症，而是我根本的对于生活的绝望。如果我再生活下去，而在生活中所能得到的只是羞辱，那我要问一问，这究竟有什么意思呢？这岂不是故意地作践自己吗？这岂不是最不聪明的事情吗？不，我现在应当死去，而且应当即速地死去！

十年来，可以说，我把自己的灵魂和肉体已经作践得够了。现在我害了这种最羞辱的病，这就是我自行作践的代价。我决心要消灭自己的生命，这就是我唯一的，可寻得到的，而且又是最方便的出路。别了，我的十年来思念着的祖国！别了，我的至今尚未知生死的母亲！别了，从前是我的爱人而现在是我的名义上的丈夫白根！

别了，一切都别了！……

昨夜里梦见了那个久被我忘却的波娜，我的姐姐……我没有梦见过母亲，没有梦见过在前敌死去的父亲，而昨夜里偏偏梦见了我连形象都记不清楚了的姐姐，这岂不是很奇怪的事情吗？在我十二岁的时候，她就脱离家庭了。那时我不明白薇娜因为什么事情，突然于一天夜里不见了，失了踪……在父亲和母亲说话的中间，我隐隐约约地捉摸了一点根由，然而并不十分清楚。

"你看，"父亲在愤怒中向母亲讥笑着说，"你养了这般好的女儿，一个把家庭都抛弃了的女革命党人！……要再…当心些罢，你的丽莎别玩出这样很有名誉的花样来罢！当心些罢！唉，一个将军的女儿，居然能干出这种不道德的事来，你教我怎么样好见人呢？……"

"算了罢，瓦洛加！"母亲反驳他说道，"难道说这都是我的过错吗？你自己把她送进中学读书，在那里她学会了一些无法无天的事情，难道说这都能怪我吗？"

母亲结果总是抱着我哭。

"丽莎，唉，我的丽莎其嘉！你姐姐跑掉了，和着革命党人跑掉了……你长大再别学你的姐姐罢！唉，丽莎，我的丽莎其嘉！……"

"妈，不要哭罢，我将来做你的一个最孝顺的女儿……我不愿意去学姐姐……"

果然，待我长大起来，我与薇娜走着两条相反的路……到了现在呢！我沦落在这异国的上海，过着最羞辱的妓女的生活，而她，也许她在我们的祖国内，坐在指挥者的地位，高喊着一些为光明而奋斗的口号……天哪，我在她的面前应当要怎样地羞惭而战栗呵！

但是，我记得，我那时是异常地鄙弃她。我听到她被捕而流放到西伯利亚的消息，我一点也没有起过怜悯她的心清。我曾对母亲说，薇娜是蠢丫头，丽莎长大的时候，绝对不会去学姐姐而使着妈妈难过。自从薇娜被流放到西伯利亚以后，父亲当她死了，母亲虽然思念她，然而不愿意说起她的名字。我也渐渐地把她忘了，甚至现在连她的形象都记不起了。仿佛她那时是一个面容很美丽，然而性情是很沉郁的姑娘……

不料昨夜里我梦见了她……仿佛在一块什么广袤的草原上，我跪着呢喃地向上帝祈祷，哀求上帝赦免我所有的罪过，忽然在我的面前显现了一个披着红巾的四十来岁的妇人……我记不清楚她的面容是怎样的了，但我记得她始而露着微笑，抚摩我的披散了的头发，继而严肃地说道：

"丽莎，你在这儿跪着干什么呢？你在祷告上帝吗？这是毫没有用处的呵！上帝被我驱逐走了，你的灵魂也被他随身带去了。你快同他跑开罢！你看，逃跑了的上帝正在那儿站着呢。"

我回头果然见着一个踉跄的老人……我愤怒起来了，问道：

"你是什么人，敢把上帝驱逐掉了呢？"

"你不认识我吗？"她笑起来了。"我是薇娜，我是你的姐姐。"

她的披巾被风吹得飘展了起来，霎时间化成了霞彩，薇娜便在霞彩中失去了影子……

那是怎样一个稀奇的梦呵！然而细想起来，这并没有什么希稀奇。薇娜现在是死还是活，我当然是无从知道，然而她在我的面前是胜利了。现在是我应当死灭的时候，我应当受着薇娜的指示，同着我的被驱逐了的上帝，走进那失败者的国度里……

明天……明天世界上将没有丽莎的声影了。谁个不愿意将自己的生命保持得长久些呢？但是丽莎现在要自杀了……这是谁个过错呢？我将怨恨谁呢？不，我谁也不怨恨，这只是我的不可挽回的，注定了的命运。例如我素来接客都是很谨慎的，生怕会传染到一点儿毛病，但是结果我还是得了梅毒，而且我现在有了很深的梅毒了……这岂不是注定了的命运吗？我可以说，我之所以沦落到如此的地步，这皆是波尔雪委克的过错，如果他们不在俄罗斯起了什么鬼革命，那我不还是住在彼得格勒做着天鹅绒的梦吗？那我不还是一朵娇艳的白花在暖室里被供养着吗？……也许我现在是俄罗斯帝国驻巴黎的公使的夫人了。也许我已经在繁华的巴黎得着了交际明星的称号，令那些法国人，男的，女的，都羡瞎了眼睛了。也许我现在正在高加索的别墅里，坐观着那土人的有趣的跳舞，静听着那土人的原始的音乐。也许我正在邀游瑞士的山川，浏览意大利南方的景物……但是我现在沦落到这种羞辱的地步，这岂不是波尔雪委克所赐给我的恩惠吗？我应当诅咒他们，这些破坏了我的命运的波尔雪委克！

然而我知道，我深深地知道，这诅咒是毫无意义的事情。我诅咒只管诅咒，而他们由此毫不得到一点儿损失，反而日见强固起来……唉，任凭他们怎样罢，这些骂不死打不倒的，凶恶的波尔雪委克！

现在，当我要毁灭我自己生命的时候，一切对于我不都是一样吗？我曾希望野蛮的波尔雪委克在俄罗斯失败，因为我想回转自己的祖国，再扑倒于伏尔加河和彼得格勒的怀抱里。但是现在我什么希望都没有了，一切对于我都是无意义……让波尔雪委克得意罢，让俄罗斯灭亡罢，一切都让它去！而我，我不再做别的想念了，只孤独地走入自己的坟墓……

白根！请你原谅我罢，我现在也不能再顾及你了。你没有证实我对于你的希望，你没有拯救我的命运的能力……这十年来在你的面前，我也不知忍受了许多不堪言状的羞辱……然而我不愿意怨恨你，你又有什么过错可以使我怨恨你呢？这只是我的薄命而已……现在我不能再顾及你了。如果我没曾因为受苦而怨恨过你，那现在我也希望你不要怨恨我，不要怨恨我丢开你而去了。

十年来，我时时有丢开你的可能。我遇着了很多的客人，他们劝我丢开你而转嫁给他们……然而我都拒绝了。我宁可赚得一点羞辱的面包费来维持你的生活，不愿把你丢开，而另去过着安逸的生活。我现在也许偶尔发生一种鄙弃你的心情，然而你究竟曾热烈地爱过我，我也曾热烈地把你当做我的永远的爱人。我不忍心丢开你呵！我绝对地不会丢开你而嫁给别的男人，就算作是很有钱，很漂亮的男人……

是的，我不忍心丢开你而嫁给别个男人。但是现在我不能再继续我的羞辱的生命了。我想，我现在有丢开你的权利，不过这不是另嫁别人，而是消灭掉我自己的生命……白根！请你原谅我罢，我再不能顾及你了。

我很少的时候想起我的母亲，但是现在，当我要离开人间的时候，我却想起她的可怜的面容了。我想，她大概是久已死去了。大概是久已做了伏尔加河畔的幽魂。她哪里能够经得起狂暴的革命的风浪呢？这是当然的事情。不过如果她还生在人世，如果她知道她的亲爱的丽莎，什么时候曾发过誓不学姐姐的丽莎，现在沦落到这种可怜的地步，那她将怎样地流着老泪呵！

薇娜！我的姐姐呵！也许你现在是波尔雪委克中的要角了。如果你知道你的妹妹……唉，那你将做什么感想呢？你轻视她？诅咒她？还是可怜她？但是，我的姐姐呵！你应当原谅我，原谅你的不幸的丽莎，这难道说是丽莎的过错吗？这难道说是丽莎的过错吗？……让你们得意罢，我的姐姐！让我悄悄地死去，悄悄地死去……

明天……明天这时我的尸身要葬在吴淞口的海底了。我很希望我能充了鱼腹，连骨骼都不留痕迹。那时不但在这世界上没有了活的丽莎，而且连丽莎的一点点的灰末都没有了。如果上帝鉴谅我，或者会把我的尸身浮流到俄罗斯的海里，令我在死后尝一尝祖国的水味。那真是我的幸事了。然而在实际想来，这又有什么意义呢?

　　别了，我的俄罗斯!别了，我的庄严的彼得格勒!别了，我的美丽的故乡——伏尔加河!别了，一切都永别了!……

1929 年 4 月 14 日，于上海。

少年飘泊者

拜轮啊！

你是黑暗的反抗者，

你是上帝的不肖子，

你是自由的歌者，

你是强暴的劲敌。

飘零啊，毁谤啊……

这是你的命运罢，

抑是社会对于天才的敬礼？

——录自作者"怀拜轮"

自　序

在现在唯美派小说盛行的文学界中，我知道我这一本东西，是不会博得人们喝采的。人们方沉醉于什么花呀，月呀，好哥哥，甜妹妹的软香巢中，我忽然跳出来做粗暴的叫喊，似觉有点太不识趣了。

不过读者切勿误会我是一个完全粗暴的人！我爱美的心，或者也许比别人更甚一点；我也爱幻游于美的国度里。但是，现在我所耳闻目见的，都不能令我起美的快感，更哪能令我发美的歌声呢？朋友们！我也实在没有法子啊！

倘若你们一些文明的先生们说我是粗暴，则我请你们莫要理我好了。我想，现在粗暴的人们毕竟占多数，我这一本粗暴的东西，或者不至于不能得着一点儿同情的应声。

蒋光慈　1925 年 11 月 1 日，于上海

一

维嘉先生：

我现在要写一封长信给你——你接着它时，一定要惊异，要奇怪，甚至于要莫名其妙。本来，平常我们接到人家的信时，一定先看看是从什么地方寄来的，是谁寄来的。倘若这个给我们写信的人为我们所不知道，并且，他的信是老长老长的，我们一定要惊异，要奇怪。因此，我能想定你接着我这一封长信的时候，你一定要发生莫名其妙而且有趣的情态。

你当然不知觉我是何如人。说起来，我不过是一个飘泊的少年，值不得一般所谓文学家的注意。我向你抱十二分的歉——我不应写这一封长信，来花费你许多贵重的时间。不过我还要请你原谅我，请你知道我对于你的态度。我虽然不长于文学，但我对于文学非常有兴趣；近代中国文学家虽多，然我对于你比较更敬仰一点——我敬仰你有热烈的情感，反抗的精神，新颖的思想，不落于俗套。维嘉先生！你切勿以此为我恭维你的话，这不过是我个人的意思，其实还有多少人小觑你，笑骂你呢！我久已想写信给你，但是我恐怕你与其他时髦文学家同一态度，因之总未敢提笔。现在我住在旅馆里，觉着无聊已极，忽然想将以前的经过——飘泊的历史——

提笔回述一下。但是向谁回述呢？我也不是一个大文学家，不愿做一篇自传，好借之以炫异于当世；我就是将自传做了，又有谁个来读它呢？就是倘若发生万幸，这篇自传能够入于一二人之目，但是也必定不至于有好结果——人们一定要骂我好不害臊，这样的人也配做自传么？维嘉先生！我绝对没有做自传的勇气。

现在请你原谅我。我假设你是一个不鄙弃我的人，并且你也不讨厌我要回述自己飘泊的历史给你听听。我假设你是一个与我表同情的人，所以我才敢提起笔来向你絮絮叨叨地说，向你表白表白我的身世。

维嘉先生！请你不要误会！我并不希望藉你的大笔以润色我的小史——我的确不敢抱着这种希望。

我也并不是与你完全不认识。五六年前我原见过你几次面，并且与你说过几句话，写过一次信。你记不记得你在 W 埠当学生会长的时代？你记不记得你们把商务会长打了，把日货招牌砍了，一切贩东洋货的奸商要报你们的仇？你记不记得一天夜里有一个人神色匆促向你报信，说奸商们打定主意要报学生仇，已经用钱雇了许多流氓，好暗地把你们学生，特别是你，杀死几个？这些事情我一点儿都未忘却，都紧紧地记在我的脑里。维嘉先生！那一天夜里向你报信的人就是我，就是现在提笔写这一封长信给你的人。当时我只慌里慌张地向你报告消息，并没有说出自己的姓名；你听了我的报告，也就急忙同别人商量去了，并没有问及我的姓名，且没有送我出门。我当时并不怪你，我很知道你太过于热心，而把小礼节忘却了。

这是六年前的事，你大约忘记了罢？维嘉先生！你大约更不知道我生活史中那一次所发生的事变。原来我那一夜回去太晚了，我的东家疑惑我将他们所定的计划泄露给你们，报告给你们了，到第二天就把我革去职务，不要我替他再当伙友了。这一件事情，你当然是不知道。

我因为在报纸上时常看见你的作品，所以很知道你的名字。W 埠虽是一个大商埠，但是，在五六年前，风气是闭塞极了，所谓新文化运动，可以说是没有。自从你同几位朋友提倡了一下，W 埠的新潮也就渐渐地涌起来了。我不愿意说假话，维嘉先生，我当时实在受你的影响不少！你记不记得有一年暑假时，你接到了一封署名汪中的信？那一封信的内容，一直到如今，我还记得，并且还可以背诵得出。现在，我又提笔写长信给你，我不问你对于我的态度如何，讨厌不讨厌我，但我总假设你是一个可以与我谈话的人，可以明白我的人。

那一年我写信给你的时候，正是我想投江自杀的时候；现在我写信给你时的情绪，却与以前不同了。不过写这前后两封信的动机是一样的——我以为你能明白我，你能与我表同情。维嘉先生！我想你是一个很明白的人，你一定知道：一个人当万感丛集的时候，总想找一个人诉一诉衷曲，诉了之后才觉舒服些。我并不敢有奢望求你安慰我；倘若你能始终听我对于自己历史的回述，那就是我最引以为满意的事了。

现在，我请你把我的这一封长信读到底！

二

在安徽省 T 县 P 乡有一乱坟山，山上坟墓累累，也不知埋着的是哪些无告的孤老穷婆，贫儿苦女——无依的野魂。说起来，这座乱坟山倒是一块自由平等的国土，毫无阶级贵贱的痕迹。这些累累的坟墓，无论如何，你总说不清哪一个尊贵些，卧着的是贵族的先人；哪一个贫贱些，卧着的是乞丐的祖宗。这里一无庄严的碑石，二无分别的记号，大家都自由地排列着，也不论什么高下的秩序。或者这些坟墓中的野魂，生前受尽残酷的蹂躏，不平等的待遇，尝足人世间所有的苦痛；但是现在啊，他们是再平等自由没有的了。这里无豪贵的位置，豪贵的鬼魂绝对不到这里来，他们尽有自己的国土；这里的居邻尽是些同等的分子，所谓凌弱欺贱的现象，大约是一定不会有的。

乱坟山的东南角，于民国四年九月十五日，在丛集土堆的夹道中，又添葬了一座新坟。寥寥几个送葬的人将坟堆积好了，大家都回去了，只剩下一个带孝的约十五六岁的小学生，他的眼哭得如樱桃一般的红肿。等到一切人都走了，他更抚着新坟痛哭，或者他的泪潮已将新坟涌得透湿了。

夕阳渐渐要入土了，它的光线照着新掩埋的坟土，更显出一种凄凉的红黄色。几处牧童唱着若断若续的归家牧歌，似觉是帮助这个可怜的小学生痛哭。晚天的秋风渐渐地凉起来了，更吹得他的心要炸裂了。暮帐愈伸愈黑，把累累坟墓中的阴气都密布起来。忽而一轮明月从东方升起，将坟墓的颜色改变了一下，但是谁个能形容出这时坟墓的颜色是如何悲惨呢？

他在这时候实在也没有力量再哭下去了。他好好地坐在新坟的旁边，抬头向四面一望，对着初升的明月出了一会儿神。接着又向月光下的新坟默默地望着。他在这时候的情绪却不十分悲惨了，他的态度似乎觉得变成很从容达观的样子。他很从容地对着新坟中的人说道：

"我可怜的爸爸！我可怜的妈妈！你俩今死了，你俩永远抛下这一个弱苦的儿子，无依无靠的我。"

"你俩总算是幸福的了：能够在一块儿死，并且死后埋在一块，免去了终古的寂寞。黑暗的人间硬逼迫你俩含冤而死，恶劣的社会永未给过你俩以少微的幸福。你俩的冤屈什么时候可以伸雪？你俩所未得到的幸福又什么时候可以偿还呢？

"但是，我的爸爸！我的妈妈！你俩现在可以终古平安地卧着，人世间的恶魔再不能来扰害你俩人。这里有同等的邻居——他们生前或同你俩一样地受苦，他们现在当然可以做你俩和睦的伴侣。这里有野外的雨露——你俩生前虽然背了许多耻辱，但是这些雨露或可以把你俩的耻辱洗去。这里有野外的明月——你俩生前虽然一世过着黑暗的生活，但是现在你俩可以细细领略明月的光辉。

"爸爸！妈妈！平安地卧着罢！你俩从今再不会尝受人世间的虐待了！"

"但是，你俩倒好了，你俩所抛下一个年幼的儿子——我将怎么办呢？

我将到何处去？我将到何处去？……"

说到此时，他又悲伤起来，泪又不禁涔涔地流下。他想，他的父母既然被人们虐待死了，他是一个年幼的小孩子，当然更不知要受人们如何的虐待呢！他于是不禁从悲伤中又添加了一层不可言状的恐惧。

"倒不如也死去好……"他又这般的想着。

维嘉先生！这一个十六岁的小学生，就是十年前的我。这一座新坟里所卧着的，就是我那可怜的，被黑暗社会所逼死的父亲。说起来，我到现在还伤心——我永远忘却不了我父母致死的原因！现在离我那可怜的父亲之死已经有十年了，在这十年之中，我总未忘却我父亲是为着什么死的。

江河有尽头，此恨绵绵无尽期！我要为我父亲报仇，我要为我父母伸冤，我要破坏这逼使我父母惨死的万恶社会。但是，维嘉先生，我父母死去已十年了，而万恶的社会依然。而我仍是一个抱恨的飘泊的少年！

三

民国四年，我乡不幸天旱，一直到五月底，秧禾还没有栽齐。是年秋收甚劣，不过三四成。当佃户的倘若把课租缴齐与主人（我乡称地主为主人），就要一点儿也不剩，一定要饿死。有些佃户没有方法想，只得请主人吃酒，哀告将课租减少。倘若主人是有点良心的，则或将课租略略减少一点，发一发无上的大慈悲；不过多半主人是不愿意将课租减少的——他们不问佃户有能力缴课租与否，总是硬逼迫佃户将课租缴齐，否则便要驱逐，便要诉之于法律，以抗缴课租罪论。有一些胆小的佃户们，因为怕犯法，只得想方设法，或借贷，或变卖耕具，极力把课租缴齐；倘若主人逼得太紧了，他们又无法子可想，最后的一条路不是自杀，就是卖老婆。有一些胆大的佃户们，没有方法想，只得随着硬抵，结果不是被驱逐，就是挨打，坐监狱。因之，那一年我县的监狱倒是很兴旺的。

我家也是一个佃户。那一年上帝对于穷人大加照顾，一般佃户们都没脱了他的恩惠。我家既然也是一个佃户，当然也脱不了上帝的恩惠，尝一尝一般佃户们所受的痛苦。我家人口共三人，我的父母和我。我在本乡小学校读书，他们俩在家操作；因为天旱，我的书也读不成了，就在家里闲住着。当时我的父母看着收成不好，一家人将要饿死，又加着我们的主人势大，毫不讲一点儿理由，于是天天总是相对着叹气，或相抱着哭泣。这时真是我的小生命中一大波浪。

缴课租的日子到了。我家倘若把收得的一点粮食都缴与主人罢，则我们全家三口人一定要饿死；倘若不缴与主人罢，则主人岂能干休？我的父母足足哭了一夜，我也在旁边伴着他俩老人家哭。第二日早饭过后，主人即派人来到我家索课租。那两个奴才仗着主人的势力，恶狠狠地高声对我父亲说：

"汪老二！我们的主人说了，今天下午你应把课租担送过去，一粒也不许缺少，否则打断你的狗腿！"

我的父母很悲惨地相互默默地望着。那两个奴才把话说完就出门去了。我俯在桌子上，也一声儿不响。到后来还是我母亲先开口问我父亲：

"怎么办呢？"

"你说怎么办呢？只有一条死路！"

我听见我父亲说出一条死路几个字，不禁放声哭了。他俩见我放声哭了，也就大放声哭起来，后来，我想老哭不能完事，一定要想出一个办法。于是我擦一擦眼泪，抬头向父亲说：

"爸爸！我想我们绝对不至于走到死路的。我想你可以到主人家里去哀告哀告，或者主人可以发点慈悲，不至于拼命地逼迫我们。人们大约都有点良心，当真我们的主人是禽兽不成？爸爸！你去试一试，反正我们也没有别的方法可想……"

我们的主人是最可恶不过的。人家都称他为刘老太爷；因为他的大儿子在省署里做官——做什么官我也不清楚——有声有势；二儿子在军队里做营长，几次回家来威武极了。这位刘老太爷有这么两位好儿子，当然是可以称雄于乡里的了，因之做恶为祟，任所欲为，谁也不敢说一句闲话。他平素对待自己的佃户，可以说酷虐已极，无以复加！当时我劝我父亲去向他哀告，不过是不得已的办法，我父亲也知道这种办法，是不会得着效果的。不过到了没有办法的时候，也只得要走这一条路。于是我父亲听从了我的话，向我母亲说：

"事到如此地步，我只得去试一试，倘若老天爷不绝我们的生路，他或者也发现点天良，慈悲我们一下，也未可知。我现在就去了，你们且在家等着，莫要着急！"

我父亲踉跄地出门去了。

刘老太爷的家——刘家老楼——离我家不远。父亲去后，我与母亲在家提心吊胆地等着。我只见我母亲的脸一会儿发红，一会儿发白，一会儿又落泪。照着她脸上的变态，我就知道她心里是如何地恐慌，如何地忧惧，如何地悲戚，如何地苦痛。

但是我当时总找不出安慰她老人家的话来。

四

维嘉先生！人世间的惨酷和恶狠，倘若我们未亲自经验过，有许多是不会能令我们相信的。我父母之死，就死在这种惨酷和恶狠里。我想，倘若某一个人与我没什么大仇恨，我决不至于硬逼迫他走入死地，我决不忍将他全家陷于绝境。但是，天下事决不能如你我的想望，世间人尽有比野兽还毒的。可怜我的父母，我的不幸的父母，他俩竟死于毫无人心的刘老太爷的手里！……

当我劝父亲到刘老太爷家里哀告时，虽未抱着大希望，但也决料不到我父亲将受刘老爷的毒打。就是我父亲自己临行时，大约也未想及自己就要死于这一次的哀告。我与我母亲老在家等我父亲回来，等他回来报告好的消息。我当时虽然未祷告，但是，我想，我的母亲一定是在心中暗地祷告，求菩萨保佑我们的性命，父亲的安稳，但是菩萨的双耳听错了：我母亲祈祷的是幸福，而他给与的却是灾祸。从这一次起，我才知道所谓上帝，所谓菩萨，是与穷人们极反对的。

我们等父亲回来，但等至日快正中了，还未见父亲回来。母亲不耐烦跑到门外望——睁着眼不住地向刘家老楼那一方向望。我还在屋里坐在椅子上东猜西想，就觉着有什么大祸要临头也似的。忽而听见门外一句悲惨而惊慌的呼唤声：

"中儿！你出来看看，那，那是不是你的父亲？……"

我听见这一句话，知道是母亲叫唤我，我急忙跑出来。此时母亲的态度更变为惊慌了。我就问她：

"怎么了？父亲在什么地方？"

"你看，那走路一歪一倒的不是你的父亲么？吃醉了酒？喂！现在哪有酒吃呢？说不定被刘老太爷打坏了……"

啊，是的！被我母亲猜着了。父亲一歪一倒地愈走愈近，我和母亲便问前去迎接他。他的面色现在几如石灰一样的白，见着我们一句话也不说，只是泪汪汪地。一手搭在我的肩上，一手搭在母亲的肩上，示意教我俩将他架到屋里去。我和母亲将他架到屋里，放在床上之后，我母亲才问他：

"你，你怎么弄到这般样子？……"

我母亲哭起来了。

我父亲眼泪汪汪地很费力气地说了两句话：

"我怕不能活了，我的腰部，我的肚肠，都被刘老太爷的伙计踢坏了……"

我母亲听了父亲的话，更大哭起来。很奇怪，在这个当儿，我并不哭，只呆呆地向着父亲的面孔望。我心里想着："我父亲与你有什么深仇大恨，你忍心下这般的毒手？哀告你不允，也就罢了，你为什么将他打到这个样子？唉！刘老太爷你是人，还是凶狠的野兽？是的！是的！我与你不共戴天，不共戴天！

"你有什么权力这样行凶作恶？我们是你的佃户，你是我们的主人？哼！这是什么道理呀？我们耕种土地，你坐享其成，并且硬逼迫我们饿死，将我们打死，陷我们于绝境……世界上难道再有比这种更为惨酷的事么？

"爸爸！你死在这种惨酷里，你是人间的不幸者——我将永远不能忘却这个，我一定要……爸爸呀！"

当时我想到这里，我的灵魂似觉已离开我原有的坐处。模模糊糊地我跑到厨房拿了一把菜刀，经自出了家门，向着刘家老楼行去。进了刘家老楼大门之后，我看见刘老太爷正在大厅与一般穿得很阔的人们吃酒谈笑，高兴得不亦乐乎。他那一副黑而恶的太岁面孔，表现出无涯际的得意的神情；那一般贵客都向他表示出十二分的敬礼。我见着这种状况，心内的火山破裂了，任你将大平洋的水全般倾泻来，也不能将它扑灭下去。我走向前向刘老太爷劈头一菜刀，将他头劈为两半，他的血即刻把我的两手染红了，并流了满地，满桌子，满酒杯里。他从椅子上倒下地来了，两手继续地乱抓；一般贵客都惊慌失色地跑了。有的竟骇得晕倒在地下。

大厅中所遗留的是死尸，血迹，狼藉的杯盘，一个染了两手鲜血的我。我对着一切狂笑，我得着了最后的胜利……

这是我当时的幻想。我可惜幻想不能成为事实，但是有时候幻想也能令人得到十分的愉快。在当时的幻想中，我似觉征服了一切，斩尽了所有的恶魔，恢复了人世间的光明。倘若事实能够与幻想相符合，幻想能够真成为事实，维嘉先生，你想想这是多么令人满意的事啊！

我很知道幻想对于失意人的趣味，一直到现在，我还未抛却爱幻想的习惯。倘若在事实上我们战不胜人，则我们在幻想中一定可以战胜人；倘若刘老太爷到现在还未被我杀却，但是在幻想中我久已把他杀却了。

我以为幻想是我们失意人之自慰的方法。

五

当晚我同母亲商议，老哭不能医好父亲的创伤，于是决定我第二日清早到 J 镇上去请 K 医生。

父亲一夜并未说别的话，只是"哎哟！哎哟……"地哼；母亲坐在床沿上守着他，只是无声的暗泣。我一夜也没睡觉——这一夜我完全消耗在幻想里。

第二日清早，我即到 J 镇上去请 K 医生。J 镇距我家有四五里之遥，连请医生及走路，大约要一两个钟头。

维嘉先生！我真形容不出来人世间是如何的狠毒，人们的心是如何的不测！在这一两个钟头之内，我父母双双地被迫着惨死——他俩永远地变成黑暗的牺牲者，永远地含冤以终古！说起来，真令人发指心碎啊！当时我还是一个小孩子，一点幼稚的心灵怎能经这般无可比拟的刺激？我真不晓得为什么我没有疯癫，我还能一直活到现在。

原来我去后不久，刘老太爷派一些伙计们到我家来挑课租。他们如狼似虎的拿着扁担稻箩跑到我家来，不问我家愿意与否，就下手向谷仓中量谷。我母亲起初只当他们是抢谷的强盗，后来才知道他们是刘老太爷的伙计。她本是一个弱女子，至此也忍不得不向他们大骂了。病在床上的父亲见着如此的情形，于是连气带痛，就大叫一声死去了——永远地死去了。母亲见着父亲死去，环顾室内的物品狼藉，以为没有再活着的兴趣，遂亦在父亲的面前用剪刀刺喉而自尽了。

当刘老太爷的伙计们挑谷出门，高唱快活山歌的时候，就是我父母双双惨死的时候。人世间的黑暗和狠毒，恐怕尽于此矣！

我好容易把医生请到了，实只望我父亲还有万一全愈的希望。又谁知医生还未请到家，他已含冤地逝去；又谁知死了一个父亲还不算，我母亲又活活地被逼而自尽。唉！人世间的凄惨，难道还有过于这种现象的么？

我一进家门，就知道发生了事变。及到屋内见着了母亲的惨状，满地的血痕，我的眼一昏，心房一裂，就晕倒在地，失却了一切的知觉。此时同我一起来我家的 K 医生，大约一见势头不好，即逃之夭夭了。

这是一场完全表现出人间黑暗的悲剧。

晕倒过后，我又慢慢地苏醒过来。一幅极凄惨的悲景又重展开在我的面前，我只有放声的痛哭。唉！人世间的黑暗，人们的狠毒，社会的不公平，公理的泯灭……

维嘉先生！请你想想我当时的情况是什么样子！一个十五六岁的小孩子，没有经验，少经世故，忽然遇着这么大的惨变，这是如何的沉痛啊！我现在想想，有时很奇怪，为什么我当时没有骇死，急死，或哭死。倘若我当时骇死，或急死，或哭死，倒也是一件对于我很幸的事情。说一句老实话，在现在的社会中，到处都是冷酷的，黑暗的，没有点儿仁爱和光明，实在没有活着做人的趣味。但是，维嘉先生，不幸到现在我还没有死，我还要在这种万恶的社会中生存着。万恶的社会所赐与我的痛苦和悲哀，维嘉先生，就是你那一支有天才的大笔，恐怕也不能描写出来万分之一啊！万恶的社会给予我的痛苦愈多，更把我的反抗性愈养成得坚硬了——我到现在还是一个飘泊的少年，一个至死不屈服于黑暗的少年。我将此生的生活完全贡献在奋斗的波浪中。

当时我眼睁睁地看着父母的死尸，简直无所措手足，不知怎么办才好。一个十五六岁的小孩子，遇着这种大惨变，当然是没有办法的。幸亏离我家不远的有一位邻家，当时邻家王老头子大约知道我家发生惨变，于是就拿着拐杖跑到我家看看到底是怎么一回事。他一看见我家内的情形，不禁连哭带哼地说了一句：

"这是我们耕田的结果！……"

当时王老头子，他是一个很忠实的老农夫，指点我应当怎么办，怎么办。我就照着他老人家的指点，把几个穷亲戚，穷家族，请了来商量一商量。当时我的思想注重在报仇，要同刘老太爷到县内去打官司。大家都摇头说不行，不行：刘老太爷的势力浩大，本县县知事都怕他——每任县知事来上任时，一定先要拜访拜访他，不然，县知事就做不安稳；一个小百姓，况且又是他的佃户，如何能与他反抗呢？

"这也是命该的。"

"现在的世界，哪有我们穷人说理的地方！倒不如省一件事情，免去一次是非的好。里外我们穷人要忍耐一点。"

"汪中，你要放明白些，你如何是刘老太爷的对手？你的父母被他弄死，已经是很大的不幸，你千万再不要遭他的毒手了！"

"我的意思，不如碰他一下也好——"

"算了罢，我们现在先把丧事治好了要紧。"

"……"

大家七嘴八舌，谁也找不出一个办法。

维嘉先生！父母被人害了，而反无一点声诉的权利，人世间的黑暗难道还有过于此者？我一想起来现在社会的内情，有时不禁浑身发抖，战栗万状。倘若我们称现世界为兽的世界，吃人的世界，我想这并不能算过火。我们试一研究兽类的生活，恐怕黑暗的程度还不及人类啊！

结果，大家都主张不与刘老太爷打官司，我当时是一个小孩子，当然也不能有什么违拗。

于是，于是我的父母，我的可怜的父母，就白白地被刘老太爷逼死了！……何处是公理？何处是人道？维嘉先生！对于弱者，对于穷人，世界上没有什么公理和人道——这个我知道得很清楚，很详细，你大约不以为言之过火罢。唉！我真不愿意多说了，多说徒使我伤心啊！

六

丧事匆匆地办妥。有钱的人家当然要请和尚道士到家里念经超度，还要大开什么吊礼；但是，我家穷得吃的都没有，哪还有钱做这些面子？借货罢，有谁个借给我们？——父母生前既是穷命，死后当然也得不着热闹。

民国四年九月十五日，几个穷亲族冷清清地，静悄悄地，抬着两口白棺材，合埋在乱坟山的东南角。

于是黑暗的人间再没有他俩的影迹了——他俩从此抛却人间的一切，永远地，永远地脱离了一切痛苦……

维嘉先生，我飘泊的历史要从此开始了。父母在时，他俩虽是弱者，但对于我总是特加怜爱的，绝不轻易加我以虐待。他俩既死了，有谁个顾及一个零丁的孤子？有谁个不更加我以白眼呢？人们总是以势利为转移，惯会奉承强者，欺压弱者。维嘉先生！我又怎能脱离这弱者的遭遇呢？父母生前为人们所蹂躏，父母死后，一个孤苦的十五六岁的小孩子受人们的蹂躏随更不足怪了！我成了一个孤苦而无人照顾的孩子。

伏着新坟痛哭，痛哭一至于无声无力而啜泣。热泪涌透了新坟，悲哀添加了夕阳的黯淡，天地入于凄凉的惨色。当时会有谁个了解这一个十五六岁小孩子的心境，谁个与他表一点人类的同情，谁个与他一点苦痛中的安慰，谁个为他洒一点热泪呢？他愈悲哀则愈痛哭，愈痛哭则愈悲哀，他，他真是人世间不幸的代表了！

维嘉先生！你当然是很知道的，在现代的社会中，穷孩子，特别是无父母的穷孩子，是如何受人们的欺侮。回忆过去十年中的生活，我真是欲哭无泪，心神战栗。我真了解了穷孩子的命运！倘若这个命运是上帝所赐予的，那我就将世界的穷孩子召集在一起，就是不能将上帝——害人的恶物——打死，也要骂得他一个头昏目眩！人们或者说我是上帝的叛徒，是啊！是啊！我承认，我承认我是上帝的叛徒……

当晚从新坟回来之后，一个人——此时我家里只剩下我一个人了——睡在床上，又冷清，又沉寂，又悲哀，又凄惨，翻来覆去，总是不能入梦。想想这里，想想那里，想想过去，想想将来，不知怎么办才好。继续读书罢，当然是没有希望了。耕田罢，我年纪轻了，不行。帮人家放牛罢，喂，又要不知如何受主人的虐待。投靠亲族罢，喂，哪个愿意管我的事？自杀罢，这个，恐怕不十分大好受。那么，到底怎么办呢？走什么路？向何处去？到处都不认识我，到处都没有我的骨肉，我，我一个小孩子怎么办呢？

维嘉先生！我当时胡思乱想的结果，得着了一条路，决定向着这一条路上走。你恐怕无论如何也猜不出这一条路是什么路。

我生性爱反抗，爱抱不平。我还记得我十三岁那一年，读《史记》读到《朱家郭解传》，不禁心神向往，慨然慕朱家郭解之为人。有一次先生问我："汪中！历史上的人物，据你所知道的，哪一个最令你钦佩些？"

"我所佩服的是朱家郭解一流人物。也许周公，孔子，庄周……及各代所谓忠臣义将有可令人崇拜的地方，但是他们对于我没有什么趣味。"我回答先生说。

"朱家郭解可佩服的在什么地方？"先生很惊异地又问我。

"他们是好汉，他们爱打抱不平，他们帮助弱者。先生！我不喜欢耀武扬威有权势的人们，我不明白为什么要尊敬圣贤，我专佩服为穷人出气的……"

我说到这里，先生睁着两只大眼向我看着，似觉很奇怪，很不高兴的样子。他半晌才向我哼了一句：

"非正道也！"

维嘉先生！也许我这个人的思想自小就入于邪道了，但是既入于邪道了，要想改入正道，也是一件很不容易的事情。我到现在总未做过改入正道的念头，大约将来也是要走邪道到底的。但是，维嘉先生！我现在很希望你不以为我是一个不走正道的人，你能了解我，原谅我。倘若你能与我表一点同情，则真是我的万幸了！

民国四年，我乡土匪蜂起，原因是年年天旱，民不聊生，一般胆大的穷人都入于土匪的队伍，一般胆小一点的穷人当然伏在家中挨饿。闻说离我家约四十余里远有一桃林村，村为一群土匪约百余人所盘据。该一群土匪的头目名叫王大金刚，人家都说他是土匪头目中的英雄：他专门令手下的人抢掠富者，毫不骚扰贫民，并且有一些贫民赖着他的帮助，得以维持生活。他常常说："现在我们穷人的世界到了，谁个不愿意眼睁睁地饿死，就请同我一块儿来！我们同是人，同具一样的五官，同是一样地要吃，同是一样的肚皮，为什么我们就应当饿死，而有钱的人就应当快活享福呢？……"这一类的话是从别人口中传到我的耳里，无论真确不真确，可是我当时甚为之所引动。就是到现在，我还时常想起这位土匪头目的话，我虽未见过他一面，但我总向他表示无限的敬意。喂！维嘉先生！我说到此处，你可是莫要害怕，莫要不高兴我崇拜土匪！我老实向你说，我从未把当土匪算为可耻的事情，我并且以为有许多土匪比所谓文质彬彬，或耀武扬威的大人先生们好得多！倘若你以为当土匪是可耻的，那么，请你把土匪的人格低于大人先生的人格之地方指示出来！我现在很可惜不能亲身与你对面讨论讨论这个问题。不过你是一个有反抗性的诗人，我相信你的见解不至于如一般市侩的一样。你的见解或同我的一样。喂！维嘉先生！我又高攀了。哈哈！

上边我说胡思乱想的结果，得着了一条路。维嘉先生！你现在大约猜着了这一条路是什么路罢？这一条路就是到桃林村去入伙当土匪。我想当土匪的原因：第一，我的身量也很长了，虽然才十六岁，但是已经有当土匪的资格了；第二，无路可走，不当土匪就要饿死；第三，王大金刚的为人做事，为我所敬仰，我以为他是英雄；第四，我父母白白地被刘老太爷害死，此仇不共戴天，焉可不报？我向王大金刚说明这种冤屈，或者他能派人来刘家老楼，把刘老太爷捉住杀死。有了这四种原因，我到桃林村入伙的念头就坚定了。

"到桃林村入伙去！"

打算了一夜，第二天清早我即检点一点东西随身带着，其余的我都不问了，任它丢也好，不丢也好。到桃林村的路，我虽未走过一次，但是听人说过，自以为也没甚大要紧。当我离开家门，走了几步向后望时，我的泪不觉潸潸地下了！

"从此时起，你已经不是我的家了！……父母生前劳苦的痕迹，我儿时的玩具，一切一切，我走后，你还能保存么？……此后我是一个天涯的孤子，飘泊的少年，到处是我的家，到处是我的寄宿地，我将为一无巢穴的小鸟……你屋前的杨柳啊！你为我摇动久悬的哀丝罢，你树上的雀鸟啊！你为我鸣唱飘泊的凄清罢！我去了……"

将好到桃林村的路，要经过乱坟山的东南角，我当时又伏在新坟上为一次辞别的痛哭。东方已经发白了。噪晓的鸟雀破了大地沉寂，渐渐地又听着牧歌四起——这是助不幸者的痛苦呢，抑是为飘泊少年的临别赠语？维嘉先生！你想想我这时的心境是如何地悲哀啊！

"我亲爱的爸爸妈妈！我可怜的爸爸妈妈！你知道你俩的一个孤苦的儿子现在来与你俩辞别么？你俩的儿子现在来与你俩辞别，也许是这最后的……永远的……

"我亲爱的爸爸妈妈！我可怜的爸爸妈妈！也许这一去能够成全我的痴念，能够为你俩雪一雪不世的冤屈，也许你俩的敌人要死在我手里，也许仇人的头颅终究要贡献在你俩的墓前；也许……

"但是，我亲爱的爸爸妈妈！我可怜的爸爸妈妈！也许你俩的儿子一去不复还，也许你俩的儿子永远要飘流在海角天边，也许你俩的儿子永远再不来瞻拜墓前……

"……"

七

黑云渐渐密布起来了。天故意与半路的孤子为难也似的：起初秋风从远处吹来几点碎雨，以为还没有什么，总还可以走路的；谁知雨愈下愈大，愈下愈紧，把行路孤子的衣履打得透湿，一小包行李顿加了很大的重量。临行时忘却随身带一把伞，不但头被雨点打得晕了，就是两眼也被风雨吹打得难于展开。

"天哪！你为什么这么样与我为难呢？我是一个不幸的孤子，倘若你是有神智的，你就不应加我以这样的窘迫。"

"这四周又没有人家，我将如何是好呢？我到何处去？……难道我今天就死于这风雨的中途么……可怜我的命运呀！"

"天哪！你应睁一睁眼啊！……"

我辞别了父母之墓，就开步向桃林村进行。本来我家离桃林村不过四十余里之遥，半日尽可以到了；可是，一则我从未走过长路，出过远门，二是我身上又背着一小包行李，里边带着一点吃食的东西，虽然不大重，但对于我——一个十六岁的读书学生，的确是很重的了；因此，我走了半天，才走到二十多里路。路径又不熟，差不多见一个人问一个人，恐怕走错了路。临行时，慌里慌张地忘却带雨伞，当时绝未料及在路中会遇着大雨。谁知天老爷是穷人的对头，是不幸者的仇敌，在半路中竟鬼哭神号地下了大雨。维嘉先生！请你想一想我当时在半路中遇雨的情况是什么样子！我当时急得无法哭起来了。哭是不幸者陷于困难时的唯一表示悲哀的方法啊。

我正一步一步带走带哭的时候，忽听后面有脚步声，濮池濮池地踏着烂泥响。我正预备回头看的时候，忽听着我后面喊问一声："那前边走的是谁呀！请停一步……"听此一喊问，我就停着不动了。那人打着雨伞，快步走到我面前来，原来是一个五十余岁的，面貌很和善的老头儿。他即速把伞将我遮盖住，并表示一种很哀悯的情态。

"不幸的少先生！你到什么地方去呀？"

"我到桃林村去；不幸忘却带伞，现在遇着雨了。"

"我家离此已经不远了，你可以先到我家避一避雨，待天晴时，然后再走。你看好不好？"

"多谢你老人家的盛意！我自然是情愿的！"

我得着了救星，心中就如一大块石头落下去了。当时我就慢慢地跟着这一位老头儿走到他的家里来。可是，刚一到了他家之后，因为我浑身都淋湿了，如水公鸡也似的，无论如何，我是支持不住了：浑身冻得打战，牙齿嗑着达达地响。老头儿及他的老妻——也是一个很和善的老太婆——连忙将我衣服脱了，将我送上床躺着，用被盖着紧紧地，一面又烧起火来，替我烘衣服。可是我的头渐渐大起来了，浑身的热度渐渐膨胀起来了，神经渐渐失却知觉了——我就大病而特病起来了。我这一次病的确是非常严重，几乎把两位好意招待我的老人家急得要命。在病重时的过程中，我完全不知道我自己的状况及他俩老人家的焦急和忙碌；后来过了两天我病势减轻的时候，他俩老人家向我诉说我病中的情形，我才知道我几番濒于危境。我对于他俩老人家表示无限的感激。若以普通惯用的话来表示之，则真所谓"恩同再造"了。

我的病一天一天地渐渐好了。他俩老人家也渐渐放心起来。在病中，他俩老人家不愿同我多说话，恐怕多说话妨害我的病势。等到我的病快要好了的时候，他俩才渐渐同我谈话，询问我的名姓和家室，及去桃林村干什么事情。我悲哀地将我的家事及父母惨死的经过，一件一件向他俩诉说，他俩闻之，老人家心肠软，不禁替我流起老泪来了；我见着他俩流起泪来，我又不禁更伤心而痛哭了。

"你预备到桃林村去做什么呢？那里有你的亲戚或家门？……那里现在不大平安，顶好你莫要去，你是一个小孩子。"

问我为什么到桃林村去，这我真难以答应出来。我说我去找亲戚及家门罢，我那里本来没有什么亲戚和家门；我说我去入伙当土匪罢，喂，这怎能说出呢？说出来，恐怕要……不能说！不能说！我只得要向这俩老人家说谎话了。

"我有一位堂兄在桃林村耕田，现在我到他那儿去。老爹爹！你说那里现在不平安，到底因为什么不平安呢？莫不是那地方有强盗——"

"强盗可是没有了。那里现在驻扎着一连兵，这兵比强盗差不多，或者比强盗还要作恶些。一月前，不错，桃林村聚集了一窝强盗，可是这些强盗，他们并不十分扰害如我们这一般的穷人。现在这些官兵将他们打跑了，就在桃林村驻扎起来，抢掠不分贫富，弄得比土匪强盗还利害！唉！现在的世界——"

我听老头儿说到这里，心里凉了半截。糟糕！入伙是不成的了，但是又到何处去呢？天哪！天哪！我只暗暗地叫苦。

"现在的世界，我老实对少先生说，真是弄到不成个样子！穷人简直不能过日子！我呢？少先生！你看这两间茅棚，数张破椅，几本旧书，其他什么东西都没有；一个二十余岁的儿子。没有法想，帮人家打长工；我在家教一个蒙馆以维持生活，我与老妻才不至于饿死；本来算是穷到地了！但是，就是这样的穷法，也时常要挨受许多的扰乱，不能安安地过日子。

"我教个小书，有许多人说我是隐士，悠然于世外。喂！我是隐士？倘若我有权力，不满少先生说，我一定要做一番澄清社会的事业。但是，这是妄想啊！我与老妻的生活都难维持，还谈到什么其他的事业。

"少先生！我最可惜我的一个可爱的儿子。他念了几年书，又纯洁，又忠实，又聪明，倘若他有机会读书，一定是很有希望的；但是，因为家境的逼迫，他不得已替人家做苦工，并且尝受尽了主人的牛马般的虐待。唉！说起来，真令人……"

老头儿说到此地，只是叹气，表现出无限的悲哀。我向他表示无限的同情，但是这种同情更增加我自身的悲哀。

王老头儿（后来我才晓得他姓王）的家庭，我仔细打量一番，觉着他们的布置上还有十分雅气，确是一个中国旧知识阶级的样子，但是，穷可穷到地了。我初进门时，未顾得着王老头儿的家庭状况，病中又不晓得打量，病好了才仔细看一番，才晓得住在什么人家的屋子里。

老夫妻俩侍候我又周到，又诚恳。王老头儿天天坐在榻前，东西南北，古往今来，说一些故事给我听，并告诉了我许多自己的经验，我因之得了不少的知识。迄今思之，那一对老人家的面貌，待我的情义，宛然尚在目前，宛然回旋于脑际。但是，他俩还在人世么？或者已经墓草蓬蓬，白骨枯朽了……

当时我病好了，势不能再常住在王老头儿夫妻的家里，虽然他俩没有逐客的表示，但是我怎忍多连累他俩老人家呢？于是我决定走了。临行的时候，王老头儿夫妻依依不舍，送一程又一程，我也未免又洒了几点泪。他俩问我到什么地方去，我含糊地答应：

"到……到城里去。"

其实，到什么地方去呢？维嘉先生！何处是不幸者的驻足地呢？我去了！但是到什么地方去呢？……

八

离了王老头儿家之后，我糊里糊涂走了几里路，心中本未决定到什么地方去。回家罢，我没有家了；到桃林村去罢，那里王大金刚已不在了，若被不讲理的官兵捉住，倒不是好玩的；到城里去罢，到城里去干什么呢？想来想去，无论如何想不出一条路。最后我决定到城里去，俟到城里后再作打算。我问清了路，就沿着大路进行。肩上背着一个小包里带着点粮，还够两天多吃，一时还不至于闹饥饿。我预备两天即可到城里，到城里大约不至于饿死。

天已经渐渐黑了。夕阳慢慢地收起了自己的金影，乌鸦一群一群地飞归，并急噪着暮景。路上已没有了行人。四面一望，一无村庄，二无旅店——就是有旅店，我也不能进去住宿，住宿是要有钱才可以的，我哪有钱呢？不得已还是低着头往前走。走着，走着，忽看见道路右边隐隐约约似觉有座庙宇，俄而又听着撞钟的声音——叮当，叮当的响。我决定这是一座庙宇，于是就向着这座庙宇走去。庙宇的门已经闭了，我连敲几下，小和尚开门，问我干什么事，我将归宿的意思告诉他。他问了老和尚的意思，老和尚说可以，就指定我在关帝大殿右方神龛下为我的宿处。大殿内没有灯烛，阴森森，黑漆漆地有鬼气，若是往常，你就打死我也不敢在这种地方歇宿，但是现在一则走累了，二则没有别的地方，只得将就睡去。初睡的时候，只听剌郎剌郎的响，似觉有鬼也似的，使我头发都竖了起来。

但是因为走了一天的路，精神疲倦太甚，睡神终久得着胜利了。

第二天早晨，我正好梦方浓的时候，忽然有人把我摇醒了。我睁眼一看，原来一个胖大的和尚和一个清瘦的斯文先生立在我旁边，向我带疑带笑地看。

"天不早了，你可以醒醒了，这里非久睡之地。"胖和尚说。

"你倒像一个读书的学生，为什么这样狼狈，为什么一个人孤行呢？你的年纪还不大罢？"清瘦的斯文先生说。

我只得揉揉眼起来，向他们说一说我的身世，并说我现在成一个飘流的孤子，无亲可投，无家可归。至于想到桃林村入伙而未遂的话，当然没有向他们说。他俩听了我的话之后，似觉也表示很大的同情的样子。

"刘先生！这个小孩子，看来是很诚实的，我看你倒可以成全他一下。你来往斯文之间，出入翰墨之家，一个人未免有点孤单，不如把他收为弟子或收做书童，一方面侍候你，二方面为你的旅伴。你看好不好呢？"胖和尚向着清瘦的斯文先生说。

"可是可以的，他跟着我当然不会饿肚子，我也可以减少点劳苦。但不知他自己可愿意呢？"清瘦的斯文先生沉吟一下回答胖和尚说。

我听了胖和尚的话，又看看这位斯文先生的样子，我知道这位斯文先生是何等样的人了——他是一个川馆的先生。维嘉先生！川馆先生到处都有，我想你当然知道是干什么勾当的。当时我因为无法可想，反正无处去，遂决定照着胖和尚的话，拜他做老师，好跟着他东西南北鬼混。于是就满口应承，顺便向他磕一个头，就拜他为老师了。斯文先生喜欢的了不得，向胖和尚说了些感激成全的话。胖和尚吩咐小和尚替我们预备早饭，我就大大的饱吃了一顿。早饭之后，我们向胖和尚辞行，出了庙门；斯文先生所有的一切所谓的文房四宝，装在一个长布袋里，我都替他背着。他在前头走，我在后头行。此后他到哪里，我也到哪里，今天到某秀才家里写几张字画，明天到某一个教书馆里谈论点风骚，倒也十分有趣。我跟着他跑了有四个多月的光景，在这四个月之中，我遇着许多有趣味的事情。

我的老师——斯文先生——一笔字画的确不错，心中旧学问有没有，我就不敢说了。但我总非常鄙弃他的为人：他若遇着比自己强的人，就恭维夸拍的了不得；若遇着比自己差的人，就摆着大斯文的架子，那一种态度真是讨厌已极！一些教蒙馆的先生们，所怕的就是川馆先生，因为川馆先生可以捣乱，使他们的书教不成。有一些教蒙馆的先生们见着我们到了，真是战战兢兢，惶恐万状。我的这位老师故意难为他们，好藉此敲他们的竹杠——他们一定要送我们川资。哈哈！维嘉先生！我现在想起来这些事情，真是要发笑了。中国的社会真是无奇不有啊！

倘若我的老师能够待我始终如一，能够不变做老师的态度，那么，或者我要多跟他一些时。但是他中途想出花头，变起卦来了。我跟他之后，前三个月内，他待我真是如弟子一般，自居于老师的地位；谁知到了最后一个多月，他的老师的态度渐渐变了：他渐渐同我说笑话，渐渐引诱我狎戏；我起初还不以为意，谁知我后来觉着不对了，我明白了他要干什么勾当——他要与我做那卑鄙无耻的事情……我既感觉着之后，每次夜里睡觉总是特别的戒备，虽然他说些调戏的话，我总不做声，总不回答他。他见我非常庄重，自己心中虽然非常着急，但未敢公开地向我要求，大约是不好意思罢。

有一晚，我们宿在一个小镇市上的客店里。吃晚饭时，他总是劝我喝酒，我被劝得无法可想，虽不会喝，但也只得喝两杯。喝了酒之后，我略有醉意，便昏昏地睡去。大约到十一二点钟的光景，忽然一个人把我紧紧地搂着，我从梦中惊骇得一跳，连忙喊问："是谁呀？是谁呀？""是我，是我，莫要喊！"我才知道搂我的人是我的老师。

"老师！老师！你怎么的了？你怎么……"

"不要紧，我的宝宝！我的肉！你允许我，我……"

"老师！这是什么话，这怎么能行呢！"

"不要紧，你莫要害怕！倘若你不允许我，我就要……"

他说着就要实行起来。我这时的羞忿，真是有地缝我都可以钻进去！

但是，事已至此，怎么办呢？同他善说，教他把我放开罢，那是绝对没有效果的。幸亏我急中生出智来，想了一个脱逃的方法。

"好！老师！我顺从你，我一定顺从你。不过现在我要大便，等我大便后，我们再痛痛快快地……你看好不好？"

"好！好！快一点！"

他听到我顺从他的话，高兴的了不得，向我亲几个嘴，就把我放开了。我起来慌忙将上下衣服穿上，将店门开开，此时正三月十六，天还有月亮，我一点什么东西都没带，一股气跑了五六里。我气喘喘地坐在路旁边一块被露水浸湿的石头上休息一下。自己一个孤凄凄地坐着，越想越觉着羞辱，越想越发生愤恨，我不禁又放声痛哭了。

"天哪！这真是孤子的命运啊！"

"我的爸爸！我的妈妈！你俩可知你俩所遗留下来的一个苦儿今天受这般的羞辱么？"

"唉！人们的兽行……"

当时我真悲哀到不可言状！我觉着到处都是欺侮我的人，到处都是人面的禽兽……能照顾我的或者只有这中天无瑕疵的明月，能与我表同情的或者只有这道旁青草内蛐蛐的虫声，能与我为伴侣的或者只有这永不与我隔离的瘦影。

九

自从那一夜从客店跑出之后，孑然一身，无以为生；环顾四周，无所驻足。我虽几番欲行自杀的短见，但是求生之念终战胜了求死之心。既然生着，就要吃饭，我因此又过了几个月乞儿的生活。今日破庙藏身，明夜林中歇宿，受尽了风雨的欺凌，忍足了人们的讥笑。在这几个月中，从没吃过一顿热腾腾的白饭，喝过一碗干干净净的清茶。衣服弄得七窟八眼，几乎把屁股都掩盖不住。面貌弄得瘦黑已极，每一临水自照，喂，自己不禁疑惑自己已入鬼籍了。维嘉先生！我现在很奇怪我虽然没有被这种乞儿的生活糟蹋死！每一想起当年过乞儿生活的情形，不禁又要战栗起来。好在因为有了几个月乞儿的经验，我深知道乞儿的生活是如何的痛苦，乞儿的心灵是如何的悲哀，乞儿的命运是如何的不幸……

维嘉先生！人一到穷了，什么东西都要欺侮他。即如狗罢，它是被人家豢养的东西，照理是不应噬人的，但是它对于叫化子可以说种下了不世的深仇，它专门虐待叫化子。有一次我到一个村庄去讨饭，不料刚一到该村庄的大门口，轰隆一声，从门口跑出几只大狗来，把我团团地围住，恶狠狠地就同要吃我也似的，真是把我骇得魂不附体！我喊着喊着，忽然一条黑狗呼地向我腿肚子就是一下，把我腿肚子咬得两个大洞，鲜血直流不止。幸亏这时从门内出来了一个十六七岁的小姑娘，她把一群恶兽叱开，我才能脱除危险，不然，我一定要被它们咬死了。小姑娘看着我很可怜的，就把我领到屋里，把母亲喊出来，用药把我的伤包好，并给了我一顿饭吃。

维嘉先生！到现在我这腿肚上被狗咬的伤痕还在呢。这是我永远的纪念，这是不幸者永远的纪念……

叫化子不做贼，也是没有的事情。维嘉先生！倘若你是叫化子，终日讨不到饭吃，同时肚子里饿得咕里咕里地响，你一定要发生偷的念头，那时你才晓得做贼是不得已的，是无可奈何的。但是没有饿过肚子的人，不知饿肚子的苦楚，一定要说做贼是违法的，做贼是不道德的——叫化子做贼，叫化子就是最讨厌的东西。

有一天，半天多没有讨到饭吃，肚子实在饿得难过；我恰好走到一块瓜田里，那西瓜和甜瓜一个一个的都成熟了，我的涎水不觉下滴，我的肚子一定要逼迫我的手摘一个来吃。当伸手摘瓜的时候，我心里的确是害怕：倘若被瓜主人看见了，我一定不免要受一顿好打。但是肚子的权威把害怕的心思压下去了，于是我就偷摘了一个甜瓜和一个西瓜。我刚刚将瓜摘到手里，瓜棚子里就跑出来了两个人，大声喊着：

"你还不把瓜放下！你这小子胆敢来偷我们的瓜呀！你大约不要命了，

今天我们给你一个教训……"

他俩喊着喊着就来捉我，我丢了瓜就跑，可是因为肚子太空了，没有点儿力气跑，我终被捉住，挨了一次痛打。维嘉先生！偷两个瓜算什么，其罪就值得挨一次痛打么？为什么肚子饿了，没有吃瓜的权利？为什么瓜放在田里，而不让饿肚子的人吃？为什么瓜主人有打偷瓜人的权利？维嘉先生！你可以回答我的这些问题么？

我在乞儿生活上所受的痛苦太多了，现在我不愿一件一件地向你说，空费了你的时间。人世间不幸的真象，我算深深地感觉，深深地了解了。我现在坐在这旅舍的一间房里，回忆过去当乞儿的生活，想像现在一般乞儿的情况，我的心灵深处不禁起伏着无限的悲哀。维嘉先生！哪一个是与我这种悲哀共鸣的人呢？

请君走到街里巷间，看一看那囚首丧面衣衫褴褛的乞儿——他们代表世界的悲哀，人间的不幸。你且莫以为这是不必注意的事，他们是人类遗弃的分子！

人总还是人啊！他们的悲哀与不幸，什么时候才能捐除呢？他们什么时候才能进入快乐和幸福的领域？倘若人间一日有它们的存在，我以为总不是光明的人世！或者有一些人们以为现在所存在的一切，是很可以令人满意的了，不必再求其他；我以为这些人们的生活状况，知识和经验，大约是不允许他们明白我所说的事情，或者他们永远不愿意明白……

维嘉先生！我写到这里，我又怕起来了，怕你厌烦我尽说这一类的话。但是，维嘉先生！请你原谅我，请你原谅我不是故意地向你这般说——我的心灵逼迫我要向你这样叨叨絮絮地说。或者你已经厌烦了，但是，我还请你忍耐一下，继续听我的诉说。

一〇

H 城为皖北一个大商埠，这地方虽没有 W 埠的繁盛，但在政治文化方面，或较 W 埠为重要。军阀，官僚，政客，为 H 城的特产，中国无论哪一处，差不多都没有此地产的多——这大约因为历史的关系。维嘉先生！你大约知道借外兵打败太平天国的李大将军，开鱼行的王老板，持斋念佛的段执政……这些有名人物罢？这些有名人物的生长地就是 H 城。

这是闲话，现在且向你说我的正事。

我过着讨饭的生活，不知不觉地飘流到 H 城里来。在城里乞讨总是给铜钱——光绪通宝——的多，而给饭的少。在乡间乞讨就不一样了，大概总是给米或剩饭，差不多没有给钱的。在城里乞讨有一种好处，就是没有狗的危险。城里的狗固然是有，但对于叫化子的注意，不如乡间狗对于叫化子注意的狠。这是我的经验。

一日，我讨到一家杂货店叫瑞福祥的，门口立着一个五十几岁的胡子老头儿，他对我仔细地看一看，问我说：

"你今年多大年纪了？年轻轻的什么事不能做，为什么一定要讨饭呢？你姓什么？是哪里人氏？"

我听了他的话，不禁悲从中来，潸潸地流下了泪。"年轻轻的什么事不能做，为什么一定要讨饭呢？"这句话真教我伤心极了！我是因为不愿意做事而讨饭么？我做什么事情？谁个给我事情做？谁个迫我过讨饭的生活？我愿意因讨饭而忍受人们的讥笑么？我年轻轻的愿意讨饭？我年轻轻的居然讨饭，居然受人们的讥笑……哎哟！我无涯际的悲哀向谁告诉呢？天哪！唉！……

老头儿见我哭起来了，就很惊异，便又问道：

"你哭什么呢？有什么伤心事？何妨向我说一说呢？"

我就一五一十地又向他述了我的身世及迫而讨饭的原因。我这样并不希望他能怜悯我，搭救我，不过因为心中悲哀极了，总是想吐露一下，无论他能了解和表同情与否，那都不是我所顾到的。并且我从来就深信，要想有钱的人怜悯穷人，表同情于穷人——这大半是幻想，是没有结果的幻想。也许世界上有几个大慈大悲的慈善家，但是，我对于他们是没有希望的。维嘉先生！这或者是我的偏见，但是，这偏见是有来由的。

老头儿听了我的话，知道我是一个学生，又见我很诚实，遂向我提议，教我在他柜上当学徒。他说，他柜上还可以用一个人，倘若我愿意，他可以把我留下学生意，免得受飘零的痛苦。他并说，除了吃穿而外，他还可以给我一点零用钱。他又说，倘若我能忠心地做事，诚实地学好，他一定要提拔我。他还说其他一些别的好话头……我本知道当学徒也不是容易的事情，或者竟没过乞儿生活的自由，但是因过乞儿生活所受的痛苦太多了，也只得决定听老头儿的话，尝一尝当学徒的滋味。于是我从乞儿一变而为学徒了。

这是八月间的事。

老头儿姓刘，名静斋，这家杂货店就是他开的。杂货店的生意，比较起来，在 H 城里可以算为中等，还很兴盛。柜上原有伙友两位，加上我一个，就成为三个人了。可是我是学徒，他俩比我高一级，有命令使唤我的权利。有一个姓王的，他为人很和善，待我还不错；可是有一个姓刘的——店主人的本家——坏极了！他的架子，或者可以说比省长总长的架子都要大，他对我的态度非常坏，我有点不好，他就说些讥笑话，或加以责骂——我与他共了两年事，忍受了他的欺侮可真不少！但是怎么办呢？他比我高一层，他是掌柜先生，我是学徒……

维嘉先生！学徒的生活，你大约是晓得的。学徒第一年的光阴差不多不在柜上做事情，尽消磨在拿烟倒茶和扫地下门的里面。学徒应比掌柜的起来要早，因为要下门扫地，整理一切程序。客人来了，学徒丝毫不敢待慢，连忙同接到天神的样子，恭恭敬敬地拿烟倒茶，两只手儿小心了又小心，谨慎了又谨慎，生怕有什么疏忽的地方。掌柜先生对待学徒，就同学徒比他小几倍的样子。主人好的时候，那时还勉强可以；倘若主人的脾气也不好的时候，那时就叫活要命，没有点儿舒服的机会。我的主人，说一句实在话，待我总算还不错，没有什么过于苛待的地方。

总共我在瑞福祥当了两年学徒，这两年学徒的生活，比较起来，当然比乞儿的生活好得多。第一，肚子不会忍饿；第二，不受狗的欺侮；第三，少受风雨的逼迫。有闲工夫时，我还可以看看书，写写字，学问上还有点长进。自然我当时所看的书，都只限于旧书，而没有得到新书的机会。

在两年学徒的生活中，我又感觉商人的道德，无论如何，是不会好的——商业的本身不会使商人有好的道德。商人的目的当然是要赚钱，要在货物上得到利润，若不能得到利润，则商业就没有存在的可能。因为要赚钱，是凡可以赚钱的方法和手段，当然都是要尽量利用的；到要利用狡猾的方法和手段来赚钱，那还说到什么道德呢？

有一次，一个乡下人到我们店里来买布，大约是替姑娘办嫁妆。他向我们说，他要买最好的花洋标；我们的刘掌柜的拿这匹给他看，他说不合式；拿那匹给他看，他说也不好；结果，给他看完了，总没有一匹合他的意。我们的刘掌柜的急得没法，于是向他说，教他等一等；刘掌柜到后边将给他看过的一匹花洋标，好好用贵重的纸包将起来，郑重其事地拿出来给乡下人看，并对乡下人道：

"比这一匹再好的，无论你到什么地方去，你也找不出来。这种花洋标是美国货，我们亲自从上海运来的。不过价钱要贵得多，恐怕你不愿出这种高价钱……"

乡下人将这匹用好纸包着的花洋标看了又看，摸了又摸，似觉很喜欢的样子，连忙说道：

"这匹东西好，东西不错！为什么你早不拿出来呢？我既然来买货，难道我还怕价钱高么？现在就是这一匹罢，请先生替我好好地包起来，使我在路上不致弄绉了才好！"

我在旁边看看，几几乎要笑起来了。但是，我终把笑忍在肚子里，不敢笑将出来；倘若把这套把戏笑穿了，我可负不起责任。

维嘉先生！像这种事情多得很呢！我们把这种事情当做笑话看，未始不可；但是，从此我们可以看出商业是什么东西，商人的道德是如何了。

普通学徒都是三年毕业，或者说出师，为什么我上面说我只过两年学徒的生活呢？维嘉先生！你必定要发生这种疑问，现在请你听我道来。

——

维嘉先生！我此生只有一次的恋爱史，然就此一次恋爱史，已经将我的心灵深处，深深地刻下了一块伤痕。这一块伤痕到现在还未愈，就是到将来也不能愈。它恐怕将与吾生并没了！我不爱听人家谈论恋爱的事情，更不愿想到恋爱两个字上去。但是每遇明月深宵，我不禁要向嫦娥悲歙，对花影流泪；她——我的可爱的她，我的可怜的她，我的不幸的她，永远地，永远地辗转在我的心头，往来在我的脑里。她的貌，她的才，当然不能使我忘却她；但是，我所以永远地不能忘却她，还不是因为她貌的美丽和才的秀绝，而是因为她是我唯一的知己，唯一的了解我的人。自然，我此生能得着一个真正的女性的知己，固然可以自豪了，固然可以自慰了；但是我也就因此抱着无涯际的悲哀，海一般深的沉痛！维嘉先生！说至此，我的悲哀的热泪不禁涔涔地流，我的刻上伤痕的心灵不禁微微地颤动……

刘静斋——我的主人——有一子一女。当我离开 H 城那一年，子九岁，还在国民小学读书；女已十八岁了，在县立女校快要毕业。这个十八岁的女郎就是我的可爱的她，我的可怜的她，我的不幸的她。或者我辜负她了，或者我连累她了，或者她的死是我的罪过；但是，我想，她或者不至于怨我，她或者到最后的一刻还是爱我，还是悬念着这个飘泊的我。哎哟！我的妹妹！我的亲爱的妹妹！你虽然为我而死，但是，我记得，我永远地为你流泪，永远地为你悲哀……一直到我最后的一刻！

她是一个极庄重而又温和的女郎。当我初到她家的时候，她知道我是一个飘泊的孤子，心里就很怜悯我，间接地照顾我的地方很多——这件事情到后来我才知道。她虽在学校读书，但是在家中住宿的，因此她早晚都要经过店门。当时，我只暗地佩服她态度的从容和容貌的秀美，但绝没有过妄想——穷小子怎敢生什么妄想呢？我连恋爱的梦也没做过——穷小子当然不会做恋爱的梦。

渐渐地我与她当然是很熟悉了。我称呼她过几次"小姐"。

有一次我坐在柜台里边，没有事情做，忽然觉着有动于中，提笔写了一首旧诗：

> 此身飘泊竟何之？人世艰辛我尽知。
>
> 闲对菊花流热泪，秋风吹向海天陲。

诗写好了，我自己念了几遍。恰好她这时从内庭出来，向柜上拿写字纸和墨水；我见她来了，连忙将诗掩住，问她要什么，我好替她拿。她看我把诗掩了，就追问我：

"汪中！你写的是什么？为什么这样怕人看？"

"小姐，没有什么；我随便顺口诌几句，小姐，没有什么……"我脸红着向她说。

"你顺口诌的什么？请拿给我看看，不要紧！"

"小姐！你真要看，我就给你看，不过请小姐莫要见笑！"

我于是就把我的诗给她看了。她重复地看了几遍，最后脸红了一下，说道：

"诗做的好，诗做的好！悲哀深矣！我不料你居然能——"

她说到此很注意地看我一下，又低下了头，似觉想什么也似的。最后，她教我此后别要再称呼她为小姐了；她说她的名字叫玉梅，此后我应称呼她的名字；她说她很爱做诗，希望我往后要多做些；她说我的诗格不俗；她又说一些别的话。维嘉先生！从这一次起，我对于她忽然起了很深的感觉——我感觉她是一个能了解我的人，是一个向我表示同情的人，是我将来的……

我与她虽然天天见面，但是谈话的机会少，谈深情话的机会更少。她父亲的家规极严，我到内庭的时候少；又更加之口目繁多，她固然不方便与我多说话，我又怎敢与她多亲近呢？最可恨是刘掌柜的，他似觉步步地监视我，似觉恐怕我与她发生什么关系。其实，这些事情与他什么相关呢？他偏偏要问，偏偏要干涉，这真是怪事了！

但是，倘若如此下去，我俩不说话，怎么能发生恋爱的关系呢？我俩虽然都感觉不能直接说话的痛苦，但是，我俩可以利用间接说话的方法——写信。她的一个九岁的小弟弟就是我俩的传书人，无异做我俩的红娘了。小孩子将信传来传去；并不自知是什么一回事，但是，我俩藉此可以交通自己的情怀，互告心中的衷曲——她居然成了我唯一的知己，穷途的安慰者。我俩私下写的信非常之多，做的诗也不少；我现在恨没有将这些东西留下——当时不敢留下，不然，我时常拿出看看，或者可以得到很多的安慰。我现在所有的，仅仅是她临死前的一封信——一封悲哀的信。维嘉先生！现在我将这一封信抄给你看看，但是，拿笔来抄时，我的泪，我的悲哀的泪，不禁如潮一般的流了。

亲爱的中哥！

我现在病了。病的原因你知道么？或者你知道，或者你也不知道。医生说我重伤风，我的父母以为我对于自己的身体太不谨慎，一般与我亲近的人们都替我焦急。但是，谁个知道我的病源呢？只有我自己知道，只有我自己知道我为什么病，但是，我没有勇气说，就是说出也要惹一般人的讥笑耻骂——因此，我绝对不说了，我绝对不愿意说了。

我真不明白，为什么人们爱做勉强的事情。我的父母并不是不知道我不愿意与王姓子订婚，但是，他俩居然与我代订了。现在听说王姓今天一封信，明天也是一封信，屡次催早日成结婚礼，这不是催早日成结婚礼，这是催我的命！我是一个弱者，我不敢逃跑，除了死，恐怕没有解救我的方法了！

中哥！我对于你的态度，你当然是晓得的：我久已经定你是我的伴侣，你是唯一可以爱我的人。你当然没有那王姓子的尊贵，但是，你的人格比他高出万倍，你的风度为他十个王姓子的所不及……中哥！我亲爱的中哥！我爱你！我爱你！……

但是，我是一个弱者，我不能将我对于你的爱成全起来；你又是一个不幸者，你也没有成全我俩爱情的能力。同时，王姓总是催，催，催……我只得病，我只有走入死之一途。我床前的药——可惜你不能来看——一样一样地摆满了。但是它们能治好我的病么？我绝对不吃，吃徒以苦人耳！

中哥！这一封信恐怕是最后的一封信了！你本来是一个不幸者，请你切莫要为我多伤心，切莫要为我多流泪！倘若我真死了，倘若我能埋在你可以到的地方，请你到我的墓前把我俩生前所唱和的诗多咏诵两首，请你将山花多采几朵插在我的坟顶上，请你抚着我的坟多接几个吻；但是，你本来是一个不幸者，请你切莫要为我多伤心，切莫要为我多流泪！

中哥！我亲爱的中哥！我本来想同你多说几句话，但是我的腕力已经不允许我多写了！中哥！我亲爱的中哥！……

妹玉梅临死前的话。

一二

维嘉先生！这一封信的每一个字是一滴泪，一点血，含蓄着人生无涯际的悲哀！我不忍重读这一封信，但是，我又怎么能够不重读呢？重读时，我的心灵的伤处只是万次千番地破裂着……

我接了玉梅诀别的信之后，不知道如何处置是好。难道我能看着我的爱人死么？难道只报之以哭么？玉梅是为着我而病的，我一定要设法救她；我一定要使我的爱人能做如愿以偿的事情；我一定使她脱离王姓魔鬼的羁绊；啊，倘若我不能这样做，则枉为一个人了，则我成为一个负情的人了！我一定……

王氏子是一个什么东西？他配来占领我的爱人？他配享受这种样子的女子——我的玉梅？我哪一件事情不如他？我的人格，我的性情，我的知识，我的思想……比他差了一点么？为什么我没有权利来要求玉梅的父亲，使他们允许我同玉梅订婚？倘若我同玉梅订了婚，则玉梅的病岂不即刻就好了么？为父母的难道不愿意子女活着，而硬迫之走入死路么？倘若我去要求，或者，这件事——

喂！不成！我的家在什么地方？我的财产在什么地方？我现在所处的是什么地位？我是一个飘泊的孤子，一个寄人篱下的学徒，我哪有权利向玉梅的父母要求呢？听说王氏子的父亲做的是大官，有的是田地金钱，所以玉梅的父亲才将自己的女儿许他；而我是一个受人白眼的穷小子，怎能生这种妄想呢？况且婚约已经订了，解约是不容易的事，就是玉梅的父亲愿意将玉梅允许我，可是王姓如何会答应呢？不成！不成！

但是，玉梅是爱我的，玉梅是我的爱人！我能看着她死么？我能让她就活活地被牺牲了么？……

我想来想去，一夜没曾睡眠；只是翻来覆去，伏着枕哭。第二天清早起来，我大着胆子走向玉梅的父母的寝室门外，恰好刘静斋已经起床了。他向我惊异地看了一下，问我为什么这末样儿大清早起来找他；于是我也顾不得一切了，将我与玉梅的经过及她现在生病的原因，详详细细一五一十地告诉他。他听了我的话后，颜色一变，又将我仔细浑身上下看了一下，只哼了一声，其外什么话也没说。我看着这种情形，知道十分有九分九不大妥当，于是不敢多说，回头出来，仍照常执行下门扫地的事情。

这一天晚上，刘静斋——玉梅的父亲——把我叫到面前，向我说了几句话：

"汪中，你在我这里已经两年了，生意的门道已经学得个大概；我以为你可以再往别处去，好发展发展。我这里现下用人太多，而生意又不大好，不能维持下去，因此我写了一封介绍信，将你介绍到 W 埠去，那里有我的一个朋友开洋货店，他可以收容你。你明天就可以动身；这里有大洋八元，你可以拿去做盘费。"

刘静斋向我说了这几句后，将八元大洋交给我，转身就走了。我此时的心情，维嘉先生，你说是如何的难受啊！我本知道这是什么一回事——刘静斋辞退我，并不是因为什么生意不好，并不是因为要我什么发展，乃是因为我与他的女儿有这么一层的关系。这也难怪他——他的地位，名誉，信用……比他女儿的性命更要紧些；他怎么能允许我的要求，成全女儿的愿望呢？

这区区的八元钱就能打发我离开此地么？玉梅的命，我对于玉梅的爱情，我与玉梅的一切，你这八元钱就能驱散而歼灭了么？喂！你这魔鬼，你这残忍的东西，你这世界上一切黑暗的造成者啊！你的罪恶比海还深，比山岳还高，比热火还烈！玉梅若不是你，她的父母为什么将她许与王姓子？我若不是你，我怎么会无权利要求刘静斋将自己的女儿允许我？玉梅何得至于病？我何得至于飘流？我又何得活活看着自己的爱人走入死路，而不能救呢？喂！你这魔鬼，你这残忍的东西，你这世界上一切黑暗的造成者啊！

我将八元钱拿在手里，仔细地呆看了一忽，似乎要看出它的魔力到底在什么地方藏着。本欲把它摔去不要了，可是逐客令既下，势不得不走；走而无路费，又要不知将受若何的蹂躏和痛苦；没法，只得含着泪将它放在袋里，为到 W 埠的路费。

我走了倒无甚要紧，但是玉梅的病将如何呢？我要走的消息，她晓得了么？倘若她晓得，又是如何地伤心，怕不又增加了病势？我俩的关系就如此了结了么？

玉梅妹啊！倘若我能到你的床沿，看一看你的病状，握一握你那病而瘦削的手，吻一吻你那病而颤动的唇，并且向你大哭一场，然后才离开你，才离开此地，则我的憾恨也许可以减少万分之一！但是，我现在离开你，连你的面都不能一见，何况接吻，握手，大哭……唉！玉梅妹啊！你为着我病，我的心也为你碎了，我的肠也为你断了！倘若所谓阴间世界是有的，我大约也是不能长久于人世，到九泉下我俩才填一填今生的恨壑罢！

这一夜的时间，维嘉先生，纵我不向你说，你也知道我是如何地难过。一夜过了，第二天清早我含着泪将行李打好，向众人辞一辞行，于是就走出 H 城，在郊外寻一棵树底下坐一忽儿。我决定暂时不离开 H 城，一定要暗地打听玉梅的消息：倘若她的病好了，则我可以放心离开 H 城；倘若她真有不幸，则我也可以到她的墓地痛哭一番，以报答她生前爱我的情意。于是我找了一座破庙，作为临时的驻足地。到晚上我略改一改装，走向瑞福祥附近，看看动静，打听玉梅的消息。维嘉先生！谁知玉梅就在此时死了！棺材刚从大门口抬进去，念经的道士也请到了，刘家甚为忙碌。我本欲跑将进去，抱着玉梅的尸痛哭一番，但是，这件事情刘家能允许么？社会能答应么？唉！我只有哭，我只有回到破庙里独自一个人哭！

第三日，我打听得玉梅埋在什么地方。日里我在野外采集了许多花草，将它们做成了一个花圈；晚上将花圈拿在手里，一个人孤悄悄地走向玉梅棺墓安置的地方来。明月已经升得很高了，它的柔光似觉故意照着伤心人抚着新坟哭。维嘉先生！我这一次的痛哭，与我从前在父母坟前的痛哭，对象虽然不一样，而悲哀的程度，则是一样的啊！

一三

巢湖为安徽之一大湖，由 H 城乘小火轮可直达 W 埠，需时不过一日。自从出了玉梅的家之后，我又陷于无地可归的状况。刘静斋替我写了一封介绍信，教我到 W 埠去；若我不照他的话做罢，则势必又要过乞儿的生活。无奈何，少不得要拿着信到 W 埠去走一趟。此外实没有路可走。

我坐在三等舱位——所谓烟篷下。坐客们——老的，少的，男的，女的，甚为拥挤；有的坐着打瞌睡，一声儿不响；有的晕船，呕吐起来了；有的含着烟袋，相对着东西南北地谈天。他们各人有各人的心思，各人有各人的境遇，但总没有比我再苦的，再不幸的罢。人群中的我，也就如这湖水上被秋风吹落的一片飘浮的落叶；落叶飘浮到什么地方，就是什么地方，我难道与它有两样的么？

这一天的风特别大，波浪掀涌得很高，船乱摇着，我几乎也要呕吐起来。若是这一次的船被风浪打翻了，维嘉先生，则我现在可无机会来与你写这一封长信，我的飘泊的历史可要减少了一段；我也就要少尝些社会所赐给我的痛苦。但是，维嘉先生，这一次船终没被风浪所打翻，也就如我终未被恶社会所磨死；这是幸福呢，还是灾祸呢？维嘉先生！你将可以教我？

船抵岸了；时已万家灯火。W埠是我的陌生地，而且又很大，在晚上的确很难将刘静斋所介绍的洋货店找着，不得已权找一家小旅馆住一夜，第二日再打算。一个人孤寂寂地住在一间小房间内，明月从窗外偷窥，似觉侦察飘泊的少年有何种的举动。我想想父母的惨死，乞讨生活的痛苦，玉梅待我的真情，玉梅的忧伤致死，我此后又不知将如何度过命运……我想起了一切，热泪又不禁从眼眶中涌出来了。我本不会饮酒，但此时没有解悲哀的方法，只有酒可以给我一时的慰藉；于是我叫茶房买半斤酒及一点饮酒的小菜——我就沉沉地走入醉乡里去。

第二日清早将房钱付了，手提着小包儿，顺着大街，按着介绍信封面上所写的地址找；好在W埠有一条十里大街，一切大生意，大洋货店，都在这一个长街上，比较很容易找着。没有两点钟，我即找到了我所要找到的洋货店——陶永泰祥字号。

这一家洋货店，在W埠算是很大的了；柜上所用的伙友很多。我也不知道哪一个是主人，将信呈交到柜上，也不说别的话。一个三十几岁的矮胖子，从椅子上站起来，将信拆开看了一遍。维嘉先生！你知道这个看信的是谁？他是我将来的东家，他是洋货店的主人，他是你当学生会长那一年，要雇流氓暗杀学生！尤其要暗杀你的陶永清。维嘉先生！你还记不记得你从前当学生会长时代的生活呢？你知不知道现在提笔写长信给你的人，就是当年报告陶永清及其他商人要暗杀你们学生的人呢？说起往事来，维嘉先生！你或者也发生兴趣听啊！

陶永清问明我的身世，就将我留在柜上当二等小伙友。从此，我又在W埠过了两年的生活。这两年小伙友的生活，维嘉先生，没有详细告诉你的必要。总之，反正没有好的幸福到我的命运上来：一切伙友总是欺压我，把我不放在眼里，有事总摊我多做些；我忍着气，不愿与他们计较，但是我心里却甚为骄傲，把他们当成一群无知识的猪羊看待，虽然表面上也恭敬他们。

当时你在《皖江新潮》几乎天天发表文章，专门提倡新文化，反对旧思想："我恰好爱看《皖江新潮》，尤其爱看你的文章，因之，你的名字就深印在我的脑际了。我总想找你谈话，但因为我们当伙友的一天忙到晚，简直没有点闲工夫；就是礼拜日，我们当伙友的也没有休息的机会；所以找你谈话一层，终成为不可能的妄想了。有几次我想写信请你到我们的店里来，可是也没有写；伙友伏在柜台上应注意买货的客人，招待照顾生意的顾主，哪里有与他人谈话的机会？况且你当时的事情很忙，又加之是一个素不知名的我写信给你，当然是不会到我的店里来的。

一日，我因为有点事情没有做得好，大受东家及伙友们的责备，说我如何如何地不行；到晚上临睡的时候，我越想越生气，我越想越悲哀，不禁伏枕痛哭了一场。自叹一个无家的孤子，不得已寄人篱下，动不动就要受他人的呵责和欺侮，想来是何等的委屈！一天到晚替东家忙，替东家赚钱，自己不过得一个温饱而已；东家连一点同情心都没有，无异将我如牛马一般的看待，这是何等的不平啊！尤可恨的，有几个同事的伙友，不知道为什么，故意帮助东家说我的坏话，而完全置同事间的情谊于不顾。喂！卑贱！狗肺！没有良心！想得着东家的欢心，而图顾全饭碗么？唉！无耻……你们也如我一样啊！空替东家拼命地赚钱，空牛马似的效忠于东家！你们不受东家的虐待么？你们不受东家的剥削么？何苦与我这弱者为难啊？何苦，何苦……

这时我的愤火如火山也似的爆裂着，我的冤屈真是如太平洋的波浪鼓荡着，而找不出一个发泄的地方！翻来覆去，无论如何，总是睡不着。阶前的秋虫只是唧唧地叫，一声一声地真叫得我的肠寸寸断了。人当悲哀的时候，几几乎无论什么声音，都足以增加他悲哀的程度，何况当万木寥落时之秋虫的声音？普通人闻着秋虫的叫鸣，都要不禁发生悲秋的心思，何况我是人世间的被欺侮者呢？此外又加着秋风时送落叶打着窗棂响；月光从窗棂射进来，一道一道地落在我的枕上；真是伤心的情景啊！反正是睡不着，我起来兀自一个人在阶前踱来踱去，心中的愁绪，就使你有锋利的宝剑也不能斩断。仰首看看明月，俯首顾顾自己的影子，觉着自己已经不立足在人间了，而被陷在万丈深的冰窟中。忽然一股秋风吹来，不禁打了一个寒战，又重行回到床上卧下。

这一夜受了寒，第二日即大病起来，一共病了五天。病时，东家只当没有什么事情的样子，除了恨少一个人做事外，其他什么请医生不请医生，不是他所愿注意的事情。可是我自己还知道点药方——我勉强自己熬点生姜水，蒙着头发发汗，病也就慢慢好了。我满腔的愤气无处出，我当夜深人静的时候，提笔写了一封信给你，诉一诉我的痛苦。这一封信大约是我忘了写自己的通信地址，不然，我为什么没接到你的复信呢？维嘉先生！你到底接着了我的信没有？倘若你接到了我这一封信，你当时看过后就撕毁了，还是将它保存着呢？这件事情我倒很愿意知道。隔了这许多年，我自己也没曾料到我现在又写这一封长信给你；你当然是更不会料到的了。我现在提笔写这一封信时，又想起那一年写信给你的情形来：光阴迅速，人事变化无常，我又不禁发生无限的感慨了！

一四

维嘉先生！我想起那一年 W 埠学生抵制日货的时候，不禁有许多趣味的情形，重行回绕在我的脑际。你们当时真是热心啊！天天派人到江边去查货，天天派人到商店来劝告不要卖东洋货，可以说是为国奔波，不辞劳苦。有一次，我亲眼看见一个学生跪下来向我的东家陶永清磕头，并且磕得扑通扑通地响。当时我心中发生说不出的感想；可是我的东家只是似理不理的，似乎不表现一点儿同情。还有一次，一个学生——年纪不过十五六岁——来到我们的店里，要求东家不要再卖东洋货，说明东洋人如何如何地欺压中国人，中国人应当自己团结起来……我的东家只是不允：

"倘若你们学生能赔偿我的损失，能顾全我的生意，那我倒可以不卖东洋货，否则，我还是要卖，我没有法子。"

"你不是中国人么？中国若亡了，中国人的性命都保不住，还说什么损失，生意不生意呢？我们的祖国快要亡了，我们大家都快要做亡国奴了，倘若我们再不起来，我们要受朝鲜人和安南人的痛苦了！先生！你也是中国人啊！……"

他说着说着，不觉哭起来了；我的东家不但不为所动，倒有点不耐烦的样子。我在旁边看着，恨不得要把陶永清打死！但是，我的力量弱，我怎么能够……

也难怪陶永清不能答应学生的要求。他开的是洋货店，店中的货物，日本货要占十分之六七；倘若不卖日本货，则岂不是要关门么？国总没有钱好，只要赚钱，那还问什么国不国，做亡国奴不做亡国奴？维嘉先生！有时我想商人为什么连点爱国心都没有，现在我才知道：因为爱钱，所以便没有爱国心了。

可是当时我的心境真是痛苦极了！天天在手中经过的差不多都是日本货，并且一定要卖日本货。既然做了洋货店的伙友，一切行动当然要受东家的支配，说不上什么意志自由。心里虽然恨东家之无爱国心，但是没有法子，只得厚着面皮卖东洋货；否则，饭碗就要发生问题了。或者当时你们学生骂我们当伙友的没有良心，不知爱国……可是我敢向你说一句话，我当时的确是有良心，的确知道爱国，但是因为境遇的限制，我虽有良心，而表现不出来；虽知爱国，而不能做到，可是也就因此，我当时精神痛苦得很啊！

那一天，落着雨，街上泥浆甚深；不知为什么，你们学生决定此时游行示威。W埠的学生在这次大约都参加了，队伍拖延得甚长，队伍前头，有八个高大的学生，手里拿着斧头，见着东洋货的招牌就劈，我们店口的一块竖立的大招牌，上面写着"东西洋货零趸批发"，也就在这一次亡命了。劈招牌，对于商店是一件极不利的事情，可是我当时见着把招牌劈了，心中却暗暗地称快。我的东家脸只气得发紫，口中只是呼，但是因为学生人多势众，他也没有敢表示反抗，恐怕要吃眼前的亏。可是他恨学生可以说是到了极点了！

当晚他在我们店屋的楼上召集紧急会议，到者有几家洋货店的主人及商务会长。商务会长是广东人，听说从前他当过龟头，做过流氓；现在他却雄霸W埠，出入官场了。他穿着绿花缎的袍子，花边的裤子，就同戏台上唱小旦的差不多，我见着他就生气。可是因为他是商务会长，因为他是东家请来的，我是一个伙友，少不得也要拿烟倒茶给他吃。我担任了布置会场及侍候这一班浑账东西的差使，因之，他们说些什么话，讨论些什么问题，我都听得清清楚楚地。首由陶永清起立，报告开会的宗旨：

"今天我把大家请来，也没有别的，就是我们现在要讨论一个对付学生的办法。学生欺压我们商人，真是到了极点！今天他们居然把我们的招牌也劈了；这还成个样子么？若长此下去，我们还做什么买卖？学生得寸进尺，将来恐怕要把我们制到死地呢！我们一定要讨论一个自救的方法——"

"一定！一定！"

"学生闹得太不成个样子了！一定要想方法对付！"

"我们卖东洋货与否，与他们什么相干？天天与我们捣乱，真是可恨已极！"

"依永清你的办法怎样呢？"

"大家真都是义（？）愤填胸，不可向迩！"一个老头子只气得摸自己的胡子；小旦派头的商务会长也乱叫"了不得"。陶永清看着大家都与他同意，于是便又接着严重地说：

"量小非君子，无毒不丈夫！学生对待我们的手段既然很辣，那我们对于他们还有什么怜惜的必要？我们应采严厉的手段，给他们一个大亏吃，使他们敛一敛气——"

我听到这里，不禁打了一个寒战。心中想，怎么啦，这小子要取什么严厉的手段？莫不是要——不至于罢？难道这小子真能下这样惨无人道的毒手……

"俗话说得好，蛇无头不行；我们要先把几个学生领袖制伏住，其余的就不成问题了。学生闹来闹去，都不过是因为有几个学生领袖撑着；倘若没有了领袖，则学生运动自然消灭，我们也就可以安安稳稳地做生意了。依我的意思，可以直接雇几个流氓，将几个学生领袖除去——"

我真是要胆战了！学生运动抵制日货，完全是为着爱国，其罪何至于死？陶永清丧尽了良心，居然要雇流氓暗杀爱国的学生，真是罪不容诛啊！我心里打算，倘若我不救你们学生，谁还能救你们学生呢？这饭碗不要也罢，倒是救你们学生的性命要紧。我是一个人，我绝对要做人的事情。饿死又算什么呢？我一定去报告！

"你们莫要害怕，我敢担保无事！现在官厅方面也是恨学生达了极点，决不至于与我们有什么为难的地方！会长先生！但不知你的意见如何？"

小旦派头的商务会长点头称是，众人见会长赞成这种意见，也就不发生异议。一忽儿大家就决定照着陶永清的主张办下去，并把这一件事情委托陶永清经理，而大家负责任。我的心里真是焦急得要命，只是为你们学生担心！等他们散会后，我即偷偷地叫了一辆人力车坐上，来到你的学校里找你；恰好你还未睡，我就把情事慌慌忙忙地告诉你；你听了我的话，大约是一惊非同小可，即刻去找人开会去了。话说完后，我也即时仍坐人力车回来，可是时候已晚，店门早关了；我叫了十几分钟才叫开。陶永清见了我，面色大变，严厉地问我到什么地方去了；我知道他已明白我干什么去了，就是瞒也瞒不住；但我还是随嘴说，我的表兄初从家乡来至W埠，我到旅馆看他，不料在他那儿多坐了一会儿，请东家原谅。他哼了几声，别的也没说什么话。第二天清早，陶永清即将我的账算清，将我辞退了。

维嘉先生！我在 W 埠的生活史，又算告了一个终结。

一五

满天的乌云密布着，光明的太阳不知被遮蔽在什么地方，一点儿形迹也见不着。秋风在江边上吹，似觉更要寒些，一阵一阵地吹到飘泊人的身上，如同故意欺侮衣薄也似的。江中的波浪到秋天时，更掀涌得厉害，澎湃声直足使伤心人胆战。风声，波浪声，加着轮船不时放出的汽笛声，及如蚂蚁一般的搬运夫的咕唷声，凑成悲壮而沉痛的音乐；倘若你是被欺侮者，倘若你是满腔悲愤者，你一定又要将你的哭声渗入这种音乐了。

这时有一个少年，手里提着一个小包袱，倚着等船的栏杆，向那水天连接的远处怅望。那远处并不是他家乡的所在地，他久已失去了家乡的方向；那远处也不是他所要去的地方，他的行踪比浮萍还要不定，如何能说要到什么地方去呢？那漠漠不清的远处，那云雾迷漫中的远处，只是他前程生活的象征——谁能说那远处是些什么？谁能说他前程的生活是怎样呢？他想起自家的身世，不禁悲从中来，热泪又涔涔地流下，落在汹涌的波浪中，似觉也化了波浪，顺着大江东去。

这个少年是谁？这就是被陶永清辞退的我！

当陶永清将我辞退时，我连一句哀求话也没说，心中倒觉很畅快也似的，私自庆幸自己脱离了牢笼。可是将包袱拿在手里，出了陶永清的店门之后，我不知道向哪一方向走好。漫无目的地走向招商轮船码头来；在趸船上踱来踱去，不知如何是好。兀自一个人倚着等船的栏杆痴望，但是望什么呢？我自己也说不出来。维嘉先生！此时的我真是如失巢的小鸟一样，心中有说不尽的悲哀啊！

父母在时曾对我说过，有一位表叔——祖姑母的儿子——在汉城 X 街开旅馆，听说生意还不错，因之就在汉城落户了。我倚着趸船的栏杆，想来想去，只想不出到什么地方去是好；忽然这位在汉城开旅馆的表叔来到我的脑际。可是我只想起他的姓，至于他的名子叫什么，我就模糊地记不清楚了。

或者他现在还在汉城开旅馆，我不妨去找找他，或者能够把他找着。倘若他肯收留我，我或者替他管管账，唉，真不得已时，做一做茶房，也没什么要紧……茶房不是人做的么？人到穷途，只得要勉强些儿了！

于是我决定去到汉城找我的表叔王——

喂！维嘉先生！我这一封信写得未免太长了！你恐怕有点不耐烦读下去了罢？好！我现在放简单些，请你莫要着急！

我到了汉城，费了九牛二虎之力，才把我的表叔找着。当时我寻找他的方法，是每到一个旅馆问主人姓什么，及是什么地方人氏——这样，我也不知找了多少旅馆，结果，把我的表叔找着了。他听了我的诉告之后，似觉也很为我悲伤感叹，就将我收留下。可是账房先生已经是有的，不便因我而将他辞退，于是表叔就给我一个当茶房的差事。我本不愿意当茶房，但是，事到穷途，无路可走，也由不得我愿意不愿意了。

维嘉先生！倘若你住过旅馆，你就知道当茶房是一件如何下贱的勾当！当茶房就是当仆人！只要客人喊一声"茶房"，茶房就要恭恭敬敬地来到，小声低语地上问大人老爷或先生有什么吩咐。我做了两个月的茶房，想起来，真是羞辱得了不得！此后，我任着饿死，我也不干这下贱的勾当了！唉！简直是奴隶！……

一天，来了一个四十几岁的客人，态度像一个小官僚的样子，架子臭而不可闻。他把我喊到面前，叫我去替他叫条子——找一个姑娘来。这一回可把我难着了：我从没叫过条子，当然不知条子怎么叫法；要我去叫条子，岂不是一件难事么？

"先生！我不知条子怎样叫法，姑娘住在什么地方……"

"怎么！当茶房的不晓得条子怎样叫法，还当什么茶房呢！去！去！赶快去替我叫一个来！"

"先生！我着实不会叫。"

这一位混账的东西就拍桌骂起来了；我的表叔——东家——听着了，忙来问什么事情，为着顾全客人的面子，遂把我当茶房的指斥一顿。我心中真是气闷极了！倘若东家不是我的表叔，我一定忍不下去，决要与他理论一下。可是他是我的表叔，我又是处于被压迫的地位的，那有理是我可以讲的……

无论如何，我不愿意再当茶房了；还是去讨饭好！还是饿死也不要紧……这种下贱的勾当还是人干的么？我汪中虽穷，但我还有骨头，我还有人格，哪能长此做这种羞辱的事情！不干了！不干了！决意不干了！

我于是向我的表叔辞去茶房的职务，我的表叔见我这种乖僻而孤傲的性情，恐怕于自己的生意有碍，也就不十分强留我。恰好这时期英国在汉城的 T 纱厂招工，我于是就应招而为纱厂的工人了。维嘉先生！你莫要以为我是一个知识阶级，是一个文弱的书生！不，我久已是一个工人了。维嘉先生！可惜你我现在不是对面谈话，不然，你倒可以看看我的手，看看我的衣服，看看我的态度，像一个工人还是像一个知识阶级中的人。我的一切，我所有的一切，都是工人的样儿……

T 纱厂是英国人办的，以资本家而又兼着民族的压迫者，其虐待我们中国工人之厉害，不言可知。我现在不愿意将洋资本家虐待工人的情形一一地告诉你，因为这非一两言所能尽；并且我的这一封信太长了，若多说，不知什么时候才能结束；所以我就把我当工人时代的生活简略了。将来我有工夫时，可以写一本"洋资本家虐待工人的纪实"给你看看，现在我暂且不说罢。

一六

喂！说起来去年江岸的事情，我到如今心犹发痛！

223

　　当吴大军阀掌权的时候，维嘉先生，你当然记得：他屠杀了多少无罪无辜的工人啊！险矣哉，我几乎也把命送了！本来我们工人的性命比起大人老爷先生的，当然要卑贱得多；但是，我们人始终是属于人类罢，难道我们工人就可以随便乱杀得么？唉！还有什么理讲……从那一年残杀的事起后，我感觉得工人的生存权是没有保障的，说不定什么时候，要如鸡鸭牛豕一般地受宰割。

　　当时京汉全路的工人，因受军阀官僚的压迫，大罢工起来了。我这时刚好在 T 纱厂被开除出来。洋资本家虐待中国工人，维嘉先生，我已经说过，简直不堪言状！工资低得连生活都几几乎维持不住，工作的时间更长得厉害——超过十二点钟。我初进厂的时候，因为初赌气自旅馆出来，才找得一个饭碗，也还愿意忍耐些。可是过了些时日之后，我无论如何，是再不能忍耐下去了。我于是就想方法，暗地里在工人间鼓吹要求增加工资，减少工作时间……因为厂中监视得很厉害，我未敢急躁，只是慢慢地向每一个人单独鼓吹。有一些工人怕事，听我的说话，不敢加以可否，虽然他们心中是很赞成的；有一些工人的确是被我说动了。不知是为着何故，我的这种行动被厂主查觉了，于是就糊里湖涂地将我开除，并未说出什么原故。一般工友们没有什么知识，见着我被开除了，也不响一声，当时我真气得要命！我想运动他们罢工，但是没有机会；在厂外运动厂内工人罢工，是一件不容易的事情。

　　我与江岸铁路分工会的一个办事人认识。这时因在罢工期间，铁路工会的事务很忙，我于是因这位朋友的介绍，充当工会里的一个跑腿——送送信，办办杂务。我很高兴，一方面饭碗问题解决了，胜于那在旅馆里当茶房十倍；一方面同一些热心的工友们共事，大家都是赤裸裸的，没有什么权利的争夺，虽然事务忙些，但总觉得精神不受痛苦。不过我现在还有歉于心的，就是当时因为我的职务不重要，军阀没有把我枪毙，而活活地看着许多工友们殉难！想起他们那时殉难的情形，维嘉先生，我又不禁悲忿而战栗了！

我还记得罢工第三日，各工团派代表数百人，手中拿着旗帜，群来江岸慰问，于是在江岸举行慰问大会，我那时是布置会场的一个人。首由京汉铁路总工会会长报告招待慰问代表的盛意，并将此次大罢工的意义和希望述说一番。相继演说的有数十人，有痛哭者，有愤詈者，其激昂悲壮的态度，实可动天地而泣鬼神。维嘉先生！倘若你在场时，就使你不憎恶军阀，但至此时恐怕也要向被压迫的工人洒一掬同情之泪了。最后总工会秘书李振英一篇的演说，更深印在我的脑际，鼓荡着在我的耳膜里：

"亲爱的同志们！我们此次的大罢工，为我国劳动阶级命运之一大关键。我们不是争工资争时间，我们是争自由争人权！倘若我们再不起来奋斗，再不起来反抗，则我们将永远受不着人的待遇。我们是自由和中国人民利益的保护者，但是，我们连点儿集会的自由都没有……麻木不仁的社会早就需要我们的赤血来濡染了！工友们！在打倒军阀的火线上，我们应该去做勇敢的先锋队。只有前进啊！勿退却啊！"

李君演说了之后，大家高呼"京汉铁路总工会万岁！中国劳动阶级解放万岁！全世界劳动者联合起来啊"一些口号，声如雷动，悲壮已极！维嘉先生！我在此时真是用尽吃奶的力气喊叫，连嗓子都喊叫得哑了。后来我们大队游行的时候，我只听着人家喊叫什么打倒军阀，劳动解放……而我自己喊叫不出来，真是有点发急。这一次的游行虽然经过租界，但总算是平安地过去了。

但又谁知我们群众游行的时候，即督军代表与洋资本家在租界大开会议，准备空前大屠杀的时候！

萧大军阀派他的参谋长（张什么东西，我记不清楚了）虚诈地来与我们工会接洽，意欲探得负责任人的真相，好施行一网打尽的毒手。二月七日，总工会代表正欲赴会与张某展开谈判，时近五点多钟，中途忽闻枪声大作，于是江岸流血的惨剧开幕了！张某亲自戎装指挥，将会所包围，开枪还击。可怜数百工友此时正在会所门口等候消息，躲避不及；又都赤手空拳，无从抵御！于是被乱枪和马刀击死者有三四十人，残伤者二百余人。

呜呼，惨矣！

我闻着枪声，本欲躲避，不料未及躲避，就被一个凶狠的兵士把我捉住了。被捉的工友有六十人，江岸分会正执行委员长林祥谦君也在内。我们大家都被缚在电杆上，忍受一些狼心狗肺的兵士们的毒打——我身上有几处的伤痕至今还在！这时天已经很黑了。张某——萧大军阀的参谋长——亲自提灯寻找林祥谦君。张某将林君找着了，即命刽子手割去绳索，迫令林君下"上工"的命令，林君很严厉地不允。张乃命刽子手先砍一刀，然后再问道：

"上不上工？"

"不上！绝对不上！"

这时林君毫不现出一点惧色，反更觉得有一种坚决的反抗的精神。我在远处望着，我的牙只恨得答答地响，肺都气得炸了！唉！好狠心的野兽！……只见张某又命砍一刀，怒声喝道：

"到底下不下命令上工？"

这时张某的颜色——我实在也形容不出来——表现出世间最恶狠的结晶，最凶暴的一切！我这时神经已经失去知觉了，只觉得我们被围在一群恶兽里，任凭这一群恶兽乱吞胡咬，莫可如何。我也没有工夫怜惜林君的受砍，反觉得在恶兽的包围中，这受砍是避不了的命运。林君接着忍痛大呼道：

"上工要总工会下命令的！今天既是这样，我们的头可断，工是不可上的！不上工！不上……工！"

张某复命砍一刀，鲜血溅地，红光飞闪，林君遂晕倒了。移时醒来，张某复对之狞笑道：

"现在怎样？"

这时我想将刽子手的刀夺过来，把这一群无人性的恶兽，杀得一个不留，好为天地间吐一吐正气！但是，我身在缚着，我不能转动……又只见林君切齿，但声音已经很低了，骂道：

"现在还有什么可说！可怜一个好好的中国，就断送在你们这般混账王八蛋的军阀走狗手里！"

张某等听了大怒，未待林君话完，立命枭首示众。于是，于是一个轰轰烈烈的林祥谦君就此慷慨成仁了！这时我的灵魂似觉茫茫昏昏地也追随着林君而去。

林君死后，他的一个六十多岁的老父及他的妻子到车站来收殓，张某不许，并说了许多威吓话。林老头儿回家拿一把斧头跑来，对张某说道：

"如不许收尸，定以老命拼你！"

张某见如此情况，才不敢再行阻拦。这时天已夜半了，我因为受绳索的捆绑，满身痛得不堪言状，又加着又气又恨，神经已弄到毫无知觉的地步。

第二日醒来，我已被囚在牢狱里。两脚上了镣，两手还是用绳捆着。仔细一看，与我附近有几个被囚着的，是我工会中的同事；他们的状况同我一样，但静悄悄地低着头。

一七

牢狱中的光阴，真是容易过去。我初进牢狱的时候，脚镣，手铐，臭虫，虱子，污秽的空气，禁卒的打骂……一切行动的不自由，真是难受极了！可是慢慢地慢慢地也就成为习惯了，不觉着有什么大的苦楚。就如臭虫和虱子两件东西，我起初以为我从不被禁卒打死，也要被它们咬死；可是结果它们咬只管咬我，而我还是活着，还是不至于被咬死。我何尝不希望它们赶快地给我结果了性命，免得多受非人的痛苦？但是，这种希望可惜终没有实现啊！

工会中的同事李进才恰好与我囚在一起。我与他在工会时，因为事忙，并没有谈多少话，可是现在倒有多谈话的机会了。他是一个勇敢而忠实的铁路工人，据他说，他在铁路上工作已经有六七年了。我俩的脾气很合得来，天天谈东谈西——反正没有事情做——倒觉也没甚寂寞。我俩在牢狱中的确是互相慰藉的伴侣，我倘若没有他，维嘉先生，我或者久已寂寞死在牢狱中了。他时常说出一些很精辟的话来，我听了很起佩服他的心思。有一次他说：

"我们现在囚在牢狱里，有些人或者可怜我们；有些人或者说我们愚蠢自讨罪受；或者有些人更说些别的话……其实我们的可怜，并不自我们入了牢狱始。我们当未入牢狱的时候，天天如蚂蚁般的劳作，汗珠子如雨也似的淋，而所得的报酬，不过是些微的工资，有时更受辱骂，较之现在，可怜的程度又差在哪里呢？我想，一些与我们同一命运的人们，就假使他们现在不像你我一样坐在这污秽阴凄的牢狱里，而他们的生活又何尝不在黑暗的地狱中度过！汪中！反正我们穷人，在现代的社会里，没有快活的时候！在牢狱内也罢，在牢狱外也罢，我们的生活总是牢狱式的生活……"

"至于说我们是愚蠢，是自讨罪受，这简直是不明白我们！汪中！我不晓得你怎样想；但我想，我现在因反抗而被囚在牢狱内，的确是一件很光荣的事情！我现在虽然囚在牢狱内，但我并不懊悔，并不承认自己和行动是愚蠢的。我想，一个人总要有点骨格，决不应如牛猪一般的驯服，随便受人家的鞭打驱使，而不敢说半句硬话。我李进才没有什么别的好处，惟我的浑身骨头是硬的，你越欺压我，我越反抗。我想，与其卑怯地受苦，不如轰烈地拼它一下，也落得一个痛快。你看，林祥谦真是汉子！他至死不屈。他到临死时，还要说几句硬话，还要骂张某几句，这真是够种！可惜我李进才没被砍死，而现在因在这牢狱里，死不死，活不活，讨厌……"

李进才的话，真是有许多令我不能忘却的地方。他对我说，倘若他能出狱时，一定还要做从前的勾当，一定要革命，一定要把现社会打破出出气。我相信他的话是真的，他真有革命的精神！今年四月间我与他一同出了狱。出狱后，他向 C 城铁路工会找朋友去了，我就到上海来了。我俩本约定时常通信的，可是他现在还没有信给我。我很不放心，听说 C 城新近捕拿了许多鼓动罢工的过激派，并枪毙了六七个——这六七个之中，说不定有李进才在内。倘若他真被枪毙了，在他自己固然是没有什么，可是我这一个与他共患难的朋友，将何以为情呢！

李进才并不是一个无柔情的人。有一次，我俩谈到自身的家世，他不禁也哭了。

"别的也没有什么可使我系念的，除开我的一个贫苦的家庭。我家里还有三口人——母亲、弟弟和我的女人。母亲今年已经七十二岁了。不久我接着我弟弟的信说，母亲天天要我回去，有时想我的很，便整天地哭，她说，她自己知道快不久于人世了，倘若我不早回去，恐怕连面也见不着了。汪中！我何尝不想回去见一见我那白发苍苍，老态龙钟的，可怜的母亲！但是，现在我因在牢狱里，能够回去么？幸亏我家离此有三百多里路之遥，不然，她听见我被捕在牢狱内，说不定要一气哭死了。

"弟弟年纪才二十多岁，我不在家，一家的生计都靠着他。他一个人耕着几亩地，天天水来泥去，我想起来，心真不安！去年因为天旱，收成不大好，缴不起课租，他被地主痛打了一顿，几几乎把腿都打断了！唉！汪中！反正穷人的骨肉是不值钱的……"

"说起我的女人，喂，她也实在可怜！她是一个极忠顺的女子。我与她结婚才满六个月，我就出门来了；我中间虽回去一两次，但在家总未住久。汪中！我何尝不想在家多住几天，享受点夫妻的乐趣？况且我又很爱我的女人，我女人爱我又更不待言呢！但是，汪中你要晓得，我不能在家长住，我要挣几个钱养家，帮助帮助我的弟弟。我们没有钱多租人家田地耕种，所以我在家没事做，只好出来做工——到现在做工的生活，算起来已经八九年了。这八九年的光阴，我的忠顺的女人只是在家空守着，劳苦着……汪中！人孰无情？想起来，我又不得不为我可怜的女人流泪了！"

李进才说着说着，只是流泪，这泪潮又涌动了无家室之累，一个孤零飘泊的我。我这时已无心再听李进才的诉说了，昏昏地忽然瞥见一座荒颓的野墓——这的确是我的惨死的父母之合葬的墓！荒草很乱杂地丛生着，墓前连点儿纸钱灰也没有，大约从未经人祭扫过。墓旁不远，静立着几株白杨，萧条的枝上，时有几声寒鸦的哀鸣。我不禁哭了！

我的可怜的爸爸，可怜的妈妈！你俩的一个飘泊的儿子，现在犯罪了，两脚钉着脚镣，两手圈着手铐，站立在你俩的墓前。实只望为你俩伸冤，为你俩报仇，又谁知到现在啊，空飘泊了许多年，空受了许多人世间的痛苦，空忍着社会的虐待！你俩看一看我现在的这般模样！你俩被恶社会虐待死了，你俩的儿子又说不定什么时候被虐待死呢！唉！爸爸！妈妈！你俩的墓草连天，你俩的儿子空有这慷慨的心愿……

一转眼，我父母的墓已经变了——这不是我父母的墓了；这是——啊！这是玉梅的墓。当年我亲手编成的花圈，还在墓前放着；当年我所痛流的血泪，似觉斑斑点点地，如露珠一般，还在这已经生出的草丛中闪亮着。

"哎哟！我的玉梅呀！"

李进才见着我这般就同发疯的样子，连忙就问道：

"汪中！汪中！你，你怎么啦？"

李进才将我问醒了。

一八

时间真是快极了！出了狱来到上海，不觉又忽忽地过了五六个月。现在我又要到广东入黄埔军官学校去，预备在疆场上战死。我几经忧患余生，死之于我，已经不算什么一回事了。倘若我能拿着枪将敌人打死几个，将人类中的蠹贼多铲除几个，倒也了却我平生的愿望。维嘉先生！我并不是故意地怀着一腔暴徒的思想，我并不是生来就这样的倔强；只因这恶社会逼得我没有法子，一定要我的命——我父母的命已经被恶社会要去了，我绝对不愿意再驯服地将自己的命献于恶社会！并且我还有一种痴想，就是：我的爱人刘玉梅为我而死了，实际上是恶社会害死了她；我承了她无限的恩情，而没有什么报答她；倘若我能努力在公道的战场上做一个武士，在与黑暗奋斗的场合中我能不怕死做一位好汉，这或者也是一个报答她的方法。她在阴灵中见着我是一个很强烈的英雄，或者要私自告慰，自以为没曾错爱了我……

今天下午就要开船了。我本想再将我在上海五六个月的经过向你说一说，不过现在因时间的限制，不能详细，只得简单地说几件事情罢：

到上海不久，我就到小沙渡 F 纱厂工会办事，适遇这时工人因忍受不了洋资本家的虐待，实行罢工；巡捕房派巡捕把工会封闭，将会长 C 君捉住，而我幸而只挨受红头阿三几下哭丧棒，没有被关到巡捕房里去。我在街上一见着红头阿三手里的哭丧棒，总感觉得上面萃集着印度的悲哀与中国的羞辱。

有一次我在大马路上电车，适遇一对衣服漂亮的年少的外国夫妇站在我的前面；我叫他俩让一让，可是那个外国男子回头竖着眼，不问原由就推我一下，我气得要命，于是我就对着他的胸口一拳，几几乎把他打倒了；他看着我很不像一个卑怯而好屈服的人，于是也就气忿忿地看我几眼算了。我这时也说了一句外国话 You are savage animal；这是一个朋友教给我的，对不对，我也不晓得。一些旁观的中国人，见着我这个模样，有的似觉很惊异，有的也表示出很同情的样子。

有一次，我想到先施公司去买点东西，可是进去走了几个来回，望一望价钱，没有一件东西是我穷小子可以买得起的。看店的巡捕看我穿得不像个样，老在走来走去，一点东西也不买，于是疑心我是扒手，把我赶出来了。我气得没法，只得出来。心里又转而一想，这里只合老爷、少爷、太太和小姐来，穷小子是没有份的，谁叫你来自讨没趣——

阿！维嘉先生！对不起，不能多写了——朋友来催我上船，我现在要整理行装了。我这一封信虽足足写了四五天，但还有许多意思没有说。维嘉先生！他日有机会时再谈罢。

再会！再会！

汪中　十三年十月于沪上旅次

维嘉的附语

去年十月间接着这封长信，读了之后，喜出望外！窃幸在现在这种萎靡不振的群众中，居然有这样一个百折不挠的青年。我尤以为幸的，这样一个勇敢的青年，居然注意到我这个不合时宜的诗人，居然给我写了这一封长信。我文学的才能虽薄弱，但有了这一封信为奖励品，我也不得不更发奋努力了。

自从接了这一封信之后，我的脑海中总盘旋着一个可歌可泣可佩可敬的汪中，因之天天盼望他再写信给我。可是总没有消息——这是一件使我最着急而引以为不安的事情！

今年八月里我从北京回上海来，在津浦车中认识了一位L君。L君为陕西人，年方二十多岁，颇有军人的气概，但待人的态度却和蔼可亲，在说话中，我得知他是黄埔军官学校的学生，于是我就问他黄埔军官学校的情形及打倒陈炯明、刘震军等的经过。他很乐意地前前后后向我述说，我听着很有趣。最后我问他，黄埔军官学校有没有汪中这个学生？他很惊异地反问我道：

"你怎么知道汪中呢？你与他认识么？"

"我虽然不认识他，但我与他是朋友，并且是交谊极深的朋友！"

我于是将汪中写信给我的事情向他说了一遍。L君听了我的话后，叹了口气，说道：

"提起了汪中来，我心里有点发痛。他与我是极好的朋友，我俩是同阵入军官学校的——但是他现在已经死了！"

我听了"已经死了"几个了，悲哀忽然飞来，禁不住涔涔地流下了泪。唉！人间虽大，但何处招魂呢？我只盼望他写信给我，又谁知道，他已经死了……

"我想起来他临死的情状，我悲哀与敬佩的两种心不禁同时发作了。攻惠州城的时候，你先生在报纸上大约看见了罢，我们军官学校学生硬拼着命向前冲，而汪中就是不怕死的一个人。我与他离不多远，他打仗的情况我都看得清清楚楚地。他的确是英雄！在枪林弹雨之中，他毫没有一点惧色，并大声争呼'杀贼呀！杀贼呀！前进呀！……'我向你说老实话，我真被他鼓励了不少！但是枪弹是无灵性的，汪中在呼喊'打倒军阀，打倒帝国主义'的声中，忽然被敌人的飞弹打倒了——于是汪中，汪中永远地离我们而去……"

L君说着说着，悲不可仰。我在这时也不知说什么话好。这时已至深夜，明月一轮高悬在天空，将它的洁白的光放射在车窗内来。火车的轮轴只是轰隆轰隆地响，好像在呼喊着：

光荣！光荣！无上的光荣！……

（本文有删节）

弟兄夜话

　　江霞自 R 国回国之后，蛰居于繁华吵杂的上海，每日的光阴大半消磨在一间如鸟笼子一般的小亭子间里。他在 S 大学虽然担任了几点钟的功课。藉以为维持生活的方法，使肚子不至于发生问题，然而总是镇日地烦闷，烦闷得难以言状。这并不是因为江霞自负是一个留学生，早怀着回国后大出风头的愿望，而这种愿望现在不能达到；也不是因为江霞有过丰富的物质生活的奢望，而现在这种奢望没有达到的机会；也不是因为他的心境回到数年前的状态，又抱起悲观来了。不是，绝对的不是！他到底为什么烦闷？简单地说，他的烦闷不是因为要做官或是因为要发财，而是因为这上海的环境，这每日在江霞眼帘前所经过的现象，使江霞太感觉着不安了。江霞每日在上海所看见的一切，使江霞不自由地感觉着："唉！这上海，这上海简直使我闷煞了！这不是我要住的地方，这简直是地狱。……"

　　江霞在冰雪的 M 城居了数年，深深地习惯了 M 城的生活。现在忽然归到灰色的中国，并且是归到黑暗萃聚的上海，一切眼所见的，耳所闻的，迥然与在 M 城不同，这的确不能不使他感觉着不安。论起物质方面来，上海并不弱于 M 城：这里有的是光滑平坦的马路，高耸巨大的洋房，繁华灿烂无物不备的商店；这里有的是车马如龙，士女如云……总而言之，这里应有尽有，有什么不及 M 城的地方？难道说 M 城比上海还美丽些么？江霞为什么感觉着不安？上海简直是乐地！上海简直是天堂！上海有别的地方没有的奇物异事，江霞还要求一些什么呢？既不要升官发财，又不抱悲观的态度，那吗江霞就应当大行乐而特行乐了，又何必为无益的烦闷呢？

但是江霞总感觉着烦闷，总感觉这上海不是他要住的地方，总感觉 M 城所有的一件东西是上海所没有的，而这一件东西为江霞所最爱的，为江霞心灵所最维系的东西——江霞既然在上海见不着这一件东西，所以他烦闷得非常，而时常要做重游 M 城的甜梦。这一件东西到底是什么呢？不是 M 城所特有的歌舞剧，不是那连天的白雪，也不是令江霞吃着有味的黑面包，而是 M 城所有的新鲜的，自由的，光明的空气。

在 M 城，江霞可以看见满街的血旗——人类解放的象征——可以听见群众所唱的伟大的《国际歌》和童子军前列乐队所敲的铜鼓声。但是在上海呢？红头阿三手中的哭丧棒，洋大人的气昂昂，商人的俗样，工人的痛苦万状，工部局的牢狱高耸着天，黄包车夫可怜的叫喊……一切，一切，唉！一切都使得江霞心惊胆战！或者在上海过惯的人不感觉得，但是在 M 城旅居过几年的江霞，蓦然回到上海来，又怎能免去不安的感觉呢？不错！上海有高大的洋房，繁华的商店，如花的美女，但是上海的空气大污秽了，使得江霞简直难于呼吸。他不得不天天烦闷，而回忆那自由的M 城。……

江霞回到上海已经有三个多月了，在这三个多月之中，有时因为烦闷极了，常常想回到那已离别五六年的故乡去看一看。故乡在 A 省的中部，介于南北之间。山水清秀，风景幽丽，的确是避嚣的佳地。父母的慈祥的爱，弟兄们的情谊，儿时的游玩地，儿时的伴侣，请小娃辈们的天真的欢笑，……一切都时常萦回在江霞的脑际，引诱江霞发生回家的念头，似觉在暗中喊呼："江霞！江霞！你来家看看罢！这里有天伦的乐趣，这里有美丽的景物，这里可以展舒疲倦的胸怀……"啊！好美丽的家园！应当回家去看一看，休息一休息，一定的！一定的要回去！

但是江霞终没有勇气作回家的打算。家园虽好，但是江霞不能够回去，江霞怕回去，江霞又羞回去！这是因为什么？因为江霞的家庭不要江霞了？因为江霞在家乡做了什么罪恶逃跑出来的？因为江霞在家乡有什么凶狠的仇人？或是因为……啊！不是！不是因为这些！

江霞幼时在家乡里曾负有神童的声誉，一般父老，绅士，亲戚以及江霞父亲的朋友们，都啧啧称赞过江霞：这孩子面貌生得多么端正，多么清秀。这孩子真聪明，写得这么一笔好字！这孩子文章做得真好！这孩子前程不可限量！这孩子将来一定要荣宗耀祖的！……有几个看相的并且说过，照这孩子品貌看来，将来起码是一个县知事！有几个穷亲戚曾不断地说过，这孩子将来发达了，我们也可以沾一沾光，分一分润。这么一来，江霞简直是一个神童，江霞简直是将来的县知事，省长或大总统了。光阴一年一年地过去，人们对于江霞还是继续地等待着，称赞着，希望着。但是忽然于 1920 年元月，江霞的父母接到江霞从上海寄来的一封信，信上说，他现在决定到 R 国去留学，不日由沪动身，约四五年才能回国，请父母勿念等语。……喂！怎么啦！到 R 国去留学？ R 国是过激派的国家，是主张共产共妻的国家，在 R 国去留学，这岂不是去学过激派，去学主张共产共妻的勾当？这是什么话？唉！江霞混蛋！江霞变了！唉！好好的一个江霞，现在居然这样糊涂。……家乡的一般人们，自从江霞到 R 国后，对于江霞的感情大变，大部分由称赞，希望，等待，转到讥笑，叹息，咒骂了。

江霞深深地知道这一层，知道自己的行为为家乡的人们所不满，所讥笑。江霞想道，家乡的人们从前所希望于我的，是我将来可以做官发财，是我将来可以荣宗耀祖，但是现在我回国后仅教一点穷书，每月的收入仅可以维持生活。并且……倘若我回去了，与他们怎么见面？说什么话好呢？喂！他们的那种态度，那种心理，那种习惯，那一切令人讨厌的样子……我真是不高兴与他们多说话！我真是不愿意回去与他们相周旋！我回去了之后能够躲在家中不见人吗？我的父母一定要逼迫我见人，一定要我与所谓父老绅士们相周旋，但是我怎么能忍受这个呢？还是不回去的好！不回去，还是不回去！等一等再说罢！

但是，倘若仅仅只有这一个困难的问题，恐怕还是遏抑不住江霞要回里的打算。无奈对于江霞，还有比这更困难的问题，这就是他的婚姻问题。八九年前，江霞的父母听了媒的之言，替江霞订下了一门亲事。当时江霞虽然感觉着不满意，但是因为年龄和知识的关系，只好马马虎虎地听着父母做去，未曾公然表示反对。后来江霞年龄大了，升入了 W 埠的中学，受了新潮流的激荡；一般青年学子群醉心于自由恋爱，江霞本来的性格就是很急进的，当然不能立于例外了。本来呢，婚姻是要当事人两方同意方能决定的，怎么能由父母糊里糊涂地拉拢？江霞从未见过自己的未婚妻生得什么样子：是高，是低？是胖，是瘦？是麻子，是缺腿？江霞连想象也想象不着，至于她的性格是怎样，聪明不聪明，了解不了解江霞的性情，那更是谈不到了。江霞真是有点着急！眼看着结婚的期限快到了，但是怎么能与一个不相识的女子结婚？倘若结婚后她是一个白痴，或是恶如夜叉；或是蠢如猪牛，那如何处置呢？想起来真是危险，危险得厉害！江霞除了读书和在学生会办事的时间，差不多大部分的精力都用在解决这个困难的问题上面。

这个问题能够拖延下去不求解决么？江霞在每次的家信中，曾屡次露出对于婚姻不满意，后来居然公开地向家庭说明，无论如何，没有与 W 姓女结婚的可能。这件事情可是把江霞的父母难住了！解除婚约？这怎么能办得到呢？这是古今中外未有的奇闻，至少是江霞的家乡百徐里附近未有的奇闻！办不到，绝对地办不到！况且 W 族是有势力的大族，族中有很多的阔人，他们如何能够答应？倘若他们故意为难，故意跑到县里去控告，或是纠众到门前吵闹……这将如何是好呢？哼！真是把江霞的父母为难死了！

江霞的父母无论如何不能答应江霞的要求！木已成舟，哪里还能再说别的话？江霞应当勉强一点罢，反正是办不到的事情。江霞的父母说，无论你要求什么都可答应，但是这个问题，请你不要使父母为难罢，办不到，绝对地办不到！江霞替父母想想，也实在觉着太使父母为难了。但是怎么能与个不相识的女子结婚？谁个又能断定那 W 姓女子不是瞎子，或是比夜叉还要凶些？唉！这也是绝对地办不到，无论如何办不到！江霞想来想去，也罢，等有机会时，我跑它一个无影无踪，使家庭找不到我，这婚姻当然结不成的了。现在不必向家庭说，说也没有用处。我跑了之后，看那 W 姓的父母怎样？他们能再逼迫我的家庭么？倘若他们能逼迫我的家庭，那么我的父母岂不能向他家要儿子？儿子都跑走了，还讲什么娶媳妇？好！就是这样办！

江霞所以要跑到 R 国留学，大目的虽然不见要躲避结婚，但是躲避结婚却为一附带的原因。江霞以为在 R 国过了几年之后，这婚约是大约可以解除的，孰知江霞回国之后，写一封信向家庭问一问婚约解除了没有，得到了一个回答："没有！"唉！这真是糟糕！怎么办？现在还是没有办法，如出国前没有办法一样。事情是越弄越僵了！江霞的家庭天天等江霞回去结婚，他们的打算是：倘若江霞一回家，不问你三七二十一，愿也好，不愿也好，按着磕了头，拜了天地再说。江霞知道这种计划，时时防备这种计划。防备这种计划的好方法是什么？就是一个不回家！家乡有青的山，绿的水，家乡有一切引诱江霞要回里的东西，家乡的幽静实比这上海的烦杂不知好多少倍。江霞何尝不想回家？江霞为烦杂的上海弄得疲倦了，很想回家休息一下，但是一想到这一件危险的事情，回家的念头就打断了。唉！不回去，还是不能回去！

江霞的父母屡屡写信催江霞回家，但是江霞总都是含糊地回答，不是说等到暑假回家，便是说刻下因有事不能离开上海，总没说过一个肯定的回家的日期。江霞的家庭真是急坏了，特别是江霞的母亲！江霞是他母亲的一个小儿子，也是一个最为钟爱的儿子，现在有五六年未回家了，怎能令她老人家不着急，不悬念？江霞在家时是很孝顺母亲的；但是现在江霞虽离开母亲五六年了，而仍不想回家看看母亲，这实在要教母亲伤心了。她一定时常叹息着说："霞儿！你这小东西好忍心啊！简直把老娘忘了！唉！我空在你的身上用了力气！……"江霞也常想象到这个，并且想起母亲的情形来，眼珠也时常湿润过。但是他还是不回家。他怎么能够回家呢？母亲啊！请宽恕你的儿子罢！

有一日，江霞自 S 大学授课回来，没有雇黄包车，顺着幽静的福煦路漫步。这时已四点多钟了，西下的夕阳将自己的金辉静悄悄地谈射在路旁将要发青的行道树，及散立着的洋房和灰枯的草地上。路上少有骄人汽车来往吼叫，不过不断地还时闻着啪啪哒哒的马蹄声。江霞看看路旁两边的景物，时而对夕阳啼嘘几下，时而低头做深默的幻想。江霞很久地没曾这样一个人独自散步了——他回到上海后，即在 S 大学任课，天天忙着编讲义，开会，有闲工夫的时候即自己坐在笼子般的小室内看书，从未好好地散过步。一个人散步罢？没有兴趣。去找几个朋友？他们都忙得什么似的，哪里有闲工夫？找女朋友？江霞初回国时，几乎没有与女子接近的机会。不错，S 大学有很多的女学生，但是处在中国社会环境里，这先生去找女学生游逛，似觉还未成为习惯。你问了么？且在室内坐一坐，也只好在室内坐一坐！

江霞走着走着，忽然动了乡情：屈指一算，离家已是六年了；现在的时光正是那一年离开家乡的时光，虽然那时家乡的风景不似此时的福煦路上，但是时光是一样的啊。唉！忽然间已是六年了！这六年间的流浪的我，六年间的家乡景物，六年间的家庭状况……啊！那道旁的杨柳，母亲送我行时所倚靠的杨柳，还是如往年一样，已经发青了么？那屋后的竹林还是如当年一样的绿？小妹妹的脚大约未裹罢？母亲的目疾难道还没有好么？……杨柳，母亲，竹林，妹妹……一切，一切，不知为什么在此时都一齐涌进了江霞的忆海。江霞动了乡情了，动了回家的念头了。无论如何，还是要回家去看一看！难道说就从此不要家了么？江霞想到这里，忽然一辆汽车经过江霞身旁鸣的一声飞跑去了，把江霞吓的眼一瞪，即时又莫名其妙地鼓动了江霞的与前段思想相反的思想：回家？我将怎么样与那些讨厌的人们相周旋？我将能忍受那糊里糊涂的结婚？我将怎么样……不！不！还是不能回家去！

江霞在这一日上午，从四马路买书回来，因为乘电车，遇着一个外国人霸占着一个可以容两人坐的位置，而不让江霞坐下去。江霞骂了他几句，几几乎与他大打起架来。后来那位外国人让了步，但是江霞愤外国人蛮横，无理欺压中国人，所生的气到此时还未尽消下去。此时江霞又动了乡情，心中的情绪如乱麻也似的纷扰，要想找一个方法吐泄一下。江霞想起成都路头一家小酒馆来了，于是由回家的路，改走到这小酒馆的方向来。

"倷先生格许多时候没来哉！"

"阿拉有事体呀，哪能够天天来呢？"

"倷话，倷要吃啥酒，啥个小菜？"

"花雕半斤，牛肉一小碟，烧鸭一小碟，倷要快一点哉！"

江霞虽然前前后后在上海住了许多时候，但是他的上海话还是蹩脚得很。不过马马虎虎地他懂得茶房的话，茶房也懂得他的话。茶房将酒菜端上，江霞自斟自酌，想藉酒浇浇胸中的块垒。谁知酒越喝得多，胸中的烦恼也就越增加，恨不得即刻搭车到吴淞口去投海去！想起外国人对于自己的无理，恨不得拿起刀来杀他一个老子娘不能出气！江霞不是一个狭义的民族主义者，但是他以为凡是旅居中国的外国人都是坏东西，起码也有百分之九十九是的！江霞此时不愿意想起回家，结婚等等的事情，但是怎么能够呢？脑筋真是混蛋！你教它不要想，而它偏要想！怎么办？江霞只是喝酒，一直喝到差不多要醉了。

这时已经有六点钟了。天还未十分黑，江霞踉跄地提着书包，顺着成都路，昏头昏脑地走将回来。刚一进客堂门，忽听着一个人问道：

"老三！你为什么回来这样迟呀？等得急死我了！"

江霞昏头昏脑地，双眼朦胧，即时未看出说话的人在什么地方，便是酒意已经被这"老三"二字惊醒了。老三？在上海有谁个能够这样称呼江霞？江霞在上海的朋友中从未谈过家事，谁个晓得江霞是老三？就是有人晓得江霞还有两位哥哥，江霞是行三，可是绝对也不会拿"老三"来称呼江霞！老三？这是一个很生的称呼，然而又是很亲近的称呼。江霞自从六年前离开家庭后，自从与两位哥哥分手以来，谁个也没喊过江霞老三，现在江霞忽然听见有人喊他老三，不禁起了一种莫名其妙的感觉。"老三"这个称呼真是熟得很啊！江霞与自己的两位哥分别太久了，平素忆想不出两位哥哥说话的声音，但此刻一听见老三两个字，使江霞即刻就明白了这不是别人的声音，这一定是大哥的声音。江霞好好地走神一看，客堂右边椅子上坐着三十来岁的中年人，身穿着黑布马褂，蓝布长衫，带着一副憔悴的面容，啊，谁个晓得，这憔悴的面容不是由于生活困苦所致的？不是由于奔波积虑？……椅子上坐着的中年人只两眼瞪着有醉容的江霞看，江霞忽然觉着有无限的难过，又忽然觉着有无限的欢欣。啊，原来是大哥，原来是五六年未见面的大哥。

"大哥你来了，你什么时候到的呀？"

"四点钟到的。我坐在此等了你两个多钟头，真是急得很！"

江霞见着大哥憔悴的面容。上下将大哥打量一番，即时心中有多少话要问他，但是从何处问起？平素易于说话的江霞，到此时反说不出话来。江霞的大哥也似觉有许多话要说的样子，但是他又从何处说起呢？大家沉默对看了一忽儿，最后江霞说道：

"走，上楼去，到我住的一间小房子里去。"

于是江霞将大哥的一束带着灰尘的小行李提起，在前面引导着大哥上楼，噗通噗通地踏得楼梯响，走入自己所住的如鸟笼子一般的亭子间里。

"大哥，你怎么来的呀？"

"俺大叫我来上海看看你。你这些年都没有回去，俺大想得什么也似的！你在外边哪里晓得……"

江霞听到这里，眼圈子不禁红将起来了：啊！原来是母亲叫他来看我的！……我这些年没有回家看她老人家，而她老人家反叫大哥跑了这么远的路来看我，这真是增加我的罪过！这真是于理不合！……但是我的母亲啊！我岂是不愿意来家看看你老人家？我岂是把你老人家忘了？你老人家念儿子的心情，我难道说不知道？但是，但是……我的可怜的母亲啊！我不回家有我不回家的苦楚！你老人家知道么？唉！唉！……

这时天已完全黑了，江霞将电灯扭着，在灯光的底下，又暗地里仔细地瞟看大哥的憔悴的面容：还是几年前的大哥，但是老了，憔悴得多了；从前他是何等的英武，何等的清秀！但是现在啊，唉！在这憔悴的面容上消沉了一切英武和清秀的痕迹。几年中有这么许多的变化！生活这般地会捉弄人！江霞静默着深深地起了无限的感慨。在这时江霞的大哥也瞟看了江霞没有？也许他也同江霞一样地瞟看：还是几年前的老三，这笑的神情，这和平的态度，这……还差不多如从前一样，但是多了一副近视眼镜，口的上下方露出了几根还未长硬的胡须。

江霞忽然想起来了：大哥来得很久了，我还未曾问他吃了饭没有，这真是荒唐之至！我应当赶快做一点饭给他吃，好在面条和面包是现成的，只要汽炉一打着，十几分钟就好了。

"大哥，你饿了罢？"

"饿是饿了，但是怎么吃饭呢？"

"我即刻替你做西餐，做外国饭吃，容易得很"，江霞笑着说。

做西餐！吃外国饭！这对于江霞的大哥可是一件新闻！江霞的大哥虽然在家乡曾经吃过什么鱼翅席，什么海参席……但是外国饭却未曾吃过。现在江霞说做外国饭给他吃，不禁引起他的好奇心了。

"怎么？吃外国饭？那不是很费事么？"

江霞笑将起来了。江霞说，做真正的外国饭可是费事情，但是我现在所要做的外国饭是再容易，再简单没有了。江霞于是将自己洋布长衫的袖子卷起来，将汽炉打着；汽炉打着之后，即将洋铁的锅盛上水，放在汽炉上头，开始煮将起来。等水沸了，江霞将面条下到里头，过一忽儿又将油盐放上，再过一忽儿就宣告成功了。江霞将面条和汤倒了一盘，又将面包切了几块，遂对大哥说：

"大哥，请你坐下吃罢，这就叫做外国饭啊，你看容易不容易？"

原来这就叫做外国饭！这样的外国饭我也会做。江霞的大哥见着这种做外国饭的神情，不禁也笑将起来了。

等到江霞的大哥将江霞所做的外国饭吃了之后，天已是八点多钟了。江霞怕大哥旅行得疲倦了，即忙将床铺好，请大哥安睡。江霞本想等大哥睡了之后，再看一点书，但是心绪烦乱，无论如何没有再看书的兴趣了，于是也就把衣服脱了跑上床去。江霞同大哥同一张床睡，江霞睡在里边，大哥睡在外边。上床之后江霞想好好地镇定地睡下去，免使大哥睡不着。但是此时脑海中起了纷乱的波纹：可怜的母亲，路旁的杨柳，大哥的憔悴的面容，日间所受外国人的欺侮……那最可怕的强迫的婚姻……那些愚蠢的家乡绅士，那 W 姓女也许是五官不正，也许是瞎眼缺腿……把江霞鼓动得翻来覆去无论如何睡不着。

江霞的大哥这一次来上海的使命，第一是代父亲和母亲来上海看一看：江霞是否健康？江霞的状况怎样？江霞做些什么事情？江霞是否不要家了？第二是来询问江霞对于结婚的事情到底抱着什么态度。他因旅行实在太疲倦了，现在当睡觉的时候，照讲是要好好地跑入梦乡的。但是他也同江霞一样，总是不能入梦。这也并不十分奇怪：他怎么能安然就睡着呢？他一定要把自己的使命向江霞说清楚，最重要的是劝江霞回家去结婚；当这个大问题没有向江霞要求得一个答案时，他虽然是疲倦了，总也是睡不着的。他不得不先开口了：

"老三，你睡着了么？"

"我，我没有……"

"我问你，你到底要不要同 W 家姑娘结婚呢？"

江霞久已预备好了对于这个问题的答案。他料定他的大哥一定要提到这个问题的，所以不慌不忙地答应了一句："当然是不要！"

"我以为可以将就一些儿罢！你可知道家中因你有多大的为难！俺伯几乎急得天天夜里睡不着觉！俺大也是急得很！……"

"我岂是不晓得这些？但是婚姻是一生的大事，怎么能马马虎虎地过去呢？W姓的姑娘，我连认都不认得，又怎能同她结婚呢？……结婚是要男女双方情投意合才可以的，怎能随随便便地就……"

"老三，你说这话，我倒不以为然！古来都是如此的，我问你，我同你的大嫂子怎么结了婚呢？……我劝你莫要太醉心自由了！"

江霞的大哥说着这话带着生气的口气，这也难怪，他怎么不生气呢？全家都为着江霞一个人不安，而江霞始终总是这样地执拗，真是教人生气！江霞简直不体谅家里的苦衷，江霞简直不讲理！江霞的大哥想，从前的江霞是何等地听话，是何等地知事明理！但是现在在外边过野了，又留了几年学……哼！真是令人料想不到的事情！

江霞听了大哥的口气，知道大哥生气了，但是怎么办呢？有什么法子能使大哥不生气？江霞不能听从大哥的话，不能与W姓姑娘结婚，终究是要使大哥生气的！江霞从前在家时，很少与大哥争论过，很少使大哥对于自己生过气，但是现在，唉！现在也只好听着他生气了。江霞又和平地向大哥说道：

"大哥，我且问你，你与大嫂子结婚了许多年，孩子也生了几个，你到底好好地爱过她没有？……夫妻是不是要以爱做结合的？……"

江霞说了这几句话，静等着大哥回答。但是大哥半晌不做声。大哥听了江霞的话，把自己的劝江霞的使命忘却了，简直不知说什么话好！他忽然觉着有无限的悲哀，不禁把劝江霞的心思转到自己身上来：我爱过我的老婆没有？我打过她，骂过她，跟她吵过架……但是爱……真难说！大约是没曾爱过她罢？……结婚了许多年，生了许多孩子，但是爱……真难说！……

"倘若夫妻间没有爱，那还说得到什么幸福呢？"江霞隔了半晌，又叽咕了这么一句。

　　江霞的大哥又忽然听到从老三口中冒出"幸福"两个字，于是更加有点难受！幸福？我自从结过婚后，我的老婆给过我什么幸福？在每次的吵架中，在日常的生活上，要说到痛苦倒是有的，但是幸福……我几乎没有快乐过一天！除了不得已夜里在床上同她……此外真没感觉得幸福！江霞的大哥想到这里，不禁深深地叹了一口大气。

　　"大哥，你叹什么气呢？"

　　江霞的大哥又忽然想到自己的使命了。他因为自己的经验，被江霞这一问，不知不觉地对江霞改变了态度。他现在也暗暗地想道：不错！婚姻是要以爱做结合的，没有爱的婚姻还不如没有的好！……但是他不愿意一下子就向江霞说出自己的意思，还是勉强向江霞劝道：

　　"老三，我岂是不知道你的心思？你说的话何尝没有道理？但是，但是家里实在为难的很……家乡的情形你还不晓得么？能够勉强就勉强下去。"

　　"大哥，别的事情可勉强，这件事情也可勉强么？"

　　"这样说，你是决定的了？"

　　"我久已决定了！"

　　"哼！也罢，我回去替你想方法。……"

　　江霞听到此地，真是高兴的了不得！大哥改变了口气了！大哥与我表同情了！好一个可爱的大哥！大哥还是几年前爱我的大哥！……

　　江霞的大哥来上海的目的，是要把江霞劝回家结婚的，但是现在呢？现在不但不再劝江霞回去结婚了，而且答应了江霞回去代为想方法，啊！这是何等大的变更！江霞的大哥似乎一刹那间觉悟了：我自己已经糊里糊涂地受了婚姻的痛苦，难道说还要使老三如我一样？人一辈子婚姻是大事，我已经被葬送了，若再使老三也受无谓的牺牲，这岂不是混蛋一个？算了！算了！老三的意见是对的，我一定要帮他的忙！我不帮他的忙，谁个帮他的忙？……唉！想起来，我却是糊里糊涂地与老婆过了这许多年！爱！说句良心话，真是没尝到一点儿爱的滋味！唉！不谈了！这一辈子算了！……江霞的大哥想到此地，决意不再提到婚姻的问题了：一方面是因为承认了江霞的意见是对的，而一方面又因为怕多说了反增加了自己的烦恼。他于是将这个问题抛开，而转到别的事情上去。忽然他想起来了：家乡谣言都说老三到 R 国住了几年，投降了过激派，主张什么共产，有的并且说还主张共妻呢……喂！这的确使不得！与 W 家姑娘解除婚约的事情，虽然是很不方便，但我现在可不反对了。但是这过激派的事情？这共产？这共妻？这简直使不得！产怎么能共呢？至于共妻一层，这简直是禽兽了！老三大约不至于这样乱来罢。我且问他一问，看他如何回答我：

"老三，我听说你们主张什么过激主义……是不是有这话？"

"你听谁个说的？"江霞笑起来了。

"家乡有很多的人这样说，若是真的，这可使不得！……"

"大哥，这是一般人的谣言，你千万莫要听他们胡说八道的。不过现在的世界也真是太不成样子了！有钱的人不做一点事，终日吃好的，穿好的，而穷人累得同牛一样，反而吃不饱，衣不暖，这是什么道理？张三也是人，李四也是人，为什么张三奢侈得不堪，而李四苦得要命？难道说眼耳口鼻生得有什么不同么？……即如刘老太爷为什么那样做威做福的？他打起自己的佃户来，就同打犯罪的囚犯一样，一点不好，就把佃户送到县里去，这是什么道理呢？什么公理，什么正义，统统都是骗人的，假的？谁个有钱，谁个就是王，谁个就是对的！你想想，这样下去还能行么？……"江霞的大哥听了这些话，虽觉有几分道理，但总是不以为然。从古到今，有富就有穷，穷富是天定的，怎么能够说这是不对的？倘若穷人执起政来了，大家互相争夺，那还能了得？即如我家里有几十亩田地，一座小商店，现在还可以维持生活，倘若……那我家里所有的东西都要被抢光，那倒怎么办呢？……危险得厉害！

"你说的虽是有点道理，但是……"

"但是什么呢？"

"无论如何，这是行不去的！"

江霞的大哥虽然不以江霞的话为然，但总说不出圆满的理由来。江霞一层一层地把他的疑难解释开来,解释的结果使他没有话说。江霞又劝他不要怕……就算有什么变故,与我家虽然没有利,但也没有害。我家仅仅有几十亩田地,一座小商店,何必操无谓的心呢?你看,刘家楼有多少困地?吴家北庄有多少金银堆在那儿?我们也是穷光蛋,怕它干吗呢!……江霞的大哥听了这一段话,心又摇动起来了。他想:或者老三的意见是对的……真的,刘家楼,吴家北庄,他们该多有钱!想起来,也实在有点不公道!富人这般享福,穷人这般吃苦!即如我的几位母舅,他们成年到雪里雨里,还穷得那般样子!哼……江霞的大哥现在似觉有点兴奋起来了。他不知不觉地又为江霞的意见所同化,刹那间又变成了江霞的同志。

"大哥,天不早了,你可以好好地睡觉罢!"

"哼!"

江霞的大哥无论如何总是睡不着。在这一晚上,他的心灵深处似觉起了很大的波浪,发生了不可言说的变动。这简直是在他的生活史上第一次!从前也曾彻夜失过眠,但是另一滋味,与现在的迥不相同。论理,说了这些话,应当好好地睡去,恢复恢复由旅行所损失的精神。但是他总是两眼睁着向着被黑影蒙蔽着的天花板望。电灯已经熄了,那天花板上难道说还显出什么东西来?他自己也不知为什么要这样,为什么总是两眼睁着,何况旁人么?也许江霞知道这其中原故?不,江霞也不知道!江霞没有长夜眼,在乌黑的空气中,江霞不能看见大哥的眼睛是睁着还是闭着,更不能看见大哥现在的神情来。江霞说话说得太多了,疲倦了,两只眼睛的上下皮不由得要合拢起来了。江霞可以睡觉了:既然大哥允许了代为设法解决这讨厌的,最麻烦的问题,那么事情是有希望了,还想什么呢?还有什么不安呢?江霞要睡觉了,江霞没有想到大哥这时是什么心境,是在想什么,是烦恼还是喜欢?……忽然在静寂的乌黑中,江霞的大哥又高声地咕噜了一句:

"老三!我不晓得我的心中现在怎么这样不安!……"

"哼!……"江霞在梦呓中似答非答地这样哼了一下。

"你所说的话大约都是对的。……"

"哼！……"

"……………"

第二天江霞向学校请了一天假，整天地领着大哥游逛：什么新世界啦，大世界啦……一些游戏场几乎都逛了。晚上到共舞台去看戏，一直看到夜里十二点钟才回来。江霞的大哥从前未到过上海，这一次到了上海，看了许多在家乡从未看见过的东西，照理应该是很满意的了，很高兴的了。但是游逛的结果，他向江霞说道：

"上海也不过如是，这一天到晚吵吵闹闹轰里轰东的……我觉着有点待不惯……唉！还是我们家乡好。……"

在继续与大哥的谈话中，江霞知道了家乡的情形：年成不好，米贵得不得了，土匪遍地尽是……大刀会曾闹了一阵，杀了许多绅士和财主……幸而一家人还平安，父母也很康健……家中又多生了几个小孩子。……江霞这时很想回家去看一看，看一看这出外后五六年来的变迁。他又甚为叹息家乡的情形也闹到了这种地步：唉！中国真是没有一片干净土！这种社会不把它根本改造还能行么？江霞想到此，又把回家的念头停止住了，而专想到一些革命的事情。

江霞的大哥过了几天，无论如何，是要回家了。江霞就是想留也留不住。在离别的三等沪宁车厢中，已经是夜十一点钟了，在乘客嘈杂的声中，江霞的大哥握着江霞的手，很镇静地说道：

"老三，你放心！家事自有我问。你在外边尽可做你自己所愿意做的事，不过处处要放谨慎些！……"

1926 年 4 月

鸭绿江上

　　那一年下学期，我们的寄宿舍被学校派到一个尼姑庵里。莫斯科的教堂很多，其数目我虽然没有调查过，但我听人家说，有一千余个。革命前，这些上帝的住所——教堂——是神圣不可侵犯的，也就同中国共和未成立以前的庙宇一样，可是到了革命后，因为无神论者当权，这些教堂也就大减其尊严了。本来异教徒是禁止进教堂的，而我们现在这些无神论者把尼姑庵一部分的房子占住了做寄宿舍，并且时常见着了庵内的尼姑或圣像时，还要你我说笑几句，一点儿也不表示恭敬的态度，这真教所谓"上帝"者难以忍受了。

　　我们的尼姑庵临着特威尔斯加牙大街，房屋很多，院内也很宽绰，并有许多树木，简直可以当作一个小花园。每天清早起来，或无事的时候，我总要在院内来回绕几个圈子，散散步。尼姑约有四十余人，一律穿一身黑的衣服，头上围披着黑巾，只露一个脸出来，其中大半都是面孔黄瘦，面容憔悴的；见着她们时，我常起一种悲哀的感觉。可是也有几个年纪轻些，好看一点的，因之我们同学中欲吊她们膀子的，大约也不乏其人。有一次晚上，我从外边走进院内，恰遇一个同学与一个二十几岁的尼姑，立

249

在一株大树底下，对立着说笑着，他们一见着我，即时就避开了。我当时很懊悔自己不应扰乱他人的兴趣，又想道，"你们也太小气了，这又何必……"从此我格外谨慎，纵不能成全他人的好事，但也不应妨害他人的好事！况且尼姑她们是何等的不自由，枯寂，悲哀……

恰好这一天晚上八点钟的时候，下了大雪；天气非常之冷，与我同寝室的是三个人——一个波斯人，一个高丽人，还有一位中国人C君。我们寝室内没有当差的，如扫地和烧炉子等等的事情，都是我们自己做，实是实行劳动主义呢。这一天晚上既然很冷，我们就大家一齐动手，把炉子烧起；燃料是俄国特有的一种白杨树，白杨树块非常容易燃烧，火力也非常之大。炉子烧着了之后，我们大家就围坐起来，闲谈起来。我们也就如其他少年人一样，只要几个人坐在一块，没有不谈起女人的："比得，你看安娜好不好？""我今天在街上遇着了一位姑娘真是美貌！啊！她那一双明珠似的眼睛。""你娶过亲没有？""我知道你爱上那一位了。""唉！娶老婆也好也不好！""……"我们东一句，西一句，大半谈的都是关于女人的事情。那一位波斯同学说得最起劲，口里说着，手脚动着，就同得着了什么宝物似的。可是这一位高丽同学总是默默地不肯多说话，并且他每逢听到人家谈到恋爱的事情，脸上常现出一种悲戚的表情，有时眼珠竟会湿了起来。我常常问他："你有什么伤心的事么？"他或强笑着不答，或说一句"没有什么伤心的事情"。他虽然不愿意真确地对我说，但我总感觉他有伤心的事情，他的心灵有很大的伤痕。

这位高丽同学名字叫李孟汉，是一个将过二十岁的美少年。他实在带有几分女性，同人说话时，脸是常常要红起来的；我时常同他说笑，在同学面前，我时常说他是我的老婆。当我说他是我的老婆时，他总是笑一笑，脸发一发红。但不生气，也不咒骂。我或者有点侮慢他，但我总喜欢他，爱与他亲近——就仿佛他的几分女性能给我一些愉快似的。同时，我又十分地敬重他，因为他很用功，很大量，很沉默，有许多为我所不及的地方。他不讨厌我，有时他对我的态度，竟能使我隐隐发生安慰的感觉。

我们围炉谈话，波斯同学——他的名字叫苏丹撒得——首先提议，以为我们大家今晚应将自己的恋爱史叙述出来，每人都应当赤裸裸地，不应有丝毫的瞒藏。这时 C 君出去找朋友去了。大家要求我先说，这实在把我为难住了。我说我没有恋爱过，无从说起。可是苏丹撒得说："不行！不行！维嘉，你莫要撒谎！你这样漂亮的少年，难道说你在中国没有爱过女人，或被女人爱过？况且你又是诗人，诗人最爱的是女人，而女人也爱好诗人。李孟汉，你说是不是呢？"他向着李孟汉说，李孟汉但笑而不答，于是又转脸向着我说："你说！你说！撒谎是不行的！"我弄得没有办法，不说罢，他们是不依我的；说罢，我本没有有趣味的恋爱史，又怎么说起呢？不得已，我只得撒谎了，只得随嘴乱诌了。我说，我当做学生会会长的时候，有许多女学生写信给我，说我如何如何地有作为，文章做的是如何如何地好；其中有一个女学生长得非常之美丽，曾屡次要求我爱她，但我当时是一个白痴，竟辜负了她对于我的爱情。我说，我有一次在轮船上遇着一个安琪儿一般的姑娘，她的美貌简直是难以用言语形容出来；我想尽方法，结果与她亲近了，谈话了；她是一个极美丽而有知识的姑娘；在谈话中，我感觉得她对我表示很温柔的同情。我说至此，苏丹撒得兴奋起来了，便笑着说：

　　"这位美丽的姑娘是爱上你的了。你真是幸福的人啊！但是后来呢？"

　　"后来？后来，唉！结果不……不大好……"

　　"为什么呢？"苏丹撒得很惊异地说，"难道她不爱你……"

　　"不，不是！我是一个蠢人。"

　　"维嘉！你说你是一个蠢人，这使我不能相信。"

　　"苏丹撒得！你听我说了之后，你就晓得我蠢不合了。我俩在轮船上倚着栏杆，谈得真是合意。我敢说一句，她对于我实在发生了爱苗，而我呢，自不待信。谁知后来船到岸的时候，她被她的哥哥匆匆忙忙地催着上岸，我竟忘记了问她的住址和通信处——我俩就这样地分别了。你们看，我到底蠢不蠢呢？我害了一些时相思病，但是，没有办法。……"

"啊！可惜！可惜！真正地可惜！"苏丹撒得说着，同时也啼嘘着，似觉向我表示很沉痛的同情的样子。但李孟汉这时似觉别有所思，沉默着，不注意我俩的谈话。

"你现在一言不发的，又想到什么事情了？"我面对着李孟汉说，"我现在将我的恋爱史已经说完了，该临到你头上了罢。我总感觉你的心灵深处有什么大悲哀的样子，但你从未说出过；现在请你说给我们听听罢。我的爱，我的李孟汉（我时常这样地称呼他）！否则，我不饶恕你。"他两眼只是望着我，一声也不响，我又重复一遍说："我已经说完了，现在该你说了，我的爱，你晓得么？"

李孟汉叹了一口气，把头低了，发出很低的，而且令人觉得是一种极悲哀的声音：

"你们真要我说，我就说。我想，我在恋爱的国度里，算是一个最悲哀的人了！"

"那末，就请你今晚将自己的悲哀说与我们听听，"苏丹撒得插着说。

"今年三月间，我得着确信，是一个自汉城逃跑来俄的高丽人告诉我的：我的爱，我的可怜的她，在悲哀的高丽的都城中，被日本人囚死在监狱里了。"李孟汉说着，几几乎要哭出来的样子。

"哎哟！这是何等的悲哀啊！"苏丹撒得很惊叹地说。但我这时一声不响，找不出话来说。"但是因为什么罪过呢，李孟汉？"

"什么罪过？苏丹撒得，你怕不知我们高丽的情形罢。我们高丽自从被日本侵吞之后，高丽的人民，唉！可怜啊！终日在水深火热之中，终日在日本人几千斤重的压迫之下过生活。什么罪过不罪过，只要你不甘屈服，只要你不恭顺日本人，就是大罪过，就是要被杀头收监的。日本人视一条高丽人的性命好像是一只鸡的性命，要杀便杀，有罪过或无罪过是不问的。可怜我的她，我的云姑，不料也被万恶的日本人虐待死了！……"

李孟汉说着，悲不可抑；此时我心中顿觉有无限的难过。大家沉默了几分钟；李孟汉又开始说：

"我现在是一个亡命客，祖国我是不能回去的——倘若我回去被日本人捉住了，我的命是保不稳的。哎哟！我的好朋友！高丽若不独立，若不从日本帝国主义者的压迫下解放出来，我是永远无回高丽的希望的。我真想回去看一看我爱人的墓草，伏着她的墓哭一哭我心中的悲哀，并探望探望我祖国的可怜的，受苦的同胞；瞻览瞻览我那美丽的家园；但是我呀，我可不能够，我不能够！……"

李孟汉落了泪；苏丹撒得本来是爱说话的人，但现在也变成沉默的白痴了。我看看李孟汉他那种悲哀的神情，又想想那地狱中的高丽的人民，我就同要战栗的样子。李孟汉用手帕拭一拭眼，又望着我说：

"维嘉！你真猜着了。你时常说我有什么悲哀的心事，是的，祖国的沦亡，同胞的受苦，爱人的屈死，这岂不是世界上最悲哀的事情么？维嘉！我若不是还抱着解放祖国的希望，还想无论何时能够见见我云姑的墓草，我怕久已要自杀了。我相信我自己的意志可以算得是很坚强的。我虽然有无涯际的悲哀，但我还抱着热烈的希望。我知道我的云姑是为着高丽而死的，我要解放高丽，也就是安慰我云姑的灵魂，也就是为她报仇。维嘉！你明白我的话么？"

"我明白你的话，李孟汉，不过我想，希望是应当的，但悲哀似乎宜于减少些，好，现在就请你述一述你与云姑恋爱的经过罢。明日上半天没有课，拉季也夫教授病了，我们睡迟些不要紧。苏丹撒得，你在想什么了？为什么不做声了？"

"我听他的话，听得呆了。好，李孟汉，现在就请你说恋爱的历史罢。"

李孟汉开始叙述他与云姑的历史：

"唉！朋友！我真不愿意说出我同云姑中间的恋爱的历史——不，我不是不愿意说，而是不忍说，说起来要使我伤心，要使我流泪。我想，世界上再没有比我的云姑那样更美丽的，更可爱的，更忠实的，更令人敬佩的女子！也许实际上是有的，但对于我李孟汉，只有云姑，啊，只有云姑！

你们时常说这个女子好，那个女子漂亮……我总没有听的兴趣，因为除了云姑而外，再也没有女子可以占领着我的爱情，引诱我的想象。我的爱情久已变为青草，在我的云姑的墓土上丛生着；变为啼血的杜鹃，在我的云姑的墓旁白杨枝上哀鸣着；变为金石，埋在我的云姑的白骨的旁边，当做永远不消灭的葬礼，任你一千年也不会腐化；变为缥缈的青烟，旋绕着，缠绵着，与我的云姑的香魂化在一起。朋友，我哪有心肠再谈女子的事情，再做恋爱的美梦呢？……"

"高丽是滨着海的岛国，你们只要是读过地理，大约都是晓得的。说起来，我们的高丽实在是一个气候温和、风景美丽的地方。高丽三面滨着海，而同时又位于温带，既不枯燥，又不寒冷，无论山川也罢，树木也罢，蒙受着海风的恩润，都是极美丽而清秀的。高丽国民处在这种地理环境之中，性情当然生来就是和平而温顺的，所谓文雅的国民。可惜高丽自从被日本帝国主义者侵吞之后，文雅的高丽的国民沉陷于无涯际的痛苦里，不能再享受这美丽的河山，呼吸温暖的海风所荡漾着的空气。日本人将高丽闹得充满着悲哀，痛苦，残忍，黑暗，虐待，哭泣……日月无光，山川也因之失色。数千年的主人翁，一旦沦于浩劫，山川有灵，能不为之愤恨么？哎哟！我的悲哀的高丽！"

"维嘉！你大约知道鸭绿江是高丽与中国的天然的国界罢。鸭绿江口——江水与海水衔接的地方，有一虽小然而极美丽的 C 城。C 城为鸭绿江出口的地方，因交通便利的关系，也很繁华；又一面靠江，一面凭海，树木青葱，山丘起伏，的确是风景的佳处。唉！算起来，我已经六年离开美丽的 C 城的怀抱了！我爱高丽，我尤爱高丽的 C 城，因为它是我的生长地；因为它是我与云姑的家园，是我与云姑一块儿从小时长大的乡土。朋友，我真想回到 C 城，看看我与云姑当年儿时玩耍的地方，现在是什么样子了；但是，现在对于我李孟汉，这真是幻想啊！"

"C 城外，有一柳树和松树维生的树林，离城不过一里多地。这树林恰好位于海岸之上，倘若我们坐船经过 C 城时，我们可以很清楚地看出这一个黑乌乌的树林，并可以看见它反射在海水中的影子。树林中尽是平坦的草地，间或散漫地偃卧着有几块大石头——它们从什么地方搬来的呢？我可说不清楚。这块树林到冬天时，柳树虽然凋残了，然因有松树繁茂着自己的青青的枝叶，并不十分呈零落的现象。可是到了春夏的时候，柳丝漫舞起来的绿波，同时百鸟歌着不同样的天然的妙曲，鸣蝉大放起自己的喉咙，从海面吹来令人感觉着温柔的和风，一阵阵地沁得人神清气爽——这树林真是一个欣赏自然妙趣的所在啊！"

"这已经是十几年前的事了。只要是天不下雨，有一对小孩——一个男的和一个女的——差不多整日地在这树林中玩耍。两个孩子年纪相仿佛，都是六七岁的样子；照着他俩的神情，简直是一对人间的小天使！那个男孩子我们暂且不讲，且讲一讲那个天使似的女孩子：她那如玫瑰一般的小脸，秋水一般的有神的眼睛，朱砂一般的嫩唇，玉笋一般的小手，黑云一般的蓬松松的发辫，更加上她那令人感觉着温柔美善的两个小笑涡，唉！我简直形容不出来，简直是一个从天上坠落下来的小天使啊！朋友，你们或者说我形容过火了，其实我哪能形容她于万一呢？我只能想象着她，然而我绝对形容不好她。"

"这一对小孩子总是天天在树林中玩耍：有时他俩在树林中顺着草地赛跑；有时他俩检树棍子盖房子，笑说着这间厢房我住，那间厢房你住，还有一间给妈妈住；有时他俩捡小石头跑到海边抛到水里，比赛谁抛得远些，而且落得响些；有时他俩并排仰卧在草地上，脸向着天空，看一朵一朵的白云飞跑；有时他俩拿些果品烧锅办酒席请客；有时他俩并排坐着，靠着大石头，叙诉些妈妈爸爸的事情，听人家说来的故事，或明天怎样玩法；有时他俩手携着手并立在海岸上，看船舶的往来，或海水的波荡……他俩虽然有争吵的时候，但总是很少，并且争吵后几秒钟又好将起来，从未记过仇。他俩是分不开的伴侣，差不多没有不在一块儿的时候。一对小孩子无忧无虑，整日培育在自然界里，是何等的幸福啊！"

"朋友，这一对小孩子就是十几年前的我与云姑。唉！这已经是十几年前的事了！过去的已经过去，怎样才能恢复转来呢？怎样想方法可以使我与云姑重行过当日一般的幸福生活呢？想起来，我好生幸福，但又好生心痛！"

"我与云姑都是贵族的后裔：我姓李，云姑姓金，金李二族在高丽是有名的贵族，维嘉，你或者是晓得的。自从日本将高丽吞并后，我的父亲和云姑的父亲都把官辞去了，退隐于林下。她的父亲和我的父亲是非常好的朋友，而且照着亲戚讲，又是极亲近的表兄弟。我两家都住在树林的旁边，相距不过十几步路。他俩老人家深愤亡国的羞辱，同胞的受祸；但一木难支大厦，无能为力，因此退隐林泉，消闲山水。他俩有时围炉煮酒，谈到悲哀的深处，相与高歌痛哭。那时我与云姑年幼无知，虽时常见两位老人家这般模样，但不解其中的原由，不过稚弱的心灵起一番刺激的波动罢了。后来我与云姑年纪渐渐大了。因之他俩老人家所谈的话，也渐渐听得有几分明白，并且他俩老人家有时谈话，倘若我俩在旁时，常常半中腰把话停止了，向我俩簌簌地流泪——这真教我两个稚弱的心灵上刻了不可消灭的印象。"

"现在且不说他俩老人家的事情。我与云姑真是生来的天然伴侣，从小时就相亲相爱，形影不离地在一块儿生活。我俩家是不分彼此的，有时她在我家吃饭，有时我在她家吃饭，吃饭总要在一张桌子上，否则，我两个都吃不下饭去。她的母亲和我的母亲，也就如她的父亲和我的父亲一样，也是和睦得非常，对于我俩的态度，也从未分过畛域的。我与云姑处在这种家庭环境之下，真是幸福极了！后来我俩年纪大了些，便开始读书，云姑的父亲当教师。我俩所念的书是一样的，先生给我俩书上讲得一样多，可是云姑的慧质总比我聪明些，有时她竟帮助我许多呢，每日读书不过三四小时，一放学时，我俩就手牵着手儿走到林中或海边上来玩。"

"啊！我还记得有一次，说起来倒是很有趣的：离我俩家不远有一位亲戚家，算起来是我的表兄，他结婚的时候，我与云姑被两位母亲带着去看了一回；第二天我俩到林中玩耍时，就照样地仿效起来——她当做新娘子，我当做新郎。这时正是风和草碧，花鸟宜人的春天。我俩玩得没趣，忽然想起装新娘和新郎的事情来，于是我采了许多花插在她的发辫上，她也就低着头装做新娘的样子，我牵着她的手一步一步地走。我俩本是少小无猜，虽然装做新娘和新郎的模样，实还不知新娘和新郎有什么关系，一对小新人正走着走着；忽然从林右边出现了两个人，原来是她的父亲和我的父亲。他俩走到我俩的面前来，疑惑地问道：'你俩为什么这种模样儿？'我俩虽然是这般的游戏：但见他俩老人家走来时，也不觉表示出一种羞答答的神情。'我俩装新娘和新郎，她是新娘，我是新郎——我俩这般玩。'我含羞地答应了一句，两位老人家听着笑起来了。我的父亲向她的父亲问道：'老哥！你看这一对小新人有不有趣呢？'云姑的父亲用手抚弄着自己细而长的胡须，向着我俩很慎重地看了几眼，似觉起了什么思索也似的，后来自己微笑着点一点头，又向我的父亲说道：'的确有趣！不料这两个小东西玩出这个花样儿。也好，老弟，我俩祝他俩前途幸福罢。……'当时我不明白云姑的父亲说话的深意——他已把云姑暗暗地许给我了。"

光阴如箭也似的飞跑，真是过得快极了。我与云姑的生活这样慢慢地过去，不觉已经到十一二岁时期。我俩的年纪虽然一天一天地大了，但我俩的感情并不因之生疏，我俩的父母也不限制我们。每天还是在一块儿读书，一块儿在林中玩；云姑的父亲是一个很和善的人，他并不以冬烘先生的态度对待我俩，有时他还教授一些歌儿与我俩唱。在春天的时候，林中的鸟声是极好的音乐，我与云姑玩到高兴时，也就唱起歌儿，与鸟声相应和。啊！说起鸟来，我又想起来一椿事情了：有一天晚上，我的一位堂兄由家里到我家来，他带来一只绿翠鸟给我玩，这绿翠鸟是关在竹笼子里头的。我当时高兴得了不得，因为这只绿翠鸟是极美丽，极好看的：红嘴，绿羽，黄爪，真是好玩极了！我不知道在你们的国度里，有没有这样美丽的鸟儿，但在我们高丽，这绿翠鸟算是很美丽的了。因为天太晚了，云姑怕已睡着了，我没有来得及喊她来看我新得的宝贝。我这一夜简直没有入梦，一会儿担心鸟笼挂在屋檐下，莫要被猫儿扑着了；一会儿想到明天云姑见到绿翠鸟时，是何等地高兴；一会儿想到可惜堂兄只带了一只绿翠鸟给我，若带来两只时，我分一只给云姑，岂不更好么？……因为一只绿翠鸟，"我消耗了一夜的思维。"

"第二天刚一黎明的时候，我就从床上起来，母亲问我为什么起得这样早，我含糊答应了几句，连脸也不洗，就慌里慌张地跑到云姑家里来了。这时云姑还正在酣睡，我跑到她的床沿，用手将她摇醒，'快起来！快起来！云姑！我得到了一只极好看的绿翠鸟，唉！真好看呀！你快快起来看……云姑弄得莫名其妙，用小手揉一揉两只小眼，看看我，也只得连忙将衣穿起，下了床，随着我，来到我的家里。我把鸟笼从屋檐取将下来，放在一张矮凳上，教云姑仔仔细细地看。云姑果然高兴的不得了，并连说：'我们要将它保护好，莫要将它弄死了，或让它飞了。'谁知云姑抚摩着鸟笼，不忍释手，不注意地把鸟笼的口子弄开了——精灵的绿翠鸟乘此机会便嘟的一声飞去了，飞到天空去，霎时间无影无踪。我见着我的宝贝飞去了，又气又恼，便哭将起来，向着云姑责骂：'我叫你来看它，你为什么将它放了？……你一定要赔我的绿翠鸟，否则我绝不依你……我去找你的妈妈说理去……哼……哼……云姑见鸟飞去了，急得脸发红，又见我哭了，并要求她赔偿，她于是也放声哭了。她说，她不是有意地把绿翠鸟放飞了；她说，她得不到绿翠鸟来赔我……但我当时越哭越伤心，硬要云姑赔偿我的绿翠鸟。我两个哭成一团，惊动了我的母亲和父亲，他俩由屋内跑出来问，为什么大清早起这样地哭吵起来，有什么大不了的事情；我哭着说：'云姑把我的绿翠鸟放飞了，她一定要赔我的。……'云姑急着说：'不，不是！我不是有意地把绿翠鸟放飞了。汉哥要我赔他的，我从什么地方弄来赔他呢？……''原来是这末一回事情！一只鸟儿飞了，也值得这样地闹得天翻地覆？云姑！好孩子，你莫要哭了，绝不要你赔，你回去罢！'云姑哭着回去了；我的母亲抚着我的头，安慰了我一番，我才止了哭。"

"这一天我没有上学，整天闷闷地坐在家里，总觉着有什么失去了的样子，心灵上时起一种似悲哀又非悲哀的波浪，没有平素那般的愉快平静了。

这并不是因为失去了绿翠鸟，而是因为云姑不在面前，我初尝受孤寂的苦味。由感觉孤寂而想起云姑，由想起云姑而深悔不应得罪了云姑，使云姑难过。'唉！总是我的不是！一只绿翠鸟要什么紧呢？况且云姑又不是有意地这样做……她也爱绿翠鸟呀！……我为什么要强迫了她？……总都是我的不是，我应当向她赔罪。但是，云姑见我这样地对她不好，怕一定要不理我了罢？倘若我去赔罪，她不理我，究竟怎么好？……'我想来想去，不知如何办才好，最后，我又哭了，哭得更为悲哀；不过这种哭不是为着绿翠鸟，而是为着云姑，为着我自己不应以一只绿翠鸟得罪了云姑。……"

"朋友，这是我有生第一次感受着人间的悲哀！我已决定向云姑赔罪，但怕云姑真正生了气，不愿再理我了。恰好到刚吃晚餐的时候，云姑家用的一个老妈送一封信给我，照着信封面的字迹，我知道这是云姑写给我的，我惭愧地向老妈问一声：'云姑今天好么？云姑？云姑今天几乎哭了一天，大约是同你吵嘴了罢。唉！好好地玩才对，为什么你又与她斗气呢？你看，这一封信是云姑教我送给你的。'老妈不高兴地将话说完就走了。我听了云姑几几乎哭了一天，我的一颗小心落到痛苦的深窟里，深深地诅咒自己为什么要做出这样大的罪过来。我将信拿在手里，但我不敢拆开，因为我不知道里面写的是与我讲和的话，还是与我绝交的话。我终于战兢兢地把信扯开了。……"

苏丹撒得不等李孟汉说完，赶紧地插着问："信里到底写什么呢？是好消息还是坏消息？李孟汉，我替你担心呢。"李孟汉微微地笑了一笑，用手把炉内的白杨树块架一架，便又接着说自己的故事：

"自然是好消息啊！我的云姑对于我，没有不可谅解的。这一封信里说：'亲爱的汉哥！我承认我自己做错了事，损失了你所心爱的东西，但是，汉哥啊！请你原谅我，我不是有意地在你面前做错事啊！你肯原谅我吗？我想你一定可以原谅我！我今天没有和你在一起，我心里是如何难过啊！汉哥！我的两眼都哭红了，你可怜我一些儿罢！倘若你可怜我，请你明早在我们平素所靠的大石前等我，我来向你谢罪。……我读了这一封信，朋友，你们想想我是如何高兴呢。但同时我又惭愧的不得了；我本应当向她谢罪，而她反说向我谢罪，反要我可怜她，唉！这是如何使我惭愧的事啊！"

"第二天日出的时候，我起来践云姑的约，向着海边一块大石走去，谁知云姑先我而至。她已站在那儿倚着大石等我呢，我喊一声'云姑'，她喊一声'汉哥'——我俩互相看着，说不出别的话来；她两眼一红，扑到我的怀里，我俩又拥抱着痛哭一场。为什么哭呢？喜欢过度么？还是悲哀呢？……当时哭的时候，没有感觉着这些，现在我也答应不出来。这时青草上闪着鲜明的露珠，林中的鸟儿清婉地奏着晨歌，平静的海时起温柔的波纹……一轮新鲜而红润的朝阳慢慢地升起，将自己的柔光射在一对拥抱着痛哭的小孩身上。"

李孟汉说到此处停住了。他这时的脸上很显然地慢慢增加起来悲哀的表情，一点儿愉快的笑痕渐渐从他脸上消失下去了。他将两手合拢着，两眼不转睛地向着炉中的火焰望。我虽然没有研究过心理学，但我感觉到他这时的心弦又起悲哀的颤动了。沉默了几分钟，苏丹撒得是一个急性人，无论什么事都要追根问到底，不愿再继续着忍受这种沉默了，便向李孟汉说道："你的故事还未说完啦，为什么你不继续说了？我听得正高兴，你忽然不说了，那可是不行啊！李孟汉，请你将你的故事说完罢，不然的话，我今夜一定是不能入梦的。维嘉已经说过，明天上半天没有课，我们睡迟些不要紧，你怕什么呢？快说，快说，李孟汉。"我当然是与苏丹撒得表同情的，便也怂恿着李孟汉将故事说完。我平素是睡得很早的，这天晚上却是一个例外，睡神不来催促我，我也不感觉到一点儿疲倦。

李孟汉还是沉默着。我也急起来了；苏丹撒得如生了气的样子，将李孟汉的左手握住在自己的两手里，硬逼迫他将故事说完。李孟汉很可怜的样子，向我俩看了几眼，似觉是要求我俩怜悯他，他不得已又重新开口了：

"唉！我以为说到此地倒是适可而止，没有再说的必要了；再说下去，不但我自己要难过不了，就是你们听者怕也不会高兴的。也罢，苏丹撒得，你把我的手放开，我说就是了。唉！说，说……我哪有心肠说下去呢？……你们真是恶作剧啊！……

"自从我与云姑闹了这一次之后，我俩间的情爱更加浓厚起来了。不过我俩的情爱随着我俩的年纪——我与云姑同年生的，不过我比她大几个月——渐渐地变化起来了。从前的情爱完全是属于天真的，是小孩子的，是不自觉的，可是到了后来，这种情爱渐脱离了小孩子的范围，而转到觉悟的时期：隐隐地我俩相互地觉着，我俩不得不相爱，因为我是她的，她是我的，在将来的生活是永远不可分离的伴侣。朋友，我真描写不出来这时期的心境，而且我的俄国话说得不十分好，更没有文学的天才，我真是形容不好啊！

"光阴快得很，不已地把人们的年纪催促大了——我与云姑不觉已到了十四岁。唉！在十四岁这一年中，朋友，我的悲哀的不幸的生活算开始了。俗话说'天有不测的风云。人有暂时的祸福。'在我们高丽，朋友，暂时的福是没有的，可是暂时的祸，说不定你即刻就可以领受着。你或者坐在家里没有做一点儿事情，但是你的性命并不因此就可以保险的。日本人的警察，帝国主义者的鹰犬，可以随时将某一个高丽人逮捕，或随便加上一个谋叛的罪名，即刻就杀头或枪毙。唉！日本人在高丽的行凶做恶，你们能够梦见么？任你们的想象力是如何富足，怕也不会想象到高丽人受日本帝国主义者的虐待到什么程度啊！"

"我的父亲是一个热心恢复高丽独立的人，这是为我所知道的。在这一年有一位高丽人暗杀了某日本警官，日本当局竟说我父亲是主使的嫌疑犯——这个底细我实在不晓得了。结果，我的父亲被捉去枪……毙……了……"

苏丹撒得骇得站将起来，连喊道："这真是岂有此理！这真是岂有此理！唉！我不料日本人在你们高丽这般地做恶！……"我听了李孟汉的话吃了一大惊，苏丹撒得这种态度又把我骇了一跳。李孟汉又落了泪。接着他又含着哭声断断续续地说道："我的父亲被日本人枪毙了之后……我的母亲……她……她……唉！可怜她……她也投海死了……"苏丹撒得瞪着两眼不作声，简直变成了木偶一般；我似觉我的两眼也潮湿起来，泪珠儿几乎从眼眶内涌出来了。大家重行沉默下来。窗外的风此时更呜呜地狂叫得厉害，俄而如万马奔腾，俄而如波涛怒吼，俄而如千军哭喊，俄而如地覆天翻。……这是悲悼高丽的命运呢，还是为李孟汉的不平而鸣呢？

李孟汉止了哭，用手帕拭一拭眼泪，又悲哀地继续着说道：

"倘若没有云姑，倘若没有云姑的婉劝，朋友，我久已追随我的父母而去了，现在这个地方哪里有我李孟汉，你们又哪里能在这莫斯科见着我的面，今晚又哪里能听我说话呢？……啊！云姑是我的恩人！啊！云姑是我的生命的鼓励者！"

"我的父母双双惨死之后，剩下了一个孤苦伶仃的我；云姑的父亲（他也差一点被警察捉去了，但经过许多人证明，幸得保安全）将我收留在他家里，待我如自己的儿子一样。可是我总整日不住地哭泣，总是想方法自杀，因为我觉着父母既然惨死，一个孤零零的我没有再活的兴趣了。云姑不为着我，当然也是悲哀极了；她几乎连饭都吃不下去。她是一个很聪明的女子，她感觉我的态度异常，生怕我要做出一些自寻短见的事情，于是她特别留意我的行动。我曾向她表示过要自杀的心思，她听着就哭起来了。她百般地哀劝我，她指示我将来一些应走的道路。唉！我的云姑，她真是一个可敬佩的姑娘！她的见识比我的高超几倍：她说我应当留此身为将来用，将来总有报仇的一天；她说，死了没有用处，大丈夫不应当自寻短见；她又说，倘若我死了，她一定要哭死，试问我的心能忍么？……我觉着云姑的话合乎情理，她的颖慧的心眼实为我所不及，于是我将自杀的念头就抛却了。并且我当时虽然想自杀，但心头上总还有一件挂念而不能丢的东西——这东西是什么呢？这就是云姑，寄托我的生命的云姑！朋友，你们想想，倘若没有云姑鼓励着我，现在你们有与我李孟汉相处的机会么？"

"从这时起，云姑简直变成了我的温柔慈善的母亲了。她安慰我，保护我，体贴我，可以说是无微不至。我虽然有同她生气的时候，但她都能容忍下去，毫不见怪于我。唉！我的云姑，我的可爱的云姑，可惜我不能再受她的柔情的润泽了！……"

"这样平静地又过了两年，云姑越长越好看，越长越比从前标致了！她的美丽，唉！我简直形容不出来——是啊，我也不应当拿一些俗字眼来形容她那仙人般的美丽！也许世界上还有比我云姑更为美丽的女子，但在我的眼中，朋友，你们所说的美丽的女子，简直不能引起我一丝一毫的注意啊。你们平素或笑我是老学究，不爱谈论女子的事情，唉！你们哪里知道我的爱情如一块墓穴一样，已经被云姑整个地睡去了，不能再容别人的占领了。我并不是为云姑守节，乃是以为世界上没有比云姑更可爱的女子了；我领受了云姑的爱，这已经是我此生的大幸，不愿再希望别的了。朋友，你们明白我么？你们或者很不容易明白我！……"

"我已经是到了十六岁了。日本人，唉！凶恶的日本人能任我这样平安地生活下去么？杀了我的父亲，逼死了我的母亲，这还不能令他们满意，他们还要，唉！还要我这一条命！我不知高丽人有什么对不起日本人的地方，致使他们一定要灭高丽人的种，一定要把高丽人杀得一个不留。……我年纪渐渐大了，日本的警察对于我的注意和监视，也就渐渐紧张起来了。布满了警察要逮捕我的风声。云姑的父亲见着这种情形，深恐日本人又下毒手，说不定什么时候把我捉去杀了。他老人家日夜战战兢兢地，饮食不安；我呢，我自己倒反不以为意的样了。一日，他老人家把我喊到面前，四顾无人，他对我簌簌地流下了泪，我这时真是莫知所以。他含着哭声向我说道：'汉儿，自从你父母死后，我视你如自己的亲生的儿子一般，你大约也感觉得到；我本想将你放在自己的面前扶养成人，一则使你的父母在九泉下也能瞑目，二则也尽尽我对死友的义务，况且我已把云姑许给你了呢？但是现在，我的汉儿，这高丽你不能再居住下去了……日本的警察对于你，唉！谁知道他们怀着什么恶意呢！倘若你一有不幸，再遭了他们的毒手，那我怎么能对得起你，又怎么能对得起你的亡故的父母呢？唉！我的汉儿！事到如今，你不得不早为脱逃之计，我已经替你预备好了，就是今晚，你……你……你一定要离开这悲哀的高丽……他年……啊！他年或有见面的机会！……'云姑的父亲情不自己地放声哭了。我这时简直如晴天遇着霹雳一般，无所措手足，不知说什么话才好。朋友，你们试想想我这时的心境是什么样子！唉！一个稚弱的我忽然遇着这个大难题，朋友，你们想想怎么样子解决呢？我这时没有话讲，我只是哭，我只好唯他老人家的命是从。"

"但是我的云姑呢？她曾否已经晓得了她父亲这时对我所说出来的意思？啊！贤慧的云姑！明大义的云姑！她已经晓得了；并且我怎么样逃难的方法……都是她与她的父亲商量好的。她岂是愿意如此做吗？她岂是愿意我离开她，忍心让我一个人去向异邦飘泊吗？不愿，绝对地不愿啊！但是为着我的安全，为着我的将来，她不得不忍心将我送出悲哀的高丽！唉！她是如何地难过啊！她的父亲向我说话的时候，即是她一个人在自己的房内哭得死去活来的时候，即是她肝肠寸断的时候。……"

"这一天晚上十点钟的时候，有一个老人驾一只渔船，静悄悄地泊于鸭绿江上一处无人烟的地方，伏在芦苇深处的岸边。在黑暗的阴影中，一对小人儿脚步踉跄地，轻轻地走到这泊渔船的岸边来。这是要即刻生离的一对鸳鸯，任你是谁，唉！任你是谁也形容不出他俩心境是如何地悲哀啊！他俩到了岸边之后，忽然将手里拿的小包袱掷在地下，搂在一起，只是细微地呜呜地哭泣，不敢将哭声稍微放高些。'我的汉哥！你这一去……我希望你好好地珍重……我永远是……你的……只要世界上正义存在……我们终……终有团聚的一日！……''我的云姑！唉！我的心……碎……了……我将努力完成你的希望……除了你……世界上没有第二人……唉！你是我心灵的光……光……'他们哭着说着，唉！这是如何悲哀的一幕！渔船上的老人下了船走到岸上来，将他俩用手使劲地一分，庄重地说道：'还哭什么！是好汉，总有恢复高丽自由的一日，总有夫妻团聚的一日！现在光哭是没用的！云姑！你回去，回去，切莫在这儿多站了，谨防被人看见。'老人将话说完，便一把将这一个少年拉到渔船上，毫不回顾地摇桨而去。大约云姑还立在岸上望，一直望到渔船望不见了的时候为止。"

"唉！朋友，我的亲爱的朋友啊！又谁知这鸭绿江畔一别，便成为永别了……高丽或有自由的时期，但我的云姑，我的云姑啊，我永远再见不着她的面了！说什么总有团聚的一日，……鸭绿江畔是我永远的纪念地！年年江水呜咽，是悲鸣着高丽的命运，是替我那可怜的云姑吐恨！……"

"我曾在这一天夜里逃到中国地界过了两年，又由中国跑到这解放后的俄国来，当了两年红军中的兵士，不知不觉地到现在，离开高丽已经有六七年了；但是我的这一颗心没有一分钟不恋在高丽和我云姑的身上！我出奔后从未接过云姑的一封信，实际上我俩也没有通信的可能。我实指望有与她团聚的一日，又谁知她在今年正月初又被日本人害死了！唉！江河有尽头，此恨绵绵无尽期！"

"到底你的云姑是因为什么罪名死的呢？"我插着问，李孟汉把眉一皱，发出很底微的声音："因为什么罪名死的？听说她是高丽社会主义青年同盟妇女部的书记，她有一次参加工人集会，被日本警察捉住了，定她一个煽动罢工的罪名，于是将她收了监，于是她屈死在监狱里。听说在审判的法堂上，她大骂日本人的蛮暴，并说倘若高丽的劳动群众没有死完的时候，则自由的高丽终有实现的一日。啊，这是何等的壮烈啊！这种壮烈的女子，我以为比什么都神圣。朋友们，除了这个神圣的她而外，你们能替我再找一个更可爱的女子么？……"李孟汉将话说到此地，忽然出去找朋友的 C 君回来了。C 君淋了一身的雪，好像一个白鹭鸶一样，我们忽然将注意点挪到他的身上了——我们的谈话也就中止了。

时候已经是十二点过了，我们将炉火扑灭，各自就寝。但我听见李孟汉上床后，还好久没有睡着，尽在那里翻身叹气。

1926 年 1 月 14 日